VERLAG
KADERA

Karin Engel

Goldauge

Ein Märchen für Menschen und Tiere

VERLAG
kadERA
Roman

Engel, Karin: Goldauge. Ein Märchen für Menschen und Tiere.
Kadera Verlag, 2022

1. Auflage 2022
ISBN: 978-3-948218-43-0

Dieses Buch ist auch als eBook erhältlich und kann über den Handel oder den Verlag bezogen werden.
ePub-eBook: ISBN 978-3-948218-44-7

Umschlaggestaltung: © Annelie Lamers, Hamburg
Umschlagmotiv: © Annelie Lamers, Hamburg

Bibliografische Information der Deutschen Nationalbibliothek:
Die Deutsche Nationalbibliothek verzeichnet diese Publikation in der Deutschen Nationalbibliografie; detaillierte bibliografische Daten sind im Internet über https://dnb.d-nb.de abrufbar.

Der Kadera Verlag ist ein Imprint der Bedey & Thoms Media GmbH, Hermannstal 119k, 22119 Hamburg

---

www.kadera.de
Gedruckt in Deutschland

Es waren einmal vor nicht allzu langer Zeit in einem nicht allzu weit entfernten nördlichen Landstrich:

Holly Krüger. 32. Ihren wahren Namen erfahren wir nicht. Aus gutem Grund.

Dr. Oliver Andreesen. 38, Tierarzt mit illustrem Stammbaum.

Rita, Heinz und die Splitter. Eine höchst dubiose Gesellschaft, wenngleich mit Herzen so rein wie frisch gefallener Schnee.

Matze Michaelsen. Offiziell der lustige Landwirt. Inoffiziell Geheimnisträger mit Doktortitel. Häufig bei Rita zu Gast.

Timo Claussen. Ach, Gott, ja. Von Beruf Sohn.
Stefan Rohde. *Der* Politiker.
KPK. Rockstar mit Neigung zur Polygamie.
Mark Feldmann. Smarter Anwalt mit Allergie. Irgendwas ist immer.
Lana. Hollys und Rolfs Mutter. Wie Mütter so sind.
Rolf. Der Wohl-oder-übel-Erbe des Hofes.
Pia. Es heißt, sie mag den Rolf.
Der Architekt. Auch bekannt unter dem bösen Kürzel MAD.
Marks Mutter
Zwei Lohnarbeiter und ihr Chef
Herr Lohmann
Herr Kaluppke mit Tula
Der Nerd mit Scottie

Kater
Die Tigerin
Lisa, die Kuh
Etliche andere Kühe
Die sieben Raben
Zwei indische Laufenten
Zwei mallorquinische Ziegen
Vier Schweine
Die weiße Kanaille
Jackie
Baby Jane
Ziemlich viele Maulwürfe
Ziemlich viele Kälber

Der/die Beobachter*in:
Das sind Sie. Danke, dass Sie dieser kleinen Geschichte Ihre Aufmerksamkeit schenken.

Mountain Village, im Sommer 2019

»Torx oder Spax?«
Der Baumarkt-Fachverkäufer wirft einen kurzen Blick auf die Schraube, die ich ihm hinhalte. »Sie meinen Tox.«
»Von mir aus auch Tox. Ist das eine Tox?«
Kopfschütteln. »Hm, nee. Kreuzschlitz.«
Ich zücke meinen Akkuschrauber. »Ist das der richtige Bit, um diese Kreuzschlitzschraube in einen Holztisch zu schrauben?«

»Hm, jo, das passt.«

»Und warum kriege ich meine Kreuzschlitzschrauben dann nicht reingedreht? Die rotieren wie verrückt und das war's.«

»Langsam drehen, nicht volle Pulle.«

»Hab ich gemacht.«

»Dann ist das Holz wahrscheinlich zu hart«, sagt er. »Was für welches isses denn?«

»Eukalyptus oder Teak oder so, aber Plantage, nicht vom gerodeten Regenwald.«

»Das sagen alle. Sicher kann man sich da nicht sein. Auf jeden Fall muss da jemand mit Kraft ran.« Der ironische Ausdruck in seinen Augen weicht einer Mischung aus Mitgefühl einerseits und Genugtuung über die Existenz der kleinen Unterschiede andererseits. Dann schießt ihm ein Gedanke in den Kopf, ich bemerke es an der Art, wie er ein verlegenes Lächeln zu unterdrücken versucht, doch ehe er etwas sagen kann, sehe ich ihn freundlich und auf eine Weise an, die deutlich macht: Sehr verlockend. Aber nein. Nein, danke.

Nicht mit dem. Mit überhaupt niemandem. Im Moment. Oder sagen wir: für die nächsten, hm, sechs, sieben, acht Monate. Ich muss erst mal zu mir kommen, wieder fühlen, wer ich eigentlich bin und was ich will, muss den überschatteten Ort, den man Herz nennt, einer Generalüberholung unterziehen, damit ein blühender Garten gedeihen kann, in den die Liebe sich so verliebt, dass sie bleiben möchte.

Ich bin übrigens Holly. Ich bin 32 Jahre alt. Meinen richtigen Namen haben alle vergessen, weil ich seit 30 Jahren Holly genannt werde. Frau Holle war mein Lieblingsmärchen. Und später schwärmte ich für sämtliche Hollywoodstars und ganz besonders für Audrey Hepburn als Holly Golightly in »Frühstück bei Tiffany«. So elegant, so cool, so unglücklich, bis zum Happyend im strömenden Regen.

Also bin ich für alle Holly. Nicht ganz so elegant und cool wie Holly Golightly, aber auch ziemlich allein und ohne einen richtigen Plan, das heißt keinen Plan B.

Plan A hat sich vor Kurzem von mir getrennt, oder sagen wir: wir haben uns voneinander getrennt. Sehr erwachsen, sachlich, alles easy.

Jetzt, zwei Monate später, dämmert mir, dass nicht alles easy ist.

Problem Nr. 1: mein Job.

Unsere gemeinsame PR-Agentur war nicht wirklich gemeinsam. Er war der Chef, ich seine Angestellte. Es spricht für ihn, dass er dennoch zugestimmt hat, dass wir Hamburg in zwei Zonen aufteilen. Er übernimmt den Westen, ich den Osten. Das klingt deprimierender, als es ist. Zwischen Bergedorf, was im PR-Sprech Mountain Village genannt wird, und Sachsenwald residiert potentielles Klientel vom Feinsten – eine Stiftung für die Förderung der Künste, wo ziemlich konventionelle Künstler mit ziemlich viel Kohle gepampert werden, so dass sich mir gelegentlich der Verdacht aufdrängt, hier würden schwarze Kassen weiß gewaschen; ein TV-Event-Koch, der immer so aussieht, als gehörte er erst mal in eine Badewanne, bevor man ihm die Hand reicht, und ein frisch geschlüpfter Golfclub, der sich anschickt, mit Street- and Cross-Golf-Kursen der Giersch im gepflegten Grün des benachbarten Pfeffersack-Vereins von 1875 zu werden. Hier wohnt also viel Geld, das ganz bestimmt ganz dringend eine perfekte Multimedia-Public-Relation-Consultant, also mich braucht. Eigenlob war nie mein Ding, aber eine ordentliche Portion Selbstmotivation ist gewiss nicht sooo verkehrt, wenn man sein Leben gerade auf *Reset* gedrückt hat.

Problem Nr. 2: die Miete.

Weil ich keine Lust habe, meinem Ex in den Hotspots der Hamburger PR-Szene dauernd über den Weg zu laufen, habe ich hier in der Chrysanderstraße ein Haus gemietet. Was heißt hier: ein Haus. Es ist perfekt!

Am Rand des Gebiets gelegen, das Bergedorf seinen Namen verdankt, und das zärtlich vom gewundenen Lauf der Bille umschlungen wird, hübsche, geweißelte Gründerzeitvillen mit hübschen, gepflegten

Vorgärten vis-à-vis, im Erdgeschoss zwei Räume mit gediegener, verglaster Schiebetür, Küche und Gäste-WC, oben drei Räume, Bad, Balkon, 300 Quadratmeter Rasen, der Wald gleich um die Ecke. Jedoch: die Miete ist zu hoch. Aber eben nur so viel zu hoch, als dass ich es mit circa 80 Stunden Arbeit pro Woche, null Privatleben und null dummen Gedanken an die Vergangenheit nicht doch locker wuppen könnte, einer Räumungsklage aus dem Weg zu gehen.

Problem Nr. 3: Stimmt was nicht mit mir?

Nach einer Trennung passiert im Allgemeinen das: Eine endlose, nicht aufzuhaltende Karawane funkelnder Bilder und glücklicher Momente aus vergangenen Tagen zieht an uns vorüber, wo früher Schmetterlinge flogen, tut es jetzt weh, Fragen quälen uns:

Hat er schon eine Neue? Was tue ich, wenn ich ihn mit einer Neuen im Arm treffe? Was tue ich vor allem dann, wenn sie aussieht wie Megan Fox? Myriaden von Tränen schwemmen uns fort ins Land der verlorenen Seelen. Das ist Liebeskummer: Schmerz. Wehmut. Reue, rotgeweinte Augen.

Bei mir läuft ein anderer Film. Ich bin ein bisschen traurig, ja, aber Liebeskummer? So richtig richtig? Nö. Der Großpackung Papiertaschentücher vom Discounter meines Vertrauens fehlen gerade mal fünf Päckchen. Es fühlt sich an, als hätte ich mich auf eine Nasennebenhöhlenvereiterung vorbereitet und einen Schnupfen bekommen.

Was die Frage aufwirft, ob ich meinen Ex wahrhaft geliebt habe. Oder ob ich bloß glücklich war über die perfekten Rahmenbedingungen unserer Beziehung, gleicher Beruf, gleicher Humor und gleiche Lebensplanung, die aus einer lauwarmen Angelegenheit die Illusion formte, es könnte sich um einen Stern handeln, der unsere Namen trägt? Und: Sollte ich mich einer Therapie unterziehen, um herauszufinden, woran es liegen könnte, dass ich mich auf Lauwarm einlasse – was leider nicht nur einmal in meinem Leben der Fall war?

Nein.

Was ich brauche, ist:

Meine Ruhe.

Meine Arbeit.

Und den Richtigen.

Und das Vertrauen, dass er mich und ich ihn und wir uns finden. Somewhere, somehow.

Overbüll am selben Tag

Ein weit geöffnetes Fenster mit verwitterten weißen Holzsprossen, ein Blumenkasten aus braunem Plastik, windschiefe Halterungen in solidem, weiß verputztem Mauerwerk, üppig blühende Petunien. In der Ferne der Deich, drei Meter hoch, viele Kilometer lang, festes kurzgebissenes Gras, etliche cremefarbene Schafe, die wie Attrappen wirken, weil sie sich der Massen von Wolle wegen so ökonomisch wie möglich bewegen, eine sanfte Armee, die das der Nordsee abgetrotzte Marschland gegen die einstige Besitzerin verteidigt. Oft hat die nämlich schlechte Laune, wütet, kämpft, ist tückisch, holt sich Menschenopfer durch fiese Unterströmungen. Aber heute liegt sie auf der faulen Haut, ein blankes, silbernes Tuch mit eingewebtem Versprechen: Waffenstillstand jetzt! Morgen geht der Kampf weiter.

Die Menschen, die den blanken Hans und die Windschur überlebt haben, dominieren diese Gegend von großen Höfen und Haubargen aus, hektarweise Land in Familienbesitz seit 1500, hier wohnen fette Konten und knorriges Sein, bleierne Traditionen und ein paar Hamburger, die es sooo nachhaltig finden, sich hier für ein, zwei Jährchen wochenends dem Landleben zu ergeben. Solche Höfe erkennt man daran, dass sie wie eine Filmkulisse aussehen. Die Requisiten sind dabei immer gleich: ein Border-Collie oder Labrador (im Moment sind die braunen im

Trend), gestresst umherlaufend, was malerisch wirkt, aber ein Fall für Cesar Milan ist, ein Porsche Cayenne oder BMW active Tourer, Klangspiele in den Bäumen und darunter (seitdem jeder Hansel sich witterungsbeständige Loungemöbel leisten kann) Gartentische aus 400 Jahre alten Klostertüren auf Traktorrad-großen geschmiedeten keltischen Kreuzen. Ein Korb mit überreifen Äpfeln unter einem Apfelbaum, der ausgedünnt gehört, damit er überlebt. Ein »Carriot« für den Nachwuchs, der da vor Keimzellen geschützt drinhockt wie auf dem Boden des Reagenzglases, dem er sein Leben, seine Augen- und Haarfarbe verdankt.

Über allem tönt es laut: Hi, ich bin die Idylle! Die reine Idylle!

Zwischen Tradition und Trend gedeihen Ausnahmen und eine davon ist die mit dem weit geöffneten Fenster und dem dazugehörigen Ganzen, das ein Ensemble aus Reetdach-Haus, Altenteil, Stall, Bauerngarten und Vier-Hektar-Koppel bildet. Ab und an ein langgezogenes Muhen, energisches Gegacker von der Hühnerfamilie in Fußballmannschaftsstärke und ein zärtliches Wispern der vom Westwind gekitzelten Birken, die die Auffahrt zum Hof säumen. Zwei weiße Ziegen liegen unter dem Küchenfenster in der Sonne, die Ohren gespitzt. Ob das idyllisch ist, können nur diejenigen sagen, die hier wohnen, doch Pia und Rolf und Lana, die Mutter von Rolf und Holly, haben gerade ziemlichen Stress.

»So bin ich nicht angetreten«, sagt Lana. Sie ist ein Gewächs der 1968er, das hier zusammen mit ihrem Mann vor vielen Jahren Wurzeln schlug, um ein freies, selbstbestimmtes Leben zu führen. Die letzten

Jahre seit seinem Tod haben sich als Schatten um ihre Augen gelegt.

»Wir leben von der Hand in den Mund«, erwidert Pia ungehalten. Aus sanft gehügelter Plöner Gegend stammend, ist sie mit der Platte am Deich nie so recht warm geworden, und schiebt häufig eine gewisse Unzufriedenheit vor sich her wie eine Bugwelle, aber es heißt, sie mag den Rolf. Das mag sein. Immerhin sind sie seit fünf Jahren ein Paar. »Die Feriengäste bringen nichts ein, die Getreidepreise sind gesunken und die paar Liter Milch reichen übers Jahr gerade für meinen Morgenkaffee!«

»Deinen Morgenkaffee. Hmhm.«

Pia seufzt. »Du weißt doch, wie ich's meine.«

»Ja, sicher.«

Rolf, der mit seinem Küchenstuhl gekippelt hat, besinnt sich seiner Rolle als Erbe des Hofes, setzt sich ordentlich hin, die entblößten Unterarme auf dem Tisch, die Hände übereinandergelegt. Seine Unterarme sind sehr sexy, kräftig, geädert, braungebrannt. Überhaupt ist Rolf ein ziemlich attraktiver Bursche. »Ich habe mit dem Mann einen Termin vereinbart. In zwei Wochen wissen wir mehr. Bis dahin möchte ich, dass wir Ruhe bewahren.«

»Ich mache unsere Zukunft doch nicht vom ausführenden Organ einer Bank abhängig, die nur wirtschaftliche Interessen verfolgt! Rolf, bitte, entsinne dich deiner Wurzeln, ich meine, was haben dein Vater und ich dir vorgelebt, doch nicht so was!«

»Na ja, Mutter, da kann man anderer Ansicht sein ...«

»Was soll das heißen?«

»Ihr wart nicht gerade die Vorreiter der biologischen Landwirtschaft, nicht wahr? Nee, nee, ihr seid den Weg des Mammons gegangen, machen wir uns da nichts vor.«

»Wir hatten unsere Gründe. Und wir haben es nur gemacht, bis das mit den Feriengästen genügend abwarf.«

»Und weil ihr auf den Geschmack gekommen wart, gib es doch zu«, bemerkt Rolf mit leiser Ironie und fügt rasch und versöhnlich hinzu: »Ihr habt es für die Familie getan, ich weiß doch. Für Holly und mich und die Großeltern. Aber das ist ja der Punkt! Genauso geht es Pia und mir heute.« Rolf schenkt seiner Frau ein Lächeln und greift nach ihrer Hand. »Wir möchten Kinder und wir möchten ihnen und uns eine sorgenfreie Zukunft bieten.«

»Worthülsen«, sagt Lana. »Du klingst wie die Bausparkassen-Werbung.«

Pia verdreht die Augen. »Können wir mal sachlich bleiben, bitte, Lana? Rolf hat keinen Banker bestellt, sondern einen Architekten.« Sie beugt sich vor, ein gewinnendes Lächeln umspielt ihren Mund. »Die Anlage muss ja nicht zwangsläufig hässlich sein, wir wollen, dass sich das Gebäude harmonisch in den Gesamtk ...«

»Ich will nichts mehr hören.« Lana steht auf, geht aber nicht hinaus. Ihre Augen wandern zum Fenster hinaus, den Horizont entlang, dem Traktor mit Anhänger entgegen, auf dem ein Dutzend Männer hockt, einige reden, andere gucken vor sich hin. »Sie kommen. Ist das Essen heiß?«

»Ich hoffe«, sagt Pia. »Wenn nicht, müssen sie eben fünf Minuten warten. Das gehört auch zu den Dingen, um die wir uns dann nicht mehr kümmern müssen, es wird für uns alle eine Erleichterung sein.«

»Sprich nicht von uns, wenn du dich meinst«, weist Lana sie zurecht.

Während die Auseinandersetzung, die in ähnlicher Form schon mehrfach geführt wurde, fortgesetzt wird, erblickt ein schwarzer Kater im Stall nebenan das Licht der Welt. Zeugen dieses Ereignisses sind vier Schweine und ein paar Milchkühe, die indischen Laufenten und ein Rabe.

Bergedorf, Lohbrügger Weg, 5. Juli

Drei Zimmer, Küche, Bad, Balkon. Hochhaus. Die meisten Leute wohnen hier, weil es nicht anders geht. Rita und Heinz finden es auch nicht wirklich schön, denken aber nicht darüber weiter darüber nach. Solange Rita hier sein will, will Heinz auch hier sein. Sie sind nicht verheiratet, tragen aber goldene Ringe. Heinz würde ja gern, seit 40 Jahren würde er gern, aber es nützt ja nichts. So ohne Papiere.

»Heinz?«

»Hmhm?« Heinz lässt die Zeitung sinken und blickt sie an, seine Rita, seine seine seine. Die Liebe fließt aus seinem Herzen in seine Augen und umfängt die Frau im rosa Morgenmantel zärtlich und wissend.

»Ich muss etwas unternehmen.«

»Ich weiß, mein Schatz. Ab und an muss das sein. Das ist in Ordnung.« Heinz lächelt nachsichtig. »Wirst du viel unterwegs sein?«

»Nein, ich glaube nicht.«

»Wer ist es denn dieses Mal?« In Heinz' Augen spiegeln sich die Erinnerungen an die, die in ihr beider Leben traten, nachdem Rita verkündet hatte, dass sie etwas unternehmen muss. Ein bisschen neugierig ist er indes auch. Und stolz. Zu wissen, dass er zwar den Eindruck erweckt, ein x-beliebiger Rentner in kariertem Flanellhemd, Hosenträgern und rentnerbeigen Gabardine-Hosen zu sein, tatsächlich jedoch ein sehr besonderes Leben an der Seite einer sehr besonderen Frau führt, lässt sein Herz mitunter pochen, als würde es seine Brust sprengen, alle körperlichen Begrenzungen aus Fett, Fleisch, Faszien hinter sich lassend, um durch die Welt zu hüpfen, zu springen, alle anzustecken mit der puren Freude, die es seit dem Tag erfüllt, da es zu begreifen begann, wer Rita ist. Ein Internist würde wahrscheinlich ein Langzeit-EKG anordnen und Tabletten verschreiben. Und natürlich besteht immer auch noch die winzige, hässliche Alternative, dass er, Heinz, nicht alle Tassen im Schrank hat. Aber so sehr kann man sich nicht täuschen, nein.

Rita grinst. »Betriebsgeheimnis.«

»Ja, ja.« Heinz raschelt die Zeitung wieder hoch. »Schon klar.«

»Ich werde wohl einige Apfelkuchen backen in der nächsten Zeit.«

»Wunderbar! Und welche Frisur wirst du tragen?«

»Diese, denk ich.«

»Schön.«

Rita schenkt ihm ein Lächeln und geht hinüber ins Schlafzimmer, um das perfekte Outfit für ihren Auftritt zu wählen. Der Kleiderschrank ist aus Platzgründen nicht so geräumig, wie man es bei einer Erscheinung wie Rita vermuten würde, gerade mal einen Meter mal einmeterfünfzig, und natürlich voll bis obenhin.

Wenn diese Angelegenheit zu aller Zufriedenheit geregelt ist, ziehen wir um, denkt Rita, während sie sich durch bunte Georgette-Chiffon-Viskose-Wolken treiben lässt. Ein begehbarer Kleiderschrank, das wär's.

Vielleicht... Rita hält inne und lauscht. Dann lacht sie laut auf: »Na, das ist ja mal eine hübsche Idee!«

Bergedorf, Tierarztpraxis Dr. Oliver Andreesen, am Abend desselben Tages

Klickklackklickklack.

Der Patient und sein Besitzer reagieren artgerecht auf das enervierende Geräusch des Kugelschreibers. Des Kaninchens Nüstern zittern heftig, seine frisch verbundene Pfote zuckt, des Mannes Stirn wirft Falten, um den Mund gräbt sich ein ungeduldiger Zug ein.

Endlich legt Dr. Oliver Andreesen den Kuli weg. »In welcher Situation befinden Sie sich denn gerade?«

»Wie meinen Sie das?« Der Mann zwinkert irritiert.

»Ich meine, wie geht es Ihnen, Ihrer Frau ...«

»Was haben wir denn damit zu tun?«

»Nun, manchmal überträgt sich die emotionale Befindlichkeit des Menschen auf sein Tier ...«

»Hä?«

»Geht es Ihnen gut? Denn wenn es Ihnen nicht gut geht, geht es manchmal auch dem Tier nicht gut und dann ...«

Der Mann unterdrückt ein Grinsen. »Nix für ungut, Doktor, aber das Gör hat ein Glas fallen lassen und das dämliche Karnickel ist reingelatscht.« Er steht auf und klemmt das Kaninchen unter den Arm. »Danke fürs Verbinden, Doktor. Wollen Sie Tula nochmal sehen?«

»Nur, falls die Pfote eitern sollte.«

Dr. Andreesen erhebt sich, einen Seufzer kann er gerade noch unterdrücken, er möchte eine erläuternde Bemerkung hinterherschieben, einen geschickten verbalen Lassowurf, der den Mann einfängt und gefügig macht für neue Sichtweisen. Sein Mund öffnet sich, klappt aber wieder zu.

Das Kaninchen guckt den Arzt mitfühlend an.

Nachdem der Mann die Behandlung bezahlt und sich so freundlich wie erleichtert verabschiedet hat, notiert Dr. Andreesen in seiner Patientenkartei unter »T«: Tula Kaluppke, Besitzer: Justine-Juliette Kaluppke, 8, Eltern Yannik und Mandy Kaluppke, Lohbrügger Weg 45 e: Wahrscheinlich Scheidung. Tulas Ausstrahlung sagte mir …

Er hält inne, löscht die letzten vier Worte, hält wieder inne, schreibt sie erneut, dann verdunkelt sich der Bildschirm seines Notebooks. Der Akku ist leer.

»Meiner auch.« Dr. Oliver Andreesen schaut auf die Uhr. Es ist 20 Uhr. Von 15 Uhr bis jetzt hat er drei Hamster, sieben Hunde, drei Papageien, drei Kaninchen, eine Schlange behandelt, hat gesalbt, injiziert, verbunden, rasiert, desinfiziert, aufgeschnitten, wieder zugenäht. Und zugehört. Und Herrchen und Frauchen etliche Verhaltensänderungen ans Herz gelegt. Mehr Bewegung, klare Regeln, kein Vermenschlichen des Tieres, ob Chihuahua, Trakehner oder Kaiman.

Während die meisten seiner Patienten jetzt ihren Herrchen und Frauchen beim Fernsehen Gesellschaft leisten, löscht Dr. Oliver Andreesen das Licht in seiner Praxis und geht hinauf in den ersten Stock. Duschen, allen Schmerz, alles Leid seiner Patienten abwaschen. Das dauert. Ein 1,85 Meter langer, gut trainierter, 38-jähriger, sehr ansprechender männlicher Körper will ausgiebig geseift und bewässert sein. Zeit für uns, die inneren Werte, das Woher und Wohin des Dr. Oliver Andreesen etwas besser kennenzulernen.

1981 kam er in einer Bremer Privatklinik, die etwas mehr als zwei Katzensprünge von der Parkallee entfernt liegt, zur Welt, und wie der Nachname es vermuten lässt, entstammt der Junge der Familie Andreesen, einer der reichsten und legendärsten Familien der Hansestadt, die ihren Wohlstand und ihren Ruhm dem Kaffeehandel und dem wirtschaftlichen Geschick der »Kaffeeprinzessin« genannten Felicitas Andreesen verdankt, aschblond, aquamarinblauäugig und tough bis in den Tod. Der kleine Oliver, ihr Ur-Ur-Enkel, wächst zu einem Jungen heran, dem der Genpool der Andreesens schulische, amouröse und akademische Vorteile verschafft. Ja, er wäre der perfekte »Kaffeeprinz« gewesen, ja, er hätte sich nur ins gemachte Nest legen müssen, aber das war es nicht, was sein Herz zum Singen und Klingen brachte. Oliver hörte auf sein Herz, packte seinen Rucksack und studierte Veterinärmedizin. Die Familie war nicht sehr glücklich über seine Entscheidung, fand aber nach einigem Hin und Her für die Zukunft des Familienunternehmens eine andere, sehr clevere Lösung, die Felicitas zur Ehre gereicht hätte. Dies indes ist eine andere Geschichte und soll zu einem anderen Zeitpunkt erzählt werden. Im Übrigen steht nicht zu erwarten, dass irgendwer aus der Bremer Parkallee hier in Bergedorf aufschlägt. Blut hin oder her, die Verbindungen sind zu porös, um neu geknüpft zu werden. Obwohl ... nun, wir werden sehen.

Sein Studentenleben verlief flott, Promotion und eine Handvoll interessanter Liebesgeschichten später, ließ sich Dr. Andreesen vor zwölf Jahren im schönen Bergedorf nieder, nahe am Gehölz, falls die dort ansässigen Wildschweine seiner bedürfen. Die Liebe flutete wie Gezeiten in sein Leben und wieder davon, manchmal tat es weh, manchmal versandeten die Gefühle, ansonsten lief alles rund. Puschelige Patienten mit Quietschfaktor – WIE SÜÜÜÜÜß! –, edle Patienten mit Stammbaum, sanfte, treue Gossengewächse, Tropentouristen, gefiedert, befellt, achtbeinig, dreibeinig, rosa gefärbt und löwenmähnig. Ein echter Löwe war noch nicht dabei, aber was nicht ist, kann ja noch werden.

Afrika. Drei Monate Freiwilligendienst in einem Camp für wilde Tiere, das wär's durchaus. Leoparden die Pfote verbinden und so. Daktarimäßig abhängen. Aber das ist nur eine traumschöne Seifenblase, die ihn an den Idealismus der Studentenzeit erinnert. Zufriedenheit lautet die Losung 2019.

Eigentlich.

Doch seine innere Stimme, sein Herz, machte ihn vor Kurzem darauf aufmerksam, dass der geradlinige Weg einen unerwarteten Bogen schlagen würde. Dr. Andreesen ist sich zwar nicht sicher, ob er diesen Bogen gut findet, aber er hat angefangen, sich damit zu beschäftigen. Ein Großteil seiner Kollegen würde sich so einen Quatsch von niemandem einreden lassen, aber was Mehrheiten meinen, hat mit der Wahrheit nicht immer was zu tun. Also fräst er sich abends durch einschlägige Lektüre und probiert anderntags die empfohlenen Tipps an seinen Patienten aus. Mit bescheidenem Erfolg. Aber aufgeben gilt nicht. Denn wenn die Sache wirklich funktioniert …

Ein leises Lachen perlt mit den Schaumblasen, die nach Sandelholz riechen, den Abfluss hinab. Der Spiegel beschlägt, als Dr. Oliver Andreesen die Duschtür öffnet und Dampfschwaden, dick wie Londoner Nebel, die Sicht auf ihn behindern. »Andreesen, du hast eindeutig zu heiß geduscht«, sagt er ironisch. Er öffnet das Fenster und wischt den Spiegel trocken. Sein Gesicht ist ernst. Er sieht sich prüfend an, als käme er sich bekannt vor, wüsste aber nicht genau, woher.

Ja, es könnte sein, dass er sich komplett zum Idioten macht. Es könnte sein, dass die Besitzer seiner Patienten ihn für durchgeknallt halten und nie wieder seine Praxis betreten. Nicht einmal einen Goldfisch würde man ihm noch anvertrauen. Es könnte sein, dass er die Praxis schließen und woanders neu anfangen muss. Wo dann natürlich dasselbe Spiel losgeht, weil er und sein zweifelhafter Ruf im Internet längst rum sind. Es könnte sein, dass er seine Approbation verliert, weil ein Tierarzt, der die Veterinärmedizin lächerlich macht, höchstens zum Zoowärter taugt, allerhöchstens. Obwohl man ihm am besten den Umgang mit Tieren generell verbietet. Es könnte sein, dass er seinen Beruf verliert und seinen Lebensinhalt, dass er darüber in Resignation und Trunksucht verfallen und Unterschlupf bei seiner Familie in Bremen erflehen muss.

»Es kann aber auch sein«, sagt er zu seinem Spiegelbild, »dass du genau das Richtige tust. Dass es gut ist. Und heilsam. Und alle was davon haben. Also probierst du es weiter. Entweder es funktioniert oder es funktioniert nicht. Punkt.«

Er trocknet sich ab, zieht sich Jeans und Hoodie über, und geht hinunter ins Wohnzimmer, einem sparsam möblierten Designtraum mit herzhaften Stilbrüchen. Den Designtraum in schwarzem Leder und Chrom verdankt er seiner letzten Beziehung. Yvonne, eine gefragte Innenarchitektin, hatte sein Wohnzimmer halb scherzhaft, halb geringschätzig »Holzhandlung« genannt, weil das Miteinander von Eiche, Kirsche, Buche, und Selberbauteilen mit schwedischen Namen ihr Übelkeit verursachte. Als die Beziehung sechs Monate währte und Aussicht auf Verlängerung besaß, schenkte Dr. Oliver Andreesen Yvonne zum Geburtstag einen Ring und freie Hand, sein Wohnzimmer so zu renovieren, dass sie sich darin für lange Zeit, vielleicht sogar für immer wohlfühlen würde.

Als Yvonne sich bald darauf in einen anderen verliebte, bot Dr. Oliver Andreesen ihr an, die neuen Möbel mitzunehmen. Doch eine neue Liebe in »kontaminierten« Sachen zu beginnen, hielt sie für keine gute Idee. So arrangierte Dr. Oliver Andreesen sich mit schwarzem Leder und gekalkten Bootsplanken und dem dicksten Ohrensessel der Welt mit marokkanischem, glänzend bunten Streifendesign.

Dort nimmt er nun Platz und schlägt das Buch eines gewissen Dr. Elias Weißmichel auf, das er heute früh begonnen hat zu lesen.

Und weil wir den Doktor aus dem Hause Andreesen jetzt ein wenig besser kennen, sagen wir ab sofort Oliver zu ihm.

Mountain Village, 14. Juli

Eine Renovierung des Hauses ist nicht wirklich nötig, aber ich will unbedingt meinen Duft, meine Energie hineinbringen. Also streiche und lackiere ich zehn Tage lang. Stehe um sieben auf, springe in den Blaumann, lege los bis mittags, ziemlich high von den leckeren Lösemitteln hole ich mir im »Karma«, dem einzigen veganen Imbiss downtown, ein Mittagessen und einen Salat für abends, höre Taylor Swift und Robbie Williams und lasse sämtliche Doku-Soaps laufen, bei denen ich insgeheim gern mal mitmachen würde: Shopping Queen, Mieten, kaufen, wohnen, Alles, was zählt.

Im »Karma« ventilierten zwei abgemagerte Heidi-Klum-Kopien gestern die Theorie, derzufolge diese Fernseh-Formate mit Frequenzen versehen seien, die das Gehirn weich machen.

Da spricht wohl jemand aus Erfahrung, dachte ich gehässig.

Zur Vorsicht surfe ich jedoch heute Abend durchs Netz und lande auf ziemlich abgespaceten Websites, auf denen von energetischen Emulgatoren die Rede ist, die angeblich beim Fernsehen unsere Synapsen schwächen. Super, wir gucken Das perfekte Dinner und nebenbei wird unser Gehirn weichgekocht. In den Chatforen wird darüber geschimpft und lamentiert.

Ich meine, man kann den Fernseher ja auch einfach ausschalten.

Während wilde Verschwörungstheorien an mir vorüber twittern und facebooken, muss ich an Timo denken. Der hätte bestimmt eine gescheite Erklärung parat.

Wieso hätte? Sofern er nicht zu viel fernsieht, sollte er noch unter den Lebenden weilen. Ich probiere seine alte Handynummer.

Nach vier Mal Klingeln nimmt er ab. »Ja, bitte?«

»Hey«, sage ich verblüfft. »Du hast echt noch die alte Nummer!«

Pause. Dann: »Du weißt aber schon, dass *hey* die Bezeichnung für einen mittelalterlichen Tanzschritt ist, der die Form einer Lemniskate beschreibt, oder?«

»Na danke, Einstein.«

»Wühle nicht in dieser Wunde, Weib«, gibt er ernsthaft zurück.

Ich muss lachen. Und ich freu' mich. Zwei Sätze und er ist wieder da, mein bester Freund aus den relaxten Jahren des Studentenlebens, supernett, superschlau, Hoffnungsträger der Bekleidungsdynastie Claussen, aber eigentlich Einsteins Erbe. Brillanter Mathematiker, beseelt von der Idee, die Welt neu zu vermessen, und untröstlich, als ein Russe den Beweis für die Poincaré-Vermutung erbrachte, an der sich die klügsten Köpfe der letzten 100 Jahre eben jene zerbrochen hatten. An dem Abend, es war kurz vor Ende meines Studiums, rief er ziemlich deprimiert an und versuchte mir zu erklären, weshalb seine Berechnungen sehr viel eleganter seien als die des Russen, und wenn er nur einen Tag länger Zeit gehabt hätte … laber rhabarber. Es war ein langes, ermüdendes Telefonat, für ihn, weil ich seinen mathematischen Spitzfindigkeiten nicht folgen konnte, für mich, weil es mir nicht gelang, ihn aus dem Jammertal herauszulocken. Danach verloren wir uns aus den Augen. Und jetzt, so scheint's, steigen wir einfach wieder zusammen in einen Zug ein. Das ist toll, das ist wahre Freundschaft.

»Und was genau möchtest du?«

Das ist nicht der dritte Satz, der zu den beiden ersten passt. Plötzlich klingt Timo reserviert und spröde.

»Och, ich dachte, ich ruf mal an«, sage ich leichthin.

»Hm, ja, das ist gerade etwas ungünstig.«

»Okay, klar, kein Problem. Du kannst dich ja melden, wenn es besser passt.«

»Ja, gern. Ich fliege allerdings morgen für eine Weile nach Südasien. Deshalb ...«

Ich verstehe. Er packt seinen Koffer. Ich komme ungelegen. »Viel Spaß«, sage ich fröhlich. Wir verabschieden uns höflich, wie Fremde. Schade.

Naja, denke ich, wer weiß, vielleicht sitzt seine Frau schon auf dem Hartschalenkoffer und ist genervt, weil Timo nicht bei Fuß steht, um ihn zuzukriegen. Oder weil ihr der Bikini nicht mehr passt. Oder oder.

Südasien?

Wenn man in Urlaub fährt, sagt man nicht: nach Südasien. Man sagt: Ich fahre nach Kambodscha, die Reisfelder gucken. Nach Auroville, meditieren und Asanas üben. Nach Kerala, ayurvedisch abhängen.

Südasien.

Einer dunklen Ahnung folgend surfe ich durch einige Internetportale, die sich mit Mode und nachhaltiger Bekleidungsproduktion beschäftigen und erfahre, dass Timos Eltern schon häufiger wegen unsauberer Produktionspraktiken im Kreuzfeuer der Kritik standen, ihr Firmencredo »Astreine Qualität. Saubere Betriebe. Unser Herzensbeitrag zum wirtschaftlichen Fortschritt eines hilfsbedürftigen Landes« sei schlimmster PR-Sprech für von Kinderhänden unter schrecklichsten Bedingungen gefertigte Billigware. Die Website ist garniert mit Fotos fröhlicher Näherinnen in Saris und den jovial lächelnden Claussens in peinlichen Tropenanzügen. Bildunterschrift: »Ihr Vertrauen verpflichtet uns. Das Gründer-Ehepaar und ihr Sohn, der das Unternehmen seit fünf Jahren leitet.«

Oh nein, Timo, das kann nicht dein Ernst sein!

Eine seltsame Traurigkeit erfasst mich. Timo wird mich niemals zurückrufen, es wird ihm peinlich sein. Vielleicht ist es gut so. Begrabene Träume führen zu emotionalen Verwerfungen, und welche es nach sich ziehen mag, von der Relativitätstheorie abzuwandern in ein Unternehmen, das auf dem Rücken der Schwächsten Gewinne macht, will ich gar nicht so genau wissen. Im Moment habe ich genug mit mir selbst zu tun.

Am nächsten Tag ist es geschafft.

Die Pinsel fliegen in den Müll, die Restfarbe in den Keller.

Der Möbelwagen hält pünktlich vor meiner Tür. 40 Bücherkisten, zehn Billy-Regale, mein Schreibtisch, meine Couch, mein neues Bett, Kissen, Leuchter, Bilder.

Den Esstisch für zwölf Personen, den wir uns – Anmerkung aus der linken Hirnhälfte: es gibt kein Wir mehr, vielleicht gab es niemals eins, wähle zukünftig eine neutrale Umschreibung – angeschafft haben und der sich in vielen, langen Ess- und Trink-Abenden mit Freunden emotional wie sozial amortisiert hat, hat mein Ex unbedingt behalten wollen. Die Abende sollen in seinem Eppendorfer Schöner-Wohnen-Bau genauso fortgeführt werden. Als wäre ich nicht weg. Oder sagen wir: nie dagewesen? Nie Teil seines Lebens gewesen? Blödmann. Ich habe diese Abende initiiert. Vor mir war er gesellschaftlich gesehen ein Zombie. Egal. Ich hab den Teaktisch, der immer noch zerlegt in der Küche liegt. Einer der netten Möbelpacker wird ihn mir bestimmt zusammenschrauben.

Drei Tage später ist alles aufgebaut und eingeräumt. Ich kann dekorieren.

Am vierten Tag kommt eine ernsthafte Sinnkrise vorbei und flüstert:

Niemand kocht dir eine Hühnersuppe.

Niemand hat Zeit, dir zu helfen.

Niemand hat dich lieb.

Nicht einmal meine Mutter. »Der Hof, mein Kind, geht vor«, sagt Mama Lana am Telefon. »Was musst du auch jetzt umziehen? Hätte das nicht Zeit bis Oktober gehabt?« Im Subtext die Fragen: Warum musst du überhaupt umziehen? Dich trennen? Schon wieder?

»Früher hättest du mich so was nicht gefragt«, erwidere ich vorwurfsvoll.

»Wann genau ist für dich früher, mein Kind? Meinst du meine Che-Guevara-Endphase oder die Immenhof-Revolution?«, versetzt meine Mutter ironisch. Wir müssen beide kichern und sofort sind die Bilder aus jenen Zeiten wieder da.

20 Kühe, 20 Schweine, eine Schar Hühner, dazu Raps, Hafer, Gerste, mit dem ersten Hahnenschrei aus dem Bett. Der Hahn krähte allerdings nur, wann es

ihm passte, mal so, dass die Kühe pünktlich gemolken werden konnten, mal zwei Stunden später, wenn alle Tiere Kohldampf schoben und das Milchvieh brüllte. Er war eben genauso drauf wie meine Eltern, voll relaxed, der linearen Zeit abhold, echte Mittsiebziger, flower in their hair, Che im Herzen und die Vision, aus dem Hof eine WG mit Tendenz zur Kolchose zu machen. Als meine Versetzung auf ein Gymnasium in Husum anstand und damit die tägliche Fahrt mit dem Schulbus den kurzen Weg in die Dorfschule ersetzte, schaffte meine Mutter einen Wecker an. Eine messingfarbene Höllenmaschine mit zwei Pömpeln. Sie läutete das Ende der Idylle ein. Alle erwachten. Die potentiellen Kolchowiken, die bei uns lagerten und das Haus mit ihren Tüchern, Federn, Kristallen, Om-Zeichen und Shishas in eine Mischung aus Indianerdorf und Serail verwandelt hatten, zogen nach und nach weiter, der Sonne entgegen. Goa lautete das Mantra des heraufdämmernden Wassermann-Zeitalters.

Auch meine Eltern fanden es an der Zeit, ihren masterplan zu überdenken. Schwuppdiwupp wurde ein Kredit aufgenommen, zwei Altenteiler neben unserem Haus hochgezogen und drei gewaltige Landmaschinen, Marke Klingonen-Alptraum, angeschafft, die die Zinsen einfahren sollten. Oma und Opa Krüger verließen ihr aus Protest gegen die Kolchose gewähltes Büsumer Exil und kehrten heim, die Großeltern mütterlicherseits verzichteten jedoch dankend auf die Freuden einer Großfamilie, und wir machten aus der Not des leerstehenden Altenteilers eine lukrative Tugend: Ferien auf dem Bauernhof. Mit Ponys. Halbpension. Fährtenlesen. Lagerfeuer. Nachtwanderung. Flötenaus-Weidenruten-schnitzen und allem, was Großstadt-Herzen das Glück des archaischen Seins nahebringt. Bald hießen meine Eltern nicht mehr Krüger, sondern wurden KrügerKing genannt. Sozialneid züngelte hier und da an unserer Reputation, Gerüchte über einen geheimen Swingerklub im Ferienhaus machten die Runde, meine Eltern litten ein bisschen, bis schließlich eine andere Sau durchs Dorf gejagt wurde. Das ist so auf dem Land, alle kennen das, jeder ist mal dran. Aber irgendwie hat das Geschehen den letzten Rest psychedelischer Heiterkeit aus dem Gemüt meiner Eltern vertrieben. Sie ergaben sich. Papa wurde Schriftführer im Boßelverein, Mama trat dem Häkelbüdelklub bei. Ich zog nach Hamburg, sobald ich das Abi in der Tasche hatte. Aus dem Landei schlüpfte ein Hipster. Doch die Carepakete mit Eiderstedter Schinken, duftender Seife aus Schafsmilch und Tee aus selbstgezogenen Kräutern, die meine Eltern gelegentlich schickten, stimmten mich wehmütig. In allen Semesterferien fuhr ich heim, um Flöten aus Weidenruten zu schnitzen.

Ich wusste, dass mir in Hamburg etwas Wesentliches fehlte, aber zurückkehren auf den Hof? Wozu? Was soll ich dort?

»Warum kommst du am Wochenende nicht mal wieder heim? Es gibt Kirschsuppe mit Klüten.«

»Nein, danke. Soll ich Pia etwa dabei zusehen, wie sie als wiedergeborene Heidi-Brühl-in-der-Immenhof-Verfilmung auf einem weißen Pony über die Felder reitet?«

»Dein Bruder liebt sie und ihre Haarfarbe ist auch schön«, gibt meine Mutter lakonisch zurück. »Darauf kommt es an, oder?«

»Auf die Haarfarbe? Ich wusste nicht, dass es eine Blondtönung gibt, die Immenhof heißt.«

»Du weißt genau, was ich meine.«

»Ich weiß, dass mein kleiner Bruder sie liebt, aber ich weiß auch, dass sie nicht gut für ihn ist. Sie ist nicht echt. Sie spielt nur die Frau eines Landwirts, weil sie einmal zu viel RTL geguckt hat.« Von wegen energetische Emulgatoren. »Ihretwegen, weil sie den Hals nicht voll kriegen kann, soll dieser gruselige Mega-Stall her und eine Scheiß-Mast-Anlage mit …«

»Schluss jetzt, Holly«, unterbricht sie mich energisch. »Ich bin mit der Entwicklung auch nicht glücklich, aber du hast dich vor zehn Jahren entschieden, den Hof nicht zu übernehmen. Jetzt beklag dich nicht über die Art, wie Rolf ihn leitet …«

»Der mutige Massentierhalter …«, werfe ich zynisch ein, den RTL-Jargon nachäffend.

»Und mit wem er das tut.«

Pause. Pause.

Meine Mutter beendet das Schweigen. »Ich könnte dir ein Paket mit Schinken und Himbeermarmelade fertig machen.« Ihr Ton ist mild, nachsichtig.

»Super«, sage ich. Aber mit einem Mal weiß ich, dass die Zeit der Pakete vorbei sein sollte. Ich bin 32 Jahre alt, im Herzen ein Landkind, im Kopf eine Business-Frau, und das Leben hat mich dahin geführt, wo für diesen Mix die Quadratur des Kreises liegt: viel Grün, wenig Menschen, aber viele potentielle Kunden.

Genau hier.

Der Zeitpunkt, um ein Büro in einem 20-000-Seelen-Ort zu eröffnen, ist suboptimal. Noch sind Ferien, viele sind unterwegs, der Rest ist mit Garten und Grillen beschäftigt. Während ich in meinem schicken Büro sitze und über die Frage nachdenke, was ich hier eigentlich soll, wird die Eingangstür mit Schwung aufgerissen.

»Guten Tag«, begrüßt mich eine Erscheinung mittleren Alters strahlend.

»Guten Tag«, erwidere ich höflich, überzeugt, dass die Erscheinung sich in der Hausnummer geirrt hat. Sie sieht aus, wie jemand, der vier Katzen hat. Ehrlich gesagt sieht sie aus wie jemand, der mit Papilloten schläft, geblümte Morgenmäntel trägt, die Titelmelodien aller Soaps mitsingt, perfekten Apfelkuchen backt, einen Ehemann hat, der in ihr die deutsche Antwort auf Dolly Parton sieht, und drei erwachsene Kinder. Ein Reihenendhaus, grüne Plüschstores, gegelte Nägel. Und vier Katzen.

»Ich fall' mal gleich mit der Tür ins Haus«, sagt die Erscheinung und verdreht sogleich die Augen. »Noch mal von vorn.« Sie schließt für einen Moment die Augen, öffnet sie wieder und blickt mich an. »Mein Name ist Rita Rodenborg.« Sie ergreift meine Hand und schüttelt sie kraftvoll. Warme Hand. Angenehm. Ein Blick, in dem mütterliche Fürsorge und Entschlossenheit liegen. Und eine Klarheit, die nicht zu dem Styling zu passen scheint, aber der Gedanke, dass platinblond gesträhnte Pudel-Pony-Hochfrisuren nur Köpfe ohne nennenswerte Ganglien-Aktivität zieren, gehört in den Bereich Mythen und Legenden arroganter, glattgeföhnter Medien-Schnösel.

»Angenehm. Holly ...«

»Ich weiß, ich hab das Schild gesehen. Das ist ja schon ein bisschen länger dran als Sie hier drin, nicht.

Also, ich meine, Sie haben es wahrscheinlich deshalb vor Ihrem offiziellen Einzug befestigt, damit die Leute sich schon mal Gedanken machen, ob sie ihre PR nicht ein wenig aufmöbeln sollten, nicht? Also, ich habe mir jedenfalls Gedanken macht. Als ich das Schild sah, sagte ich zu mir, Rita, jetzt oder nie.«

»Kann ich Ihnen vielleicht einen Kaffee anbieten?« Eigentlich will ich Rita loswerden, aber irgendwie auch nicht. Ich bin gespannt, was das hier werden soll.

»Nein, danke. Sonst verlässt mich der Mut.« Sie holt tief Luft. »Ich möchte mich bei Ihnen bewerben. Als Assistentin. Als Ihr Backoffice.«

»Oh.« Das ist alles, was mir dazu einfällt.

»Ja«, sagt sie und nickt. »Ich bin selbst etwas überrascht.«

Wir stehen einen Moment voreinander und wissen nicht so recht, wie es weitergehen soll. Rita Rodenborg abzuwimmeln ist, glaube ich, keine gute Idee. Ihre Aufmachung mit getürmten Löckchen, Mille-fleur-buntem Minirock, weißen Sommerstiefelchen mit Trodeln und Lederblouson in mintgrün ist so absurd, dass sie ebenso gut eine Schauspielerin sein könnte, angeheuert von lieben Kollegen. Die Tricks konkurrierender PR-Leute können sehr, sehr schmutzig sein, ich kenne Storys von fingierten Gesprächen wie diesem, die per Webcam aufgezeichnet und auf Youtube veröffentlicht wurden, wodurch die hoffnungsvollen Existenzgründer ratzfatz zur Lachnummer der Branche oder zum Miststück der Saison avancierten, je nach Drehbuch ihrer Rivalen. Dieses Image kriegt man nie wieder los. Einmal im Netz, immer im Netz. Vorsicht ist also geboten. Und nein, ich bin nicht paranoid.

»Nehmen Sie doch bitte Platz«, sage ich liebenswürdig und zeige auf das Lounge-Ensemble aus schwarzem Leder mit Glastisch, das mein Ex mir überlassen hat, und das diesem Büro ordentlich Klasse verleiht.

Rita setzt sich, die Hände gefaltet auf sittsam zusammengedrückten Knien. »Ich bin 46 und Pflegemutter von drei erwachsenen Kindern ...«

Bingo, denke ich.

»... die jetzt endlich den Dreh gefunden haben, sich aus dem Hotel Mama zu verabschieden. Mein Ehemann ist Frührentner und so herzensgut wie herzkrank, was wahrscheinlich zusammenhängt, man weiß ja heute so einiges darüber ...«

Sie hält inne. »Nicht abschweifen, Rita«, ermahnt sie sich, dann fährt sie fort: »Also herzensgut ist er und wir haben uns lieb. Aber wenn ich mich jetzt nur noch um ihn und meine Katzen ...«

Bingo, die zweite.

»... kümmere, kriege ich einen Knall.«

»Das verstehe ich«, erwidere ich freundlich, mit Sahnekaramell in der Stimme, »jedoch ...«

»Ich habe ein Fernstudium Kommunikationswissenschaften mit Auszeichnung absolviert«, unterbricht sie mich, »ich habe für einen Verlag, der Kochkarten herstellt, die Rezepte entwickelt und geschrieben und als der pleite ging, habe ich einem Küchenhersteller die Sache mit den Kochkarten schmackhaft gemacht. Das war ganz lukrativ.«

»Oh, das glaube ich gern«, sage ich gleichbleibend freundlich. »Jedoch sind maßgeschneiderte PR ...«

»Public Relation«, unterbricht sie mich erneut, »bedeutet eine Beziehung zur Öffentlichkeit herzustellen, und das ist das, was ich kann. Ich verkaufe einem Eskimo einen Kühlschrank.« Sie schenkt mir einen koketten Augenaufschlag und senkt die Stimme. »Ich weiß, dass man das Wort heute nicht mehr benutzen darf, aber sagen Sie dasselbe mal mit Inuit. Klingt nicht.«

Es gelingt mir nur mühsam, ein Lächeln zu unterdrücken. »Liebe Frau Rodenborg, ich weiß beim besten Willen nicht, wie ich Sie mit Ihren Qualifikationen in meine Arbeit einbinden könnte«, sage ich und verspüre tatsächlich einen Anflug von Bedauern. So wenig kompatibel Rita Rodenborg in Outfit, Auftreten und Ausbildung sein mag und so kontraproduktiv es ganz bestimmt wäre, mit einer Assistentin wie ihr das eigene Bemühen um eine stimmige Corporate Identity ad absurdum zu führen – so sympathisch wäre mir die Vorstellung, diese Frau täglich um mich zu haben. Ich mag sie, ohne Wenn und Aber, aus welchem archaischen Urgrund auch immer diese Zuneigung herrühren mag. Die versteckte Kamera habe ich komplett vergessen. Rita ist echt, da bin ich mir plötzlich sicher.

Vielleicht ... mit einer Tönung in dunkelblond ... und vielleicht hat sie ja auch noch ein paar gedeckte Klamotten im Schrank ... Doch schließlich meldet sich mein innerer Finanzberater: Du hast dafür kein Geld. Ende der Durchsage. Wiederhole!

»Ich habe für eine Assistenzstelle leider kein Budget«, formuliere ich etwas weniger demütigend. »Es tut mir aufrichtig leid. Initiativbewerbungen führen ja häufig zum Erfolg, doch in diesem Fall leider nicht.«

Sie strahlt mich an, als wäre meine Bemerkung ein Sechser im Lotto.

»Dass Sie gerade nicht so liquide sind, habe ich mir schon gedacht. Andererseits *hätten* Sie gern eine Assistentin, sonst hätten Sie ja wohl keinen zweiten Schreibtisch hier stehen, nicht wahr?

Ich lächle vage. Der zweite Schreibtisch ist bloß Optik. Show. Macht mehr her. Aber das behalte ich für mich.

Als ich nichts erwidere, verkündet Rita Rodenborg: »Wir machen Folgendes: Ich arbeite sechs Wochen lang unentgeltlich als Ihre Praktikantin. Danach verschaffe ich Ihnen einen Auftrag, der meine monatlichen 450 Euro mindestens ein Vierteljahr lang trägt. Nach den drei Monaten ziehe ich wieder eine lukrative Sache an Land und so weiter. Ich lerne von Ihnen, Sie bekommen Kunden und Kohle. Eine«, sie strahlt noch zehn Lumen stärker, »Win-win-Situation. Abgemacht?«

Unwillkürlich erwidere ich ihr Lächeln. »Frau Rodenborg, das ist ein sehr interessanter Ansatz, aber es wird nicht funktionieren, ich kann nicht gleichzeitig arbeiten und jemanden anlernen, der von meinem Beruf keine Ahnung hat.« Ich schüttle den Kopf. »Wirklich nicht. Es tut mir leid, aber ...«

Rita bleibt standhaft. »Eine Woche. Geben Sie mir eine Woche.«

Unsere Blicke treffen sich. Ich gebe nach. Was soll's. Fünf Tage sind schnell vorbei. Und vielleicht springt ja ein Apfelkuchen dabei heraus.

Unsere Büro-Idylle beginnt am nächsten Tag, halb zehn

Rita trägt einen dunkelblauen Hosenanzug mit weißer Bluse. »Ich probiere es mit allen Mitteln«, kommentiert sie meinen überraschten Blick. »Aber meine Frisur bleibt, wie sie ist.« Sie grinst breit, als wüsste sie genau, dass ich gestern über dunkelblonde Tönungscremes nachgedacht habe. Das ist ein bisschen spooky, aber vielleicht ist Rita ja auch einfach nur mit seltener Selbstironie begabt. »Und Kuchen backe ich auch nicht.«

»Schade«, platze ich heraus.

»Das wollte ich hören«, sagt Rita breit grinsend und zaubert aus ihrem Korb eine Springform mit einer Quark-Sahne-Apfel-Komposition.

Zwei enorm große Stücke später bringe ich Rita bei, Mailinglisten anzulegen und Formbriefe. Formbriefe findet sie doof, weil der Adressat ihrer Ansicht nach gekränkt wird, wenn er mir gerade mal einen Formbrief wert ist. Wir einigen uns auf variable Formbriefe. Zu meinem grenzenlosen Erstaunen hat sie ziemlich viel Fachliteratur inhaliert und verblüfft mich mit profunder Kenntnis des Resonanzphänomen-Gurus Johannes Ortleben. Statistik und Analyse sind nicht so ihr Ding.

Sie findet Intuition wichtiger.

Am Freitag verlängern wir auf drei Wochen. Eigentlich ist in dem Moment bereits klar, dass der

Hase genauso läuft, wie Rita es sich wünscht, und wie es mir mit jedem Tag tatsächlich lieber wäre. Mein cooles Büro ist nicht mehr so kühl, so einsam, ab und an schneien Ritas Freunde und Nachbarn herein, eine ziemlich heterogene Mischung aus Rita-Doubles, tätowierten Kraftpaketen in Ledermontur, einem Gothic-Pärchen mit Dobermann und zwei splitterdünnen Nerds, die nicht älter als 20 sein können, aber eine gut laufende IT-Firma besitzen, die sie nicht besäßen, wenn Rita nicht wäre – dieser Andeutung fügen sie nichts hinzu – weshalb sie ihr und damit mir als Ritas Arbeitgeberin ab sofort kostenlosen und uneingeschränkten Internet-Telefon-PC-Support anbieten. PR bräuchten sie nicht, das liefe alles über Facebook, aber sie würden bei ihren Kunden Werbung für »unseren« Laden machen. Ich bedanke mich verblüfft und sehe den beiden schwarzgekleideten Splittern nach, wie sie in einen schwarzen Panzer steigen.

»Und?« Ich werfe Rita einen auffordernden Blick zu. Tatsächlich platze ich vor Neugier.

»Meine Jungs«, antwortet sie und zuckt mit den Schultern. »Anhänglich wie Gänseküken.«

Ich warte, aber Rita möchte dieser dürftigen Erklärung nichts hinzufügen. Wenn ich es recht bedenke, weiß ich eigentlich nach drei Wochen nicht mehr über sie, als das, was sie am Tag ihres Vorstellungsgesprächs preisgegeben hat. Ihr Mann liebt sie, die Kinder sind aus dem Haus, sie hat Katzen. Seltsam.

Dann nicht, denke ich beleidigt, rufe mich aber im selben Augenblick zur Ordnung. Was gehen mich Ritas Privatgeschichten an? Also wirklich.

In Kürze ist das Ding hier eh vorbei.

Am letzten Tag der vereinbarten drei Wochen steht ein großer, kräftiger Mann in Gummistiefeln und kariertem Flanellhemd vor mir.

Rita strahlt, als sie ihn erblickt. »Darf ich Ihnen Matze Michaelsen vorstellen!« Sie fragt nicht, sie verkündet. Wie ein Zirkusdirektor eine ganz besondere Trapez-Nummer.

»Freut mich«, sage ich businessmäßig.

»Die Rita meint, ich soll dann doch mal PR machen«, sagt er mit einem bescheidenen Lächeln, und endlich fällt bei mir der Cent. Matze Michaelsen. Patchwork-Biografie. Erst Taxifahrer, dann Heilpraktiker, dann Landwirt, jetzt »der lustige Landwirt«, der ein mäßig begeistertes Kurbad-Publikum vom Darß bis zum Jadebusen mit Verbalmist traktiert.

»Soweit ich weiß, läuft es doch ganz gut bei Ihnen«, entgegne ich.

»Ich möchte aber in die E1-Arena.«

»Ich verstehe. Eine ambitionierte Angelegenheit«, sage ich. Der hat ja Nerven. »Offen gesagt ...«

Matze wirft Rita einen Blick zu. »Holly meint«, übersetzt Rita prompt, was die Worte »Offen gesagt« in Normaldeutsch bedeuten, »das ist noch nicht deine Liga. Wir spielen fürs Erste in der Kreisklasse und arbeiten uns langsam hoch.«

Matze nickt zufrieden. »Auch gut.« Pause. Dann fügt er ungefragt hinzu: »Ja, die Rita ist wie eine Mutter zu mir.« Er nestelt eine Rolle Bargeld aus der Jeanstasche, zählt 2000 Euro ab und legt sie auf meinen Schreibtisch. »Kommen Sie mal bald rum. Sie müssen meinen Stall sehen, sonst verstehen Sie mich nicht.« Ohne meine Antwort abzuwarten, drückt er Rita an seine Brust, nickt mir zu und verschwindet.

»Als ob ich nicht wüsste, wie es in einem Stall aussieht«, sage ich missmutig, dann reiße ich mich zusammen und gratuliere Rita zu ihrer Punktlandung. Sie hat ihren Teil unserer Abmachung eingehalten, jetzt bin ich dran. Über mein Portfolio hätte ich mir vorher Gedanken machen müssen. Der lustige Landwirt. Großer Gott.

»Zwischen dem Overbüll von früher und Matze-Land gibt es viele Gemeinsamkeiten«, sagt Rita sanft. »Sie werden sich wundern.«

Matze-Land. Das wird ja immer besser.

Overbüll, 11. August

Pünktlich um zehn Uhr hält ein anthrazitfarbener Kombi der Marke »Wir haben Schotter ohne Ende lassen es aber nicht heraushängen, um nicht zu riskieren, dass uns wegen Angeberei ein Auftrag durch die Lappen geht« auf dem Hof. Ihm entsteigt ein sympathischer Mittfünfziger, Wildlederjacke, schwarze Jeans, kleines Bäuchlein, dunkle, leicht schüttere Haare, alles in allem eine norddeutsche Version von Mr. Big (Sie wissen schon, der coolste aller Typen aus »Sex and the City«). Der Architekt kommt aus dem Hamburger Süden und ist in dieser Gegend ein unbeschriebenes Blatt. Auch das Autokennzeichen wird auf dem Hof nebenan keinen Verdacht erregen, ein Feriengast, weiter nichts. Rolf will nicht riskieren, dass die Nachbarn sich die Mäuler zerreißen, bevor die ersten Masthühner hier vom Band laufen. Der Neid der anderen wird das größere Problem sein, das kleinere der Gemeinderat, der natürlich auch um Erlaubnis gefragt werden muss. Aber die Argumente sind auf Rolfs Seite: Der Gestank der 20 000 Tiere wird vom Nordseewind weggeblasen und das Gebäude wird mit Trompe-l'œil-Malerei (Schafe, Weide, Blumen, Schmetterlinge) so idyllisch-naturalistisch gepimpt, dass es quasi kaum auffällt, idealerweise sogar ein hübsches Selfie-Motiv für die Touristen abgibt. Das war Pias Idee. Eine schöne Idee, findet Rolf, auch wenn die ewigen Nörgler ein gewisses makabres Geschmäckle darin ausmachen werden.

»Moin!« Rolf eilt dem Gast entgegen.

»Hallo, guten Morgen.« City-Deutsch.

»Wie wäre es mit einem Kaffee?«

Der Architekt nickt. »Gern.«

In der Küche warten belegte Brötchen, eine Porzellankanne mit handgefiltertem Kaffee, eine hübsch zurechtgemachte Pia und eine Lana, die ihre abgrundtiefe Verachtung des Establishments im Allgemeinen und der kurzsichtigen Pläne ihres Sohnes im Besonderen durch ein gebatiktes Walle-Outfit mit Stirnband zum Ausdruck bringt. Ob der Gast *diese* Sprache versteht, ist ungewiss. Jedenfalls begrüßt er beide Frauen so freundlich wie sachlich, ja, fast unbeteiligt, so, als sei es ihm tatsächlich egal, ob er dieses Auftragsvolumen von drei Millionen Euro einsackt oder nicht. Lana ihrerseits wirft ihm einen Blick zu, der spontanes Bedauern darüber spiegelt, dass so ein prachtvoller Kerl Mastanlagen entwirft statt Palmhütten in Goa zu bauen. Vor Aufregung entfällt ihr der Name des Mannes. Rasch schlägt sie die Augen nieder und schüttelt den Kopf. Also wirklich, Lana, je oller, je doller.

Pia guckt ihre Schwiegermutter irritiert an.

Rolf beißt in ein Brötchen.

Der Architekt nippt am Kaffee.

Pia fragt, wie die Fahrt gewesen sei, ah, gut, nur ein bisschen Elbtunnel-Gedränge, so so.

Lana gibt sich Fantasien hin und hat Mühe, zu ihrer klaren Haltung konsequenter Ablehnung zurückzufinden. Sie schenkt Kaffee nach, und erzählt, dass sie früher gern in der Gegend, aus der der Architekt stammt, gewandert sei. Ihre Stimme klingt etwas blechern. Der Architekt erwidert, dass Wandern nicht mehr so seins sei, seitdem er das Paragliding für sich entdeckt habe. Wenn es sich ergäbe, könnte Lana ihn gern einmal begleiten.

»Um Himmels Willen!«, entgegnet Lana kokett.

Rolf kaut schneller, bemüht, den Fleischsalat-Rest unauffällig in der Backentasche zu lagern, um die Unterhaltung zum Wesentlichen zu führen, als der Architekt, ein feines Lächeln im Mundwinkel, ihm zu Hilfe kommt.

»Ich würde Ihnen meine Ideen gern vor Ort erklären, ist Ihnen das recht? Auf dem Papier bekommt es nicht so richtig Gesicht.«

Pia wirft ihm einen abschätzigen Blick zu. Von wann ist der Mann? 1850?

Der Architekt deutet ihren Blick richtig und grinst. »Auf dem Tablet erst recht nicht.«

»Gute Idee.« Rolf steht sofort auf, goldgelbe Krümel hüpfen von seiner Hose auf den Terrazzo-Boden. Pia runzelt die Stirn und sieht ihren Mann ungnädig an.

Schließlich verlassen alle vier das Haus und begeben sich zur hinteren Koppel, auf der die Mastanlage errichtet, und dann hinüber zum Stall, der durch einen neuen, großen Mega-Stall ersetzt werden soll. Der Architekt ist es gewöhnt, Zahlen und Zeichnungen durch Worte und Gesten zum Leben zu erwecken, und als er fertig ist, steht allen das Bild des neuen Krügerschen Hoflebens vor Augen.

Auch den Tieren im Stall.

Als die Menschen zum Haus zurückzugehen, um die Pläne bei den restlichen Brötchen und frischem

Kaffee en détail zu erörtern, hängt für einige Momente absolute Stille in der Luft. Kein Kauen, kein Muhen, kein Pupsen, kein Schnauben, kein Gackern, kein Miauen, nichts.

Menschliche Worte und tierische Laute sind zwar nicht ganz kompatibel, und sowenig ein Tier menschliche Worte verstehen kann, sowenig können Menschen verstehen, wie die einzelnen Laute der Tiere übersetzt werden. Beiden Spezies ist jedoch gemein, dass sie eine universelle Sprache sprechen – wie unsichtbare Worte, die durch die Luft schweben wie ein von einem Sportflugzeug gezogenes Spruchbanner. Das kann auch jeder lesen, der den Blick nach oben lenkt.

Wenn alle durcheinander reden, ist es aber so oder so schwierig, den Sinn herauszuhören, der eine will dies, der andere das, der nächste hat Angst, der übernächste ist wütend. Darin sind Menschen und Tiere sich sehr ähnlich.

Jedenfalls bricht mit einem Mal eine ziemlich dissonante Kundgebung los. Als jedes Tier etwas beigetragen und sich Luft gemacht hat, ist man sich einig:

Das Übel kommt näher. Holly kann helfen. Die lebt aber woanders.

Die Stimmung ist gedrückt.

»Wer ist das? Was heißt woanders?«, frage ich meine Mama, die ihres gestromten Fells wegen von allen »die Tigerin« genannt wird.

Mama lässt sich Zeit mit der Antwort, reckt sich, putzt mir ein wenig Stroh aus den glänzend schwarzen Haaren, und sagt dann: »Sie ist die Schwester von Rolf. Und woanders heißt irgendwo und nicht hier.«

»Warum ist sie irgendwo und nicht hier?«

»Weil jeder Mensch einen freien Willen hat und machen können sollte, was er möchte.«

»Machen können sollte?« Ich schaue sie groß an.

»Nun, die meisten tun es nicht, obwohl sie es könnten. Und Holly ist mutig und tut es, obwohl sie nicht weiß, ob es das ist, was sie tun sollte. Wahrscheinlich eher nicht.«

»Oh. Muss ich das verstehen?«

»Nein. Das ist Menschenkram. Katzen wissen immer, was sie wollen und tun immer, was sie wollen.«

»Ich auch?«

»Sicher«, sagt die Tigerin mit einer gewissen Selbstgefälligkeit. »Ich werde dir alles beibringen, was du wissen musst. Wir finden stets Mittel und Wege, um unserem freien Willen nachzugehen.« Ihre Augen verdunkeln sich. »Die anderen hingegen ...«

»Werden gegessen, mein Jungchen!« Ein Rabe mit allerschönstem blauschwarzem Gefieder spaziert aufreizend vor dem Katzennest hin und her.

»Halt den Schnabel!« faucht die Tigerin und der Rabe fliegt fort.

»Stimmt das?« Ich bin schockiert.

»Natürlich nicht. Menschen mögen aber die Milch der Kühe und die Eier der Hühner.«

»Und ihr Fleisch!« schnarrt es vom Dachbalken.

»Hör nicht hin«, sagt die Tigerin. »Der ist bloß traurig, weil die Menschen Raben nicht leiden können. Schlaf jetzt ein bisschen.«

Mir fallen fast sofort die Augen zu. Wenn man erst fünf Wochen alt ist, ist so ein Morgen wie dieser sehr anstrengend.

Overbüll, 18. August

Wenn man eine Woche älter geworden ist, sieht die Welt schon anders aus. Freundlich und aufregend und bunt, heiter und gewärmt von der Sommersonne. Ab und an klingt Lachen übers Land. Ich klettere über den schützenden Strohballen, der mein Nest vor neugierigen Blicken und Kälte schützt, und purzle hinunter auf den Betonboden. Als ich mich aufrapple, klebt ein wenig Mist an meinem Hinterteil. Es riecht kräftig, ich muss niesen und ich schüttele mich, drehe mich um mich selbst, und rase wie angepiekst hinaus ins Freie, um das Zeug loszuwerden, dort, wo die trockene, sandige Erde mein schwarzes Fell sofort staubig aussehen lässt.

»Wie siehst du denn aus?« Der Rabe landet neben mir und stupst mich an. »Los, jag mich, ich bin ein Vogel und Katzen jagen Vögel. Das ist das Spiel.«

»Das ist ein dummes Spiel«, entgegne ich hoheitsvoll und setze meine Entdeckungstour fort.

Der Rabe stößt sich lässig ab, breitet seine Schwingen aus, gewinnt rasch an Höhe, sein Gefieder glänzt prachtvoll, ein geheimnisvoller, dunkler Himmelsschmuck. Ich kann nicht anders, als den makellosen Flug zu verfolgen, und mir zu wünschen, ebenfalls Flügel zu haben.

»Bist du mutig?«, schnarrt der Rabe mir von oben zu.

»Na klar, was denkst du denn?« Komische Frage.

»Willst du sehen, wovor die Tiere Angst haben?«

Ich zögere. Mama wird es nicht gutheißen, das ist mal sicher. Wie sie den Raben angefaucht hat, war unmissverständlich: Halte dich von meinem Sohn fern!

Andererseits ...

»Ja«, sage ich leise und hoffe, der Rabe hat es nicht verstanden. Hat er aber doch. Er fliegt in einer Kurve auf mich zu, packt mich mit seinen Krallen hinten im Genick und trägt mich in die Lüfte. Ich mache die Augen zu, und halte die Luft an, bis es nicht mehr geht. Die Luft schmeckt süßer als unten auf der Erde.

Nach einer Weile schnarrt der Rabe: »Mach die Augen auf, sonst verpasst du alles.«

Ich wünschte, ich hätte es nicht getan.

Als ich wieder Zuhause bin, rufe ich so laut ich kann: »Wir müssen sie holen!«

Stille.

»Ich bin mit dem Raben geflogen und habe gesehen, warum ihr Angst habt.«

Mama faucht mich an.

Ich entgegne: »Katzen folgen ihrem freien Willen. Das hast du doch gesagt.«

»Wenn du groß bist, kannst du das tun«, erwidert sie in einem Ton, der keine Widerrede duldet. »Jetzt noch nicht.«

»Man kann nicht früh genug damit anfangen«, lässt sich nun eins der Schweine hören. »Ich wünschte, ich hätte als Ferkel den Mut gehabt, mich von einem Raben wegfliegen zu lassen.«

»Hier bist du doch gut aufgehoben«, meint ein anderes kauend.

»Aber wie lange noch? Wenn diese M ...«, das Schwein schaudert und schweigt.

»Wie sollen wir es denn anstellen, Holly zu uns zu holen, Kleiner?«, fragt eine Kuh und blickt mich an, in ihren großen braunen Augen spiegle ich mich.

»Wir ... nun, wir gehen erst mal los und ... fragen andere Tiere, ob sie was wissen.«

»Vorzüglicher Plan«, sagt der Hahn. Es klingt sehr von oben herab und deshalb fauche ich ihn an. Er wirft den Kopf zurück, so dass der Kamm zittert, dann beginnt er hinter der Kuh wichtigtuerisch auf und ab zu gehen, als hätte er hier und uns irgendwas zu bestimmen.

»Meinst du mit *Wir* uns alle?«, fragt die Kuh mit sanfter Stimme ohne dem Hahn Beachtung zu schenken.

Ich weiß nicht. »Ja. Obwohl ...«

»Eine Gruppe von Tieren, die nicht einer Gattung angehören und auf Wanderschaft sind, wirkt verdächtig«, gibt die Kuh zu bedenken.

»Es müssen ja nicht alle dabei sein«, stimme ich zu. »Du und ich und ...«

»Ich bin viel zu auffällig, so schwarzbunt. Ganz in Braun würde es vielleicht noch gehen, denn über das Braune sehen die Menschen gern hinweg, aber so, wie ich bin, kann ich dich nicht begleiten, so gerne ich es täte. Sie würden mich sofort wieder einfangen.«

»Wir können uns verstecken!« schlage ich vor.

»Sie finden unseresgleichen immer. Einige haben es schon probiert, aber es ist ihnen nicht gut bekommen.«

»Wir wandern nachts und tarnen uns tagsüber«, schlage ich vor.

»Wie?«

»Wenn keiner guckt, schleichen wir uns auf eine Weide mit Kühen und tun so, als gehörten wir dazu.«

»Gute Idee.« Die Kuh wackelt anerkennend mit dem Kopf.

»Aber wir sind hier angebunden«, stellt eine andere Schwarzbunte fest.

»Eine Kette loszureißen, dürfte für ein Wesen von drei Tonnen wohl kein nennenswertes Hindernis sein ...«, schnarrt der Rabe vom Dachbalken aus, was die Hühner zum Gackern finden.

»Wo er Recht hat, hat er Recht«, sagt der Hahn und kann einem herzhaften Tritt gerade noch ausweichen.

»Wirst du es dir überlegen?« Ich sehe der Kuh in die Augen.

»Nein. Ich trage ein Kind in mir. Das braucht Ruhe.«

»Oh.«

Die weichen Nüstern kommen näher. Ihre langbewimperten braunen Augen strahlen wie von innen erleuchtet, und so ist es wohl auch. Das kleine Licht strahlt aus dem großen Licht in die Welt. »Verstehst du das, Kleiner?«

»Ja, natürlich«, sage ich. »Bloß ... ich meine, wenn die M ...«

»Nicht sagen!«, heult das Schwein.

Ich sage nichts. Es wissen ja sowieso alle.

»Wir werden dir auch keine Hilfe sein, fürchten wir.« Die indischen Laufenten reden synchron, was lustig aussieht. »Unsere gestutzten Flügel schmerzen gelegentlich sehr und dann müssen wir eine Pause einlegen und du kommst nicht so schnell voran, wie es wünschenswert wäre.«

»Nun, wir hingegen sind zwar fix«, schaltet sich eine der mallorquinischen Ziegen ein. »Wir könnten dich begleiten ...«

»... jedoch ist es besser, wenn wir unseren Stützpunkt hier nicht verlassen«, ergänzt die andere. »Sie haben sich daran gewöhnt, dass wir unter dem Fenster liegen und schöpfen keinen Verdacht. Wir können sie in aller Gottesruhe belauschen.«

Die Ziegen nicken einander zu. »Und wenn es etwas Neues gibt, schicken wir den Raben zu dir, der dich unterwegs auf dem Laufenden hält.«

»Sehe ich etwa aus wie eine Brieftaube?« beschwert sich der Rabe. »Und woher soll ich wissen, wo der Kleine sich befindet? Soll ich etwa ständig hinter ihm her sein? Also wirklich!« Nicht mal der will mir also helfen. »Gut, dann gehe ich eben allein«, sage ich.

»Du weißt doch gar nicht, wo sie lebt«, rufen die Laufenten aus.

»Das lässt sich doch herausfinden«, schnarrt der Rabe vom Dachbalken aus. »Warum bin ich hier eigentlich der Einzige, der ein bisschen Mumm in den Knochen hat, hm?«

»Eben hat sich das aber ganz anders angehört«, versetzt der Hahn süffisant.

»Du hast bloß einen großen Schnabel und nichts dahinter«, sagt Mama und wendet sich mir zu. »Wie willst du denn dort hingelangen, mein Sohn?«

»Ich verlasse mich auf den Geist meiner Ahnen«, erwidere ich hoheitsvoll, so, wie es einem Nachfahren der Großen Ägyptischen Katze geziemt. »Mama, erzähl ihnen doch von der Zeit und dem Land, wo sie uns wie Götter behandelt haben. Wir durften ...«

»Du bist zu jung, mein Sohn«, unterbricht Mama mich. »Du kannst nicht jagen, also wirst du dich auf deinem Weg nicht selbst ernähren können. Deshalb wirst du auf Menschen angewiesen sein, die dich füttern. Doch wenn du es schaffst, einen von ihnen dazu zu bewegen, eine Dose für dich zu öffnen, dann wollen sie dich als Schoßkatze behalten, du sollst bei ihnen im Haus leben und darfst nicht weg, jedenfalls nicht so lange und so weit, und weil du ein gutes Herz hast, willst du ihnen nicht wehtun und bleibst.«

Trotzig gucke ich weg. Das kann ja wohl nicht alles sein, was mich da draußen erwartet.

»Die anderen Menschen«, setzt Mama ihren Vortrag fort, »die dich nicht füttern wollen, bringen dich an einen Ort, der Tierheim heißt, dort bekommst du zu essen und zu trinken und wirst an einen Menschen weitergereicht, der sich ein Haustier anschaffen will. Manchmal sind sie nett zu dir, manchmal nicht so sehr. Überdies gibt es Menschen, die auf dich schießen, weil sie meinen, du als Katze hast in der Natur nichts zu suchen. So oder so zerrinnt dein schöner Plan wie Sand unter deinen Pfoten, und niemand hat etwas davon, dass du von hier fortgegangen bist. Du nicht und wir auch nicht. Im Gegenteil. Alle werden sehr traurig sein. Du auch.«

»Woher willst du das wissen?«, murmle ich.

»Auch von solchen Geschichten weiß die Große Katze«, sagt Mama.

»Dann weiß sie bestimmt auch, wie man es besser macht, oder?« So schnell gebe ich mich nicht geschlagen.

»Nun ja, gewiss.« Mama ist genervt.

»Und wo finde ich die Große Katze, wenn ich ihren Rat brauche?«

»Überall.«

»Hmhm.« Das ist nicht sehr hilfreich.

»Wenn du größer bist, wirst du es verstehen«, sagt Mama mit dem letzten Rest an mütterlicher Geduld. »Bis dahin stell dir einfach vor, die Große Katze ist überall dort, wo du bist.«

»Aha.« Dann steht meinem Plan ja nichts mehr im Weg!

Mama seufzt. »Holly wird dich doch gar nicht verstehen! Selbst wenn es dir gelänge, sie zu finden, wird sie dich bestenfalls niedlich finden, dir einen möglichst originellen Namen geben und bei sich aufnehmen. Wie willst du ihr begreiflich machen, dass sie Rolf und Pia den Hof wegnehmen soll und warum! Menschen sprechen kein Kätzisch, sie verstehen Tiere sowieso nicht, sie halten Tiere für eine Sache, die keine Gefühle hat.«

»Wie bitte?« Jetzt übertreibt Mama aber wirklich, mütterliche Sorge hin oder her.

Der Rabe hat die ganze Zeit geschwiegen. Jetzt schwebt er majestätisch vom Dachbalken zu mir hinunter und landet vor meiner Nase.

»Es war einmal vor langer, langer Zeit ein Mensch, der einen Hund an ein Scheunentor nagelte und aufschlitzte, um den Menschen zu beweisen, dass darin keine Seele zu finden ist. Er hieß Descartes und die Menschen haben ihm geglaubt und seitdem ...« Der Rabe lässt den Satz in der Luft hängen.

Ich bin schockiert.

»Ein klares Wort zur rechten Zeit«, sagt Mama hoheitsvoll zu dem Raben, packt mich im Genick und schreitet mit mir zu unserem Nest. Die Diskussion ist beendet.

Bergedorf, zur selben Zeit

Rita macht sich auf den Weg zur Post, einen Stapel Briefe in der Hand, Hollys Einkaufsliste im Kopf: Briefmarken, gefütterte Umschläge, Kopierpapier, Salat und Baguette für die Mittagspause.
Es ist wenig los in der Chrysanderstraße, das Wetter bilderbuchschön. Rita trägt ein rosa Viskose-Kleid mit Tellerrock, der von einem leisen Wind gebauscht um ihre Schenkel schwingt, was sich so sexy und lebendig anfühlt, dass Rita beschließt, den Genuss in die Länge zu ziehen und sich einen kleinen Umweg hinauf über das Villengebiet zu gönnen, das hinüber nach Wentorf führt. Gewundene Straßen, alte Bäume, schimmerndes Kopfsteinpflaster. Ein anderer Schnack als Lohbrügger Weg.

Mit einem Mal bleibt Rita stehen. Lauscht, nickt und hat es plötzlich ziemlich eilig.

Der schwarze Panzer zuckelt um die Ecke, als führe er auf rohen Eiern, durch die geöffneten Fenster fliegt ein Teppich aus Elektro-Pop ins Freie und verfängt sich in den Kronen der mächtigen Birken, Platanen, Kastanien, die die Villen beschützen.

Rita winkt den Jungs zu, bleibt aber nicht stehen. »Hey, sagt bloß, die Kiste kostet 100.000 Ocken und verträgt kein Kopfsteinpflaster!«

Die Splitter grinsen. »Hey, Rita. Was geht?«

»Ach, es gibt da etwas, das ein wenig in Wallung gebracht werden muss. Ich bin unterwegs.«

»Können wir dir helfen?«

»Jetzt noch nicht. Euer Einsatz kommt später.«

»Wir sind dabei! Anytime!« Der Panzer schießt davon.

In der Fußgängerzone schlendert Rita von einem Geschäft zum nächsten, und kauft in einer Boutique mit Retro-Bekleidung und Accessoires einen gebatikten Baumwoll-Schal und lässt ihn hübsch verpacken. In einer farblich passenden Papiertüte trägt sie das Geschenk hinüber in den benachbarten Hermes-Shop.

Nach kurzer zäher Verhandlung mit einer ziemlich gestressten Frau mittleren Alters verlässt Rita den Shop hochzufrieden und ein wenig erstaunt, so, als erlebte sie es zum ersten Mal, wie zwei, drei vereinzelte Rinnsale ineinanderfließen und unaufhaltsam zum Strom wundervoller Sinnhaftigkeit drängen.

Hollys Büro, eine halbe Stunde später

Als Rita zurückkommt, telefoniere ich mit *dem* Politiker und signalisiere Rita mit einem Victoryzeichen, dass ich gerade einen fetten Fisch an der Angel habe. »Wunderbar! Bis dahin!« Ich lege das Telefon weg und strahle Rita an. »Der Politiker!«

»Welcher Politiker?« Rita sortiert ihre Einkäufe und schiebt mir eine Plastikschale mit gemischtem Salat, Käsewürfeln und extra viel Italian Dressing hin.

»*Der* Politiker. Der smarte Typ, der fünf Jahre das Bergedorfer Bezirksamt leitete, und jetzt auf dem Sprung in die große Politik ist. Er braucht eine PR-Consultant, der er vertrauen kann, und ein durchschlagendes Konzept für den nächsten Wahlkampf. Er möchte Ministerpräsident von Schleswig-Holstein werden.«

»Wer möchte das nicht? Aber das wird ihm nicht gelingen.«

»Warum das denn nicht?«

»Ich habe es so im Gefühl«, meint Rita vage und reicht mir eine Gabel für den Salat.

»Aber er hat dicke, braune, gewellte Haare«, witzle ich. »Ein Samson der Politik gewissermaßen.« Ich mache mir rasch eine Notiz. Vielleicht lässt sich daraus was machen. Samson der Politik.

»Volles Haar, volle Kassen?« Rita grinst.

»So direkt kann man das nicht kommunizieren. Aber der Subtext ist genau der.«

»Und was geschah mit Samson, hm?« Rita grinst. »Delilah hat sein Geheimnis verraten, man hat ihn geblendet und geschoren und das war's dann mit seiner Kraft. Aus die Maus. Bis das Haar nachgewachsen ist, ist die Legislaturperiode um. Dieser Teil des Subtextes ist vielleicht nicht so geeignet, um Wähler zu mobilisieren.«

Ich ärgere mich. Rita verfügt eindeutig über eine bessere Allgemeinbildung als ich.

Schweigend gabelt jede im Salat herum. »Wie ist er auf unsere Agentur gekommen?«

Unsere Agentur. Rita scheint mit ganzem Herzen bei der Sache zu sein. Eben habe ich mich noch über sie geärgert, jetzt muss ich lächeln. »Ich kenne ihn aus seiner Bergedorfer Zeit. Ich habe damals Flyer und Plakate für den Bund der Gewerbetreibenden entworfen und dabei sind wir uns einige Male über den Weg gelaufen.«

»Was ihn offenkundig nachhaltig beeindruckt hat«, bemerkt Rita mit einem leicht süffisanten Unterton.

»Offenkundig«, wiederhole ich leichthin ohne die unausgesprochene Frage zu beantworten.

Overbüll, drei Stunden später

Vor dem Haus steht ein sehr großer, alter Baum. Er ist in die Breite gewachsen, sagt er, weil der Wind, den die wütende Nordsee über den Deich jagt, ihn andernfalls längst entwurzelt hätte. Er wolle aber so lange wie möglich für Lana da sein. Für Rolf und Pia auch, vor allem aber für Lana, weil die ihn vor 30 Jahren gepflanzt hat.

Ich liege an seinen Stamm gekuschelt, und beobachte ein Tier mit roten Flügeln und schwarzen Punkten drauf, das sich durch das harte Gras kämpft. Warum es läuft, obgleich es fliegen kann, verstehe ich nicht, aber ich bin froh, dass ich nicht so weit laufen muss, es ist zu heiß und zu schön, um sich den Tag mit wunden Pfoten zu verderben. Meine sind unterwärts noch ein bisschen rosa, ganz weich und empfindlicher als Mamas, die, fest und abgehärtet, tagelanges Unterwegssein über Stock und Stein aushalten. Mama will mich auf der Suche nach Holly aber trotzdem nicht begleiten, ihre Aufgabe sei es, auf dem Hof zu leben, ab und an eine Maus zu fangen und sich gelegentlich auf Lanas Schoß zusammenzuringeln, um sie zu trösten und sich streicheln zu lassen.

Alle finden meinen Plan gut. Aber niemand will mir helfen. Das ist seltsam.

Ich habe die Große Katze um Rat gefragt. Sie hat noch nicht geantwortet.

Jetzt liege ich hier herum, manchmal kreuze ich meine Pfoten und schaue aus halbgeschlossenen Augen. Das fühlt sich sehr erhaben an.

Wenn mir das zu anstrengend wird, drehe ich mich auf den Rücken und lasse mir die Sonne auf den Bauch scheinen, dort, wo mein Fell so dünn ist, dass mein Fleisch hellrosa durchschimmert, und ein paar blaue, dünne Linien, durch die, wie Mama mir erklärt hat, mein rotes Blut fließt, aber warum die Linien dann blau sind, weiß sie auch nicht.

Ich probiere ein wenig hin und her, strecke mich, räkle mich, putze mich, dann lege ich ein Päuschen ein, und strecke behaglich wieder alle viere in die Luft, ehe mit einem Mal der Kies fliegt, Staub aufwirbelt und ein großes, weißes Dings an mir vorüberflitzt und vor dem Haus anhält.

Ein Mann steigt aus, er trägt eine Uniform, die so blau ist wie der Himmel. Eilig geht er hinten an das Dings, zerrt es auf und mit einem Mal purzeln ihm blauweiße, rote, braune, hellbraune, bunte eckige Dinger entgegen.

Das ist lustig und interessant, finde ich, und setze mich trotz der Wärme und des perfekten Plätzchens unter dem Baum in Bewegung. Der Wind trägt die Melodie der Haustürglocke zu mir, als ich bereits am Ziel meiner Neugier bin und die Dinger beschnuppere. Riechen komisch. Sind glatt. Wenn ich meine Krallen fest hineintreibe, kann ich aber prima auf ihnen herumklettern, hoch und wieder herunter und wieder hinauf in das Dings und wieder hinunter und wieder hinauf. Ich falle nicht einmal hin, das ist ziemlich Klasse für einen Kater in meinem Alter.

»Danke.« Das ist Lanas Stimme. Es klingt überrascht.

»Schönen Tag noch.«

»Ebenso.«

Als ich begreife, dass ich sofort aus diesem Dings verschwinden muss, ist es zu spät. Mit einem Mal wird es dunkel wie die Nacht.

Ach, was rede ich.

Schwarz wie mein Fell. Pechschwarz. So schwarz wie das schwärzeste Pech.

Als es wieder etwas heller wird, schaue ich mich vorsichtig um. Ein ganz großes Ding bewegt sich von mir fort, zwei Hände packen es.

Dann strömt die Sonne herein und ich staune. Die bunten glatten viereckigen Dinger, auf denen ich so gut klettern konnte, sind fort und ich hänge irgendwie in der Luft fest. Ich bewege meine Pfoten, komme aber nicht von der Stelle. Der blaue Mann kommt zurück. Unsere Blicke treffen sich.

»Das glaub ich jetzt nicht«, sagt er freundlich.

Mit einem Satz ist er bei mir, pflückt mich aus der Luft und befreit mich behutsam von den Schnüren, in die ich mich verheddert habe. Wie das passiert ist, mag die Große Katze wissen, ich nicht. Ich weiß nur noch, dass es pechschwarz um mich wurde, alles ruckelte und rutschte um mich herum, ich habe versucht, Halt zu finden, dann bin ich gegen etwas ganz Hartes gerummst und dann war nichts mehr.

Die Hände des blauen Mannes sind warm. Er bettet mich in seine Armbeuge und streichelt mir über den Kopf. Das ist sehr angenehm.

»Ich habe Hunger«, sage ich zu ihm.

»Wen hast du denn da?« ruft ein anderer blauer Mann.

»Keine Ahnung.«

»Wo warst du denn?«

»Inner Pampa hinterm Deich. Möcht' ich nich tot überm Zaun hängen.«

»Was machst du denn so weit oben? Da sind doch Kalle und ...«

»Alle krankgeschrieben. Von jetzt auf gleich.«

»Alle?«

»Hmhm. Magen-Darm. Wieder so'n Virus.«

»Ach Gott.«

»Nützt ja nichts.«

»Die sollten dann hier bei uns dann aber nicht so viel annehmen.«

»Und wovon träumst du nachts?«

Die blauen Männer lachen sich an und schütteln die Köpfe über die Blödheit einer kurzsichtigen Firmenleitung.

»Na dann, viel Spaß mit deinem Panter.«

»Howdy!«

»Howdy!«

»Na, Kleener, dann lass uns mal 'ne anständige Portion Raubtierfutter einkaufen. Was meinste?« Er wiegt mich wie ein Baby und streichelt mich unterm Kinn. »Meine Lady freut sich bestimmt auch.«

Okay, das war es, wovor Mama mich gewarnt hat. Sie finden mich niedlich und wollen mich behalten.

Doch daraus wird nichts werden.

Ich sehe den blauen Mann an und sage klar und deutlich: »Tut mir leid, Mann, aber ich habe eine Aufgabe.«

Dann beiße ich zu, so fest ich kann.

Mountain Village, am späten Abend

Normalerweise versuche ich, während meiner Spaziergänge Thich-Nhat-Hanh-mäßig alles um mich herum mit Mitgefühl und Liebe zu betrachten und mich auf das, was ich gerade tue, sehe, rieche, höre, zu konzentrieren, um meine Gedanken zu bändigen, die sich entweder mit der Vergangenheit beschäftigen und dem, was ich hätte besser machen können, oder sorgenvoll um die Zukunft kreisen. Das gelingt mir mal mehr, mal weniger, meistens weniger und an diesem Abend gar nicht. Ein leiser Wind orchestriert die dichtbeblätterten Kronen der mächtigen alten Bäume zu einer sanften Sinfonie. Ich denke über Rita nach. Und Matze Michaelsen.

Wieso weiß Rita von Overbüll? Google kennt nur mich und den Namen meiner Firma, meinen Geburtsort nicht, und ihr gegenüber habe ich nur erwähnt, dass ich im Norden aufgewachsen bin. Oder? Und dann dieser Stall-Comedian.

Ein Zweig streift mein Haar, holt mich aus der Gedankenschleife zurück ins Hier und Jetzt. Und in dem Moment höre ich ES.

Es ist ein, ja, was? Ein schwacher Laut. Klingt nach: Elend und Verderben.

So nennen PR-Zyniker jenen Anteil eines Frauenmagazins, der den Lesern nahebringt, wie gut sie es doch haben. 100 Seiten Mode und Beauty, dann zwei Seiten Straßenstrich in Sofia – das macht wach, das wirkt Wunder bei Depressionen, die durch Fragen ausgelöst werden, warum man immer noch nicht in Größe 32 passt, obwohl man gestern Abend wirklich wirklich nur einen kleinen Salat zu sich genommen hat. Noch nicht mal ein Scheibchen Baguette dazu.

Als mir klar wird, welche Gedanken mir in diesem Moment durch den Kopf gehen, finde ich mich ziemlich bäh, und eine unangenehme Frage drängt sich auf: Macht es mein zehn Jahre langer Aufenthalt unter Menschen, die sich vor allem um ihr Image sorgen, erforderlich, mal ein wenig Mentalhygiene zu betreiben? Ich fürchte, ja. Heute Abend werde ich die Lektüre von Thich Nhat Hanh, die ich nach dem ersten Kapitel sein ließ, fortsetzen.

In diesem Moment, als ich inspiriert von meinem guten Vorsatz weiterstapfen will – ist es nicht faszinierend, dass allein die in Aussicht stehende *Möglichkeit,* in Kürze ein besserer Mensch zu sein, einen sich sogleich viel besser fühlen lässt? – höre ich es wieder. Es klingt eindeutig jämmerlich, wirklich.

Ich wittere in die Luft, als ob man einen Laut riechen könnte.

Da, es kommt von da unten.

Der schöne Weg vom früheren Wildschweingehege im Bergedorfer Gehölz zur Chrysanderstraße fällt nördlich sanft ab ins Bille-Tal, das jetzt wie ein kristallgrüner Teppich schimmert, hier und da leuchtet es rubinrot und aquamarinblau und tigeraugengelb. Als ich unten angelangt bin, höre ich den Laut nicht mehr, das Murmeln der Bille verschluckt ihn. Vielleicht hat ja doch bloß ein Pirol gepfiffen. Vogelstimmen sind nicht so meine Stärke, ich kann keinen Spatz von einer Amsel unterscheiden, was Großmutter Krüger schon früh veranlasste, meine Entwicklung mit Sorge zu betrachten. Das Kind ist irgendwie aus der Art, konstatierte sie gelegentlich (ungeachtet meines Talents Weidenruten das Flöten beizubringen) und ihr Blick verriet nicht, ob sie das gut fand oder nicht.

Unschlüssig folge ich dem Lauf des Flusses. Hier ist alles grün. Nichts Verdächtiges. Indem ich mich umdrehe, sehe ich auf der anderen Uferseite einen blauen Müllsack und mein erster Gedanke ist: Oh nein, das kann nicht sein. Es ist nichts als ein Sack alter Klamotten, die der Besitzer zum Rotkreuz-Container hätte bringen müssen, aber zu faul war. Es handelt sich nicht um eines Menschen Unmenschlichkeit, wie man sie in der Bild am Sonntag liest, wie neulich, als sie eine junge Dalmatinerhündin, an Pfoten und Schnauze mit Isolierband gefesselt, gefunden haben, qualvoll ertrunken, weil sie dem Herrchen und dem Frauchen zu viel Arbeit machte und der Weg zum Tierheim zu weit war. Nö, dann lieber in einen Baggersee schmeißen. Sheila hieß die Hündin. Das Foto von ihr, tot am Ufer liegend, bin ich nicht wieder losgeworden.

Bitte, lass in diesem Sack nichts sein als alte Klamotten.

Es sind ganz bestimmt nur alte Klamotten. Oder sonst ein Zeugs, was weiß ich.

Und das Geräusch ist sowieso weg. Ich sollte nach Hause joggen. Wird gleich dunkel. Denke ich. Mein Körper hält jedoch eine andere Vorgehensweise für angebracht und treibt mich weiter. Schließlich stehe ich auf der anderen Uferseite.

Der Sack ist an der Seite aufgeplatzt. Alte Klamotten drängen ins Freie.

Gott sei Dank.

Ich war noch nie so glücklich, alte Klamotten zu sehen, wie in diesem Moment. Erleichtert will ich mich abwenden, als sich mit einem Mal der Stoff hebt und senkt, nicht viel, einen hundertstel Millimeter vielleicht. Aber das bedeutet Leben. Ein hundertstel Millimeter Leben. Behutsam lüpfe ich verschossene T-Shirts und Blusen, bis ich es sehe.

Es ist schwarz und hat goldene Augen. Und es sieht mich an.

Als die Frau mich hochhebt, habe ich ein gutes Gefühl. Deshalb sage ich zu ihr: »Ich bin müde. Meine Pfoten tun weh. Bin über Stock und Stein gelaufen, um zu Holly nach Irgendwoanders zu gelangen. Alle haben mich gewarnt. Ich bin hungrig. Wo sind wir? Wer bist du? Du darfst mich nicht behalten, klar?«

Sie sagt nichts. Guckt mich nur an. Sie wirkt durcheinander. Ein bisschen wie gesträubtes Fell. Viele Worte purzeln durch ihren Kopf.

»Wie heißt du?« frage ich sie, um mit dem Einfachsten anzufangen.

Du lieber Gott.

»Du heißt Lieber Gott? Ist ja ein Ding!« Das kann natürlich nicht sein, so dumm ist kein Kater, ganz gleich wie jung. Andererseits kann man nie wissen, an wen man gerät, wenn man sich in die Welt hinauswagt.

Menschen sind sowas von zum Kotzen. Schrecklich. Müllsack. Wie kann man nur.

»Wieso? Das war ein sehr guter Schlafplatz, schön warm und weich, fast wie im Stroh bei Mama.«

Mein Gott. Was soll ich mit einer Katze? Was mach ich jetzt? Du lieber Gott. Scheiße.

Jetzt bin ich ehrlich gesagt etwas verwirrt. Das Beste wird sein, wenn ich sie beiße, damit sie mich loslässt. Sie scheint mir keine große Hilfe in Sachen Holly-finden zu sein. Obwohl – irgendetwas in ihren Augen erinnert mich und hält mich zurück.

Hoffentlich hat der Tierarzt nebenan noch auf. Was mach ich, wenn nicht? Milch? Nee, das vertragen die gar nicht, das ist ein Ammenmärchen, nur Katzenmilch von ihrer Mama. Haferflocken. Nee. Oder doch. Nee, das mögen Igel. Erinner dich, Mädel, du bist doch vom Land! Wie entfremdet kann man sein. Wie er mich anschaut. So ... aufmerksam. Okay. Los geht's. Nicht rumstehen, Holly. Beweg dich.

Holly???

Holly!!!

Die Erkenntnis durchflutet mich wie eine Welle allerfeinster Mamamilch. Die Große Katze hat mich zur rechten Zeit an den rechten Ort geführt. Ich schließe meine Augen voller Respekt und Dankbarkeit. Dann schlafe ich erschöpft ein.

Die goldenen Augen fallen ihm zu. Ich bette den Kleinen an meine Brust.

Es ist 20 Uhr. Hoffentlich hat der Nachbar noch Sprechzeit.Ich walke im Stechschritt zur Chrysanderstraße.

Dr. Oliver Andreesen
Veterinärmedizin – Homöopathie – Akupunktur
Mo – Fr. 15 bis 19 Uhr.

Mist. Zu spät.

Aber dies ist schließlich ein Notfall. Ich presse meinen Finger auf die Messingklingel und lasse nicht wieder los. Drinnen gongt und wasserplätschert es lieblich. Aha, der Veterinärmediziner scheint Feng Shui-Fan zu sein. Ob das mit sich bringt, nach Dienstschluss ein offenes Herz und Medikamente für aussichtslose Fälle parat zu haben, ist nicht gesagt. Meine Erfahrung mit dieser Spezies beschränkt sich auf ein Hamburger Paar mittleren Alters, das unter »Wenn der Tiger den Drachen reitet« firmierte. Dahinter verbarg sich ein Bündel fernöstlicher Dienstleistungen, von Feng-Shui-Beratung bis Shiatsu-Massage. Weil der Laden nicht so lief, wie die beiden sich das vorgestellt hatten, konsultierten sie vor einigen Jahren unsere Agentur (Anm. aus der linken Hemisphäre: »unsere« ersetzen durch: die mein Ex und ich gemeinsam betrieben haben). Dass der Firmenname dem Unkundigen durchaus die Vermutung nahelegte, es könnte sich um ein chinesisches Bordell handeln, fand das Paar bedenkenswert. Kurz darauf nahmen sie von einer weiteren Zusammenarbeit mit mir Abstand. Für meinen Ex ein erneuter Beweis für meine beklagenswerte Unfähigkeit, einfach mal die Klappe zu halten. Mittlerweile gibt es in Berlin jedoch einen 1a-Hostessen-Begleitservice für asiatisch-europäische Joint Ventures. Mein Einwand bezüglich des Firmennamens hat das Hamburger Paar offensichtlich dazu inspiriert, ihr Angebot komplett in die Horizontale und in die Hauptstadt zu verlegen. Habe meinem Ex umgehend den Link geschickt, damit er begreift, dass meine Klappe ihn und mich vor einem

Imageschaden der Extraklasse bewahrt hat. Er hat nicht darauf reagiert.

Drinnen plätschert und gongt es unaufhörlich. Mit einem Mal wird die Tür aufgerissen, ein Mann im OP-Kittel mit blutigen Latex-Handschuhen und Mundschutz, die Stirn gerunzelt, steht vor mir.

»Ich bin nicht taub«, grummelt es hinter dem Mundschutz. »Kommen Sie rein, setzen Sie sich.« Kopfnicken Richtung Wartezimmer. Damit auch Tiere sofort erkennen, dass es sich um ein Wartezimmer handelt, zeigt ein lustiges Comic-Plakat lauter artig auf Stühlen sitzende, erwartungsfroh dreinblickende Hunde und Katzen. »Das dauert aber.«

Spricht's und verschwindet, der grüne Kittel weht, hinten offen.

Das Wartezimmer riecht fürchterlich nach nassem Hund und hat mit blauen Stühlen, aufmunternden Farbdrucken auf weißen Raufaserwänden und Broschüren über Diabetes bei Hund, Katze, Maus nichts Kurzweiliges zu bieten, was Hund, Katze, Maus und Besitzer von ihren mulmigen Gefühlen ablenken könnte. Mensch wie Tier ist zurückgeworfen auf sich selbst, allenfalls ein »Wie heißt er denn?« könnte hier in Gang kommen. Aber nicht jetzt. Ich bin allein mit dem Kleinen, der meine Haut wärmt. Nur ein Öhrchen und das Näschen lugen aus meinem schwarzen T-Shirt. Gott, ist der süß.

Eine Stunde vergeht. Ich höre die Stimme des Arztes und eines anderen Mannes. Man einigt sich darauf, den Patienten bis Morgen in tierärztlicher Obhut zu belassen, die Zysten seien zwar entfernt, aber dennoch. Es gongt und plätschert, die Haustür klappt zu, und ein sehr müde wirkender Dr. Andreesen kommt ins Wartezimmer.

»Gut. Nun zu Ihnen. Was kann ich für Sie tun?«

Vorsichtig lupfe ich mein T-Shirt. »Er atmet noch.«

»Darf ich?« Behutsam nimmt er den Kleinen entgegen. Sein Blick ist skeptisch.

Ich folge ihm in sein Behandlungszimmer und bleibe in der Tür überrascht stehen. Ein ultramodernes Gesamtkunstwerk. Gebürsteter Stahl, Chrom. Star-Trek-Apparaturen. Coole Schwarz-Weiß-Fotos. Das komplette Kontrastprogramm zum grottigen Wartezimmer.

Als er meinen Blick auffängt, verzieht sich sein Mund zu einem schiefen Lächeln. »Eins nach dem anderen.«

Ich fühle mich ertappt und beginne, meine Taktlosigkeit wegzutexten.

»Ich brauche etwas Ruhe«, unterbricht er meinen Redefluss freundlich, bevor er eine Decke auf der Untersuchungsliege zu einem Nest formt und den Kleinen fürsorglich hineinsetzt. Minutenlang starrt der Arzt ihn an ohne einen Ton zu sagen.

Ich versuche bei dieser Zen-Übung nicht nervös zu werden.

Im Behandlungsraum, im wollenen Nest

Na, Kleiner, hm, willst du denn leben?
Hey, das ist ja super, der spricht mich an! Also ohne die Lippen zu bewegen, so wie Holly. Ob laut oder stumm ist mir völlig egal, Hauptsache der weiß, wie es geht! Perfekt. Ich fühle mich ziemlich schwach, aber ich hoffe, er hört heraus, wie sehr ich mich darüber freue: »Oh ja, und ich freue mich! Ich habe Hunger.«

In seinem Kopf klingt es immer noch: *Willst du leben?*

»Ja. Sagte ich ja eben. Ein wenig Milch wäre schön.«

Der Mann räuspert sich und murmelt: »Du Idiot, du lernst es nie.«

»Wie jetzt? Meinst du mich?« Es fällt mir unendlich schwer, meine Augen zu öffnen, aber ich muss herausfinden, was Holly von unserem Gespräch, wenn ich es so nennen soll, hält. Sie guckt den Mann an, als wäre ihm nicht zu trauen.

Willst du leben? fragt er nun zum dritten Mal!

»JA! JAHA!« tönt es laut in mir. Heraus kommt aber nur ein Fiepen. Wenn ich nicht so erschöpft wäre, würde ich einen superimposanten Buckel machen und energisch miauen. Wobei fraglich ist, ob der das dann verstehen würde.

Willst du leben?

Oh Mann. »JAAAAAA!!!!! UND ICH HABE HUNGER!« Wieder nur ein Fiepen. Ich gähne und öffne die Augen. Vielleicht wirkt das.

Ein tiefer Seufzer. »Er ist, großzügig gerechnet, sechs Wochen alt, viel zu dünn und schwach und sein Lebenswille scheint mir nicht sehr entwickelt ...«, sagt er jetzt zu ihr. »Möglicherweise wäre es das Beste ...«

»Hallo!? Spinnst du?« Ich rapple mich hoch, es ist echt anstrengend, aber das läuft hier gerade nicht gut, gar nicht gut.

»... wenn ich ihn in meine Obhut nehme. Er muss warm gehalten und alle zwei Stunden gefüttert werden, und die Chance, dass er überlebt, ist nicht wirklich groß, also von daher ...«

»Ich mach' das«, sagt sie. Mit einem Unterton, der keinen Widerspruch duldet.

»Wie Sie wollen, Frau ...«, entgegnet Dr. Andreesen und hält plötzlich inne. »Sind Sie nicht ins Nachbarhaus gezogen? Die PR-Agentur Holly K.?«

»Genau.«

»Ah ja.« Sagt er, sagt aber nicht, dass er ihr nicht zutraut, einen erschöpften Kater durchzubringen.

»Ich bin auf einem Bauernhof aufgewachsen.« Sagt sie. Sie hat also gespürt, was er nicht gesagt hat. Das ist ein gutes Zeichen, finde ich. Sie versteht wortlose Sprache. Dann versteht sie mich bestimmt auch.

»Das qualifiziert natürlich«, sagt er und lächelt sie an. Oh, là, là, sie findet, dass ihm das gut steht, und dass es Einen (wer ist Einen?) auf gewisse Gedanken bringen könnte. Wenn Man (wer ist das?) auf eine »Familie-Dr.-Andreesen-und-das-liebe-Vieh«-Idylle aus sei. Was »definitiv« nicht auf sie zuträfe. Aha. Sie mag den Mann, aber keine Idylle mit Vieh. Hm. Das indes ist kein gutes Zeichen für mich und meinen Plan. Mein Mut sinkt. Er rutscht aus mir raus wie das letzte bisschen Kraft.

»Ich zeige Ihnen trotzdem noch einmal, wie Sie es machen müssen.«

Arroganter Pinsel, denkt sie, während sie ihm dabei zusieht, wie er eine Pipette aus der Packung friemelt und mit einer hellen Flüssigkeit füllt. »Da ist alles drin, was er braucht. Geben Sie ihm auf keinen Fall Kuhmilch, die vertragen Katzen nicht. Aber das wissen Sie ja. Alle zwei Stunden. So.« Er gleitet mit einer Hand unter meinen Bauch und hebt mich behutsam hoch. Den Zweck der Pipette begreife ich natürlich sofort. Mit jedem Schluck kehren Mut und Kampfgeist zu mir zurück; sie waren gar nicht weg, ich hatte bloß Hunger.

»Der Kleine ist schlau«, stellt sie fest und denkt: *Wieso habe ich immer einen »ihn« im Kopf. Könnte doch ebenso gut eine ...*

»Weil ich ein Kater bin«, sage ich und sehe Holly dabei tief in die Augen.

»Ist es ein Kater?«, fragt sie den Tierarzt.

»Schwer zu sagen in dem Alter. Das zeigt sich erst mit beginnender Geschlechtsreife. Vom Gefühl her würde ich sagen ja, ein Kater.«

»Ich auch.«

»Gut«, sage ich, »dann haben wir jetzt immerhin den kleinsten gemeinsamen Nenner gefunden: Ich bin ein Kater.« Beinahe verschlucke ich mich vor Lachen.

Hollys Heim, eine halbe Stunde später

Den Kleinen zwischen Brust und T-Shirt, in der Hand eine Tüte mit lauter Zeugs für Katzenbabys sowie einem Mini-Katzenklo und etwas Streu stehe ich vor dem ersten Problem meines Ammendaseins. Wohin mit dem Katzenklo?

Das Klo ist tannengrün und sieht in meinem durchgestylten Shabby-Chic-Eingangsbereich völlig daneben aus. Ins Bad damit? Aber dann muss die Tür ja immer offen sein. Will ich das? Wenn er etwas größer ist, werde ich ihm beibringen, wie nützlich Türgriffe sind; Katzen begreifen schnell. Das nützt mir jetzt jedoch nichts. In der Küche? Nee. Das geht ja gar nicht. Im Living-Bereich nicht, im Schlafzimmer auch nicht, wenn der Kleine nachts mal muss und herumscharrt, sitze ich senkrecht im Bett.

Also doch: Eingangsbereich.

Sowas Blödes. Ein Katzenklo macht aus jedem Eingangsbereich sofort wieder einen Flur. Fehlen nur noch eine Korblampe und eine Salzteigarbeit. Grusel.

Während meine Ressentiments aufgeregt durcheinanderreden, gehe ich hinüber in den Living-Bereich und wühle auf meinem Lounge-Möbel zwei Decken zu einem Nest zurecht. Behutsam setze ich den Kleinen hinein und decke ihn zu. Er blinzelt und gähnt, rollt sich zusammen und, den Schwanz auf dem Näschen, schläft wieder ein. Zärtlichkeit durchflutet mich. So wie ich bin, Jacke und dreckige Spaziergeh-Stiefel noch an, setze ich mich zu ihm und lehne mich zurück. Stille umfängt uns, das atmende Wesen neben mir strahlt Zufriedenheit aus, eine Art vertrauensvolle Hingabe an das, was da kommen möge. Auf mich wirkt das, als hätte ich eine Familienpackung Valium eingeworfen, mir fallen die Augen zu.

Es ist stockdunkel, als ich erschrocken hochfahre, weil mein T-Shirt lebendig wird. Etwas tanzt auf mir herum. Ehe ich hochschießen kann, fällt mir mein neuer Zögling ein. Wie süß. Sucht meine Nähe. Ich lächle ins Dunkel und taste nach dem Lichtschalter. Als ich ihn endlich gefunden habe und das Licht brennt, sehe ich die Bescherung auf meinem hellen Berber. Meine Stiefel haben dunkelbraune Matschränder hinterlassen, der Kater einen gelben See, das Lounge-Möbel zeigt Spuren erster Verwüstung. Es ist elf. Die Fütterungszeit ist um eine Stunde überschritten. Hektisch reiße ich die Packung Aufzuchtmilch auf und fülle die Pipette. Die goldenen Augen verfolgen sehr aufmerksam, was ich tue. Wie Dr. Andreesen es mir beigebracht hat, führe ich meine Hand unter den Bauch des Kleinen und hebe ihn hoch, Daumen, Zeige- und Mittelfinger halten seine Pfötchen sanft fest. Während er Pipette um Pipette leert, denke ich darüber nach, welcher Name zu ihm passen würde.

»Wie soll ich dich nennen, Kleiner?«

Als Kind habe ich mir inständig einen schwarzen Kater gewünscht, obschon sie in Overbüll als Unglücksbringer und Hexenbegleiter galten. Und gelten. Der Dorfklatsch ventiliert bis heute, dass die im Mittelalter übliche Gepflogenheit, schwarze Teufel an Türen zu nageln, bei Familie X und der Sippe Y immer noch Usus sei. Meine Eltern hatten deshalb damals sehr kontrovers über die Frage diskutiert, ob es richtig sei, sich nonkonformistisch zu geben und Aberglauben aller Art den ausgestreckten Mittelfinger zu zeigen, oder ob sie um des Tiereswohls wegen auf eine Demonstration ihrer Freigeistigkeit verzichten sollten. Sie entschieden sich für ein klares Statement: Wir fuhren ins Tierheim nach Hamburg, ich bekam meinen schwarzen Kater, nannte ihn Baghira, liebte ihn heiß und fand ihn einen Monat später ein Stück von unserer Koppel entfernt, eine Schrotladung im Körper. Der Bezirksjägermeister, bei dem meine Eltern vorstellig wurden, betonte, der Kater habe die Grenze der zulässigen 200 Meter Entfernung vom Haus überschritten, das Vorgehen des Jagdkameraden, der ungenannt bleiben möchte, sei von daher absolut nachvollziehbar und rechtens. Kurz darauf sahen wir den Jagdkameraden, dessen Name nicht genannt werden darf, in der Zeitung. Er trug eine Hose aus Katzenfellen und brüstete sich damit, dass, wenn man Katzen schon wegen Überschreiten der Grenze erschießen müsse, es doch sinnvoll und im Sinne Gottes sei, das Tier zu verwerten, nicht wahr.

Meine Eltern kochten vor Wut, ich schnitzte – durch die multikulturelle Unterweisung unserer ehemaligen WG bestens informiert, was in derlei Fällen zu tun ist – aus Weidenruten ein Voodoo-Püppchen und trieb ihm einen Nagel durchs Herz. Nach einem Jahr ging seine Ehe in die Brüche. Mein kindlicher Verstand schaltete schnell: Das Püppchen hat den Nagel durchs Herz etwas anders interpretiert und dem Mann das Herz gebrochen. Das war gut. Aber eigentlich nicht genug, um Baghira zu rächen. Ich hätte den Nagel im Kopf platzieren sollen. Ehe ich meine Erkenntnis in die Tat umsetzen konnte, fand Großmutter Krüger beim Großreinemachen das Püppchen hinter meinem Nachttisch, eilig wurde eine Familienkonferenz einberufen, meine Großmutter schrie, ich sei sowas von aus der Art, meine Eltern erklärten mir, dass es nicht gut sei, Voodoo-Püppchen mit Nägeln zu spicken, weil das schlechtes Karma bedeute. Das Prinzip sei: Alles, was man aussende, positiv oder negativ, fiele mit doppelter und dreifacher Wucht auf einen zurück.

So ganz verstanden habe ich das damals nicht. Denn der Jäger hat ja angefangen. Ein Punkt für ihn. Mit dem Püppchen habe *ich* einen Punkt geholt. Somit herrscht Gleichstand. Gleichstand klingt wie gutes Karma, argumentierte ich und bot an, es dabei zu belassen und den Nagel nicht in den Kopf des Püppchens zu treiben. Der Nachmittag schleppte sich anschließend durch eine endlose Folge buddhistischer Prinzipien. Vielleicht hatte ich deshalb auch lange einen gewissen Widerwillen gegen weltanschauliche Konzepte, die Vergebung und Mitgefühl in ihren Mittelpunkt stellen, es schien mir eher für Weicheier geeignet, und vielleicht gibt es deshalb diesen kleinen Teufel in mir, der meine Argumentation von damals immer noch recht schlüssig findet. (Psychotherapeuten nennen diesen Teufel »Anteil«, was ihm ein gehöriges Stück seiner diabolischen Virulenz nimmt, finde ich. Einen Teufel muss man ernst nehmen, einen »Anteil« hingegen? Och nö.)

»Voodoo! Ich könnte dich Voodoo nennen.«

Das nun doch nicht. Originell wär's zwar schon, ist jedoch ziemlich negativ konnotiert. Masken, Mord und Totschlag. Keine gute Idee, einem geschwächten Tier einen energetisch ambivalenten Namen zu verpassen.

»Karma!«

Nee, ist auch ambivalent. Aber irgendwas mit Magie wäre gut. Denn von Zufall kann man in diesem Fall ja wohl nicht reden. Nie gehe ich um diese Uhrzeit fast bis zum Hünengrab im Sachsenwald und zurück über das ehemalige Wildschweingelände. Ausgerechnet an diesem Tag. Also ein ganz klarer Fall von höherer Bestimmung.

Faith? Nö. Zu wenig Power.

Destiny? Zu weiblich. »Ich hab's: Pieracket!« So hieß der Kater von Gillian, der von Kim Novak gespielten Hexe, die James Stewart mit Hilfe ihres Katers mit einem Liebeszauber belegt, woraufhin er seine wenig spektakuläre Verlobte sitzenlässt. Cool. Guter Name!

Oh Gott, was ist das denn? Auf meinem Pulli zeichnet sich ein feuchter Fleck ab. »Ach, nee, das *muss* doch nicht sein!«

Der Kleine sieht mich zufrieden an.

»Okay, Pieracket, du bist klein und kannst nichts dafür. Ich zeige dir jetzt, wo du das normalerweise erledigst. Hätte ich ja auch längst tun sollen. Und die Bescherung auf dem Berber will auch noch beseitigt werden.«

Ich setze das Katerchen sanft mitten hinein in die Streu. Da sitzt er und äugt mich an. »Herrje, hast du noch nie ein Katzenklo gesehen?« Verdammt, natürlich nicht! Es ist ein Bauernhof-Kater! Sechs Wochen alt! Wie seinen Wurzeln entfremdet kann ein im Ländlichen sozialisierter Mensch sein, dass er die Grundgleichung des dort verorteten kätzischen Daseins vergessen hat: Im Dickicht wohnen, Mäuse fressen und sein Geschäft der Erde übergeben.

»Okay, Pieracket, dann pass mal auf.«

Mit zu Pfoten gekrümmten Händen schaufle ich in der Streu herum. Das Zeug ist steinhart und bekommt meinem Nagellack nicht. Wenn es mir schon unangenehm ist, muss es babyweichen Pfötchen doch richtig weh tun, oder? Der Kleine beobachtet mich, dann versucht er, aus dem Klo zu klettern, verliert dabei das Gleichgewicht, fällt aufs Schnäuzchen und zieht, nachdem er sich wieder aufgerappelt hat, auf eine Weise davon, dass es irgendwie beleidigt aussieht. Wirklich, sein Hinterteil sieht beleidigt aus, ich schwöre es. Und dann: Bleibt er stehen, setzt sich und drückt ab. Mitten in die Mitte meines Flurs, mitten in die Mitte meiner shabby chic grauweißen Matte. Sofort stinkt es mörderisch. MÖRDERISCH.

Ich reiße alle Fenster auf und schnappe nach Luft. Sternenklare Nacht, dick und rund hängt der Mond überm Gehölz.

Pieracket. Was soll das eigentlich bedeuten? Klingt wie eine Mischung aus Apfelkuchen und Tennisschläger. Naja, eigentlich ist das Film-Original ja auch ein Siam-Kater und zweitens läuft er seiner Herrin davon, nachdem die sich verliebt und ihre Zauberkraft verloren hat, was wohl der dämlichste Filmschluss aller Zeiten ist: Sie gibt freiwillig ihre Magie auf und bekommt einen mäßig attraktiven Mann. James Stewart. Idiotisch.

Das ist nicht der Schluss, den ich für mich und Kater im Sinn habe.

Ich will die Frühstück-bei-Tiffany-Variante. Ich will ein Happy End mit Mann und Kater im Arm, im strömenden Regen, die Zukunft ein blühender Rosengarten.

»Hallo Kater«, sage ich und versenke meine Nase in sein weiches, duftiges Fell.

Wie damals.

Overbüll am selben Tag, im Stall

Ich bin beunruhigt und traurig, weil ich Angst um das Leben meines Jungen habe. Die Aufgabe ist zu schwer für einen sechs Wochen alten Kater, ganz gleich, ob sein Vater einer der Stärksten und Mutigsten unserer Art ist, der, die Große Katze mag wissen wo!, seiner Bestimmung nachgeht.

Die anderen sind nicht so sehr um meinen Jungen besorgt, als vielmehr um den Fortgang der Pläne, die Rolf und Pia geschmiedet haben. Pia hat häufig zwei Buchstaben im Kopf, die ihr sehr wichtig sind. Ich verstehe nicht, was das bedeutet, und das beunruhigt mich zusätzlich. Rolf ist krank, tut aber so, als wäre alles in Ordnung. Manchmal stelle ich mir vor, wie es wäre, wenn ich zu ihm ginge, ihm erzählen würde, was ich weiß, und er mir zuhörte, sich bedankte und dann daran ginge, die Dinge in sich und auf dem Hof auf- und umzuräumen, so lange, bis alles am richtigen Platz ist. Das wäre schön.

Wir sind ruhig. Wir schonen unsere Kräfte. Wir bereiten uns vor.

Selber Ort, selbe Zeit

Die ungewöhnliche Ruhe, die im Stall herrscht, fällt Lana, Pia und Rolf nicht weiter auf, weil sie den Vertrag studieren, den der Architekt ihnen mitsamt den Bauzeichnungen per Email zugesandt hat. Pia hat alles ausgedruckt, Kopien angefertigt und nun brüten die drei über der sperrigen Vertragssprache, den Klauseln und dem Kleingedruckten.

Lana trägt den gebatikten Schal und denkt an den mutmaßlichen Absender. Er muss es gewesen sein, wer sonst käme auf die Idee, ihr einfach so ein Geschenk zu machen? Noch dazu eines, das signalisiert: Ich habe dich verstanden, ich sehe deine Träume, ich teile sie mit dir. Lanas innere Bilder tragen sie fort, Hand in Hand himmelwärts bis an die Westküste Indiens. Sand so seidenweich, wie von Elfen gewebt, Himmel im Originalblau ohne Chemtrail-Grau.

Warum ist sie eigentlich hiergeblieben, hinterm Deich, während alle Freunde nach Goa zogen? Wegen der Kinder. Schule. Geregeltes Leben. Familiäre Verpflichtung. Eigenhändig gesetzte Grenzpfähle, wohin das Auge blickt.

»Neu?« fragt Pia und nickt dem Schal zu.

»Hmhm«, macht Lana und hofft, ihre Schwiegertochter ließe es dabei bewenden.

»Bestellt?«

»Hmhm.«

»Wo denn?«

»Weiß ich nicht mehr.«

»Du musst doch die Rechnung noch haben.«

»Warum willst du das überhaupt wissen?«

»Mein Gott, nur so halt. Dann eben nicht.« Pia schüttelt den Kopf. Was ihr auf der Zunge liegt, kann sie gerade noch hinunterschlucken, aber eine Silbe ist bereits entkommen und hängt in der Luft, unhörbar, aber deutlich: Blö.

Lana wirft ihr einen ironischen Blick zu: Du mich auch.

»Scheint soweit in Ordnung zu sein«, sagt Rolf. Er hat von dem kurzen Damenscharmützel nichts mitbekommen, oder tut wenigstens so. »Bloß die Besatzdichte hat er falsch berechnet.«

»Ist das schlimm?« fragt Pia.

»Sicher, wenn wir 40.000 wollen und er baut für 20.000, wird's eng.«

»30 würden gehen, oder?« Pia setzt ein sachkundiges Gesicht auf. »Das verläuft sich doch.«

»Nee, das will ich nicht riskieren«, sagt Rolf. »Wenn uns jemand draufkommt, kriegen wir Scherereien. Von den Tieren mal ganz abgesehen. Wir dürfen ihnen das Leben nicht noch zusätzlich schwer machen.«

»Wollt ihr nicht doch nochmal über Bio nachdenken?« Lana kennt die Antwort, aber sie gibt den Glauben nicht auf, dass in jedem Menschen ein verständiger, umweltfreundlicher und tierlieber Kern lebt.

»Mit den vielen neuen Regelungen?«, winkt Pia ab. »Um Himmels Willen.«

»Aber *das*«, sagt Lana und piekt mit dem Zeigefinger Richtung Pia, »ist genau das, was die erreichen wollen! Wenn alle resignieren, haben die Machthaber freie Hand.«

»Machthaber!« Pia verdreht die Augen und wirft die Immenhof-blonden Haare zurück. »Wir sind hier doch nicht in Syrien.«

»Machthaber sind die, die die Macht haben. Hier wie in Syrien. Was glaubst du, was bei uns hinter den Kulissen abgeht?«

»Das weiß ich nicht, aber du weißt es auch nicht.« Pia blickt demonstrativ auf den Vertrag vor sich.

»Wir müssen uns die Macht zurückholen, alle.«

»Was ist daran so schlimm?«, schaltet Rolf sich ein, den Blick auf seine Frau gerichtet. »Ernsthaft mal. Wenn wir in Bio machen, wären wir die einzigen hier, das bedeutet ein Alleinstellungsmerkmal, ein USP, unique special point. Oder so.«

»Holly lässt grüßen«, sagt Lana lächelnd. Sie ist so zuversichtlich, dass Rolf doch noch die Kurve kriegt, dass sie unvorsichtig wird und den klassischen Mütter-Fehler begeht. »Das habe ich doch schon vor Monaten gesagt! Wir könnten uns Demeter anschließen ...«

Während Lana spricht, wechseln Pia und Rolf einen Blick. Pia liebt ihren Mann, heißt es, und so spürt sie, wie sehr er zwischen Baum und Borke klebt. »Das ist was für Leute, die mit Gummistiefeln ins Bett gehen und jede Bartnelke mit Namen kennen«, sagt sie sanft zu ihm, als wäre Lana nicht da. »Die das leben wollen. Aber wir ... ich meine, wir wollen das machen, um Geld zu verdienen, um zu leben, gut zu leben!« Ihre Stimme klettert drei, vier Töne höher, dann moduliert Pia auf drei Dezibel Sirenenflüstern. »Ich will doch auch mal zu H & M!«

Rolf schweigt betreten.

Hollys Heim, 22. August

Rita hat den kleinen Kerl ebenso ins Herz geschlossen wie ich. Wenn ich Termine außer Haus habe, nimmt sie sich seiner an; mein cooles Büro ist garniert mit uncoolen Accessoires wie Gummibällchen, einem Körbchen mit getigerter Decke, die Rita angeschleppt hat, einem Raschelschlauch, piepsenden Karotten, grauen und weißen Mäusen und allem, was eine perfekte Katzenkinderstube braucht. Abends gehen wir spazieren, er in meinem Pulli, wieder daheim schläft er eine Runde auf meinem Schoß. Bevor ich, die große Katze, ins Bett gehe, spielen wir eine Folge der Serie: Wie bringt eine Katzenmutter ihren Babys kätzische Grundlagen bei und wie kann ein Mensch das nachahmen? Auf allen vieren schleiche ich herum, pirsche mich an meine Beute heran, überwältige sie mit einem kühnen Sprung, schüttle sie hin und her, spiele mit ihr, schnuppere an meinen Zimmerpalmen, wende mich desinteressiert ab, schnuppere am Lounge-Möbel, wende mich desinteressiert ab, schnuppere am Kratzbrett und wetze voller Hingabe meine Krallen. Will sagen: Hier ist es richtig! Hier darf ich! Hier will ich!

Als Kater seine winzigen Pfötchen zum ersten Mal auf das Kratzbrett setzt, bin ich gerührt. Die Klogeschichte erweist sich hingegen als echtes Problem. Seit seiner ersten Nacht glaubt er, der Berber und der Shabby-Chic-Teppich seien die richtigen Plätze fürs große wie kleine Geschäft. Das ist schrecklich; kein Reinigungsmittel macht aus Pissgelb wieder Fastweiß oder neutralisiert den Geruch hundertprozentig. Ich habe eine gute Nase, kätzisch gut, und ich wittere einen millionstel Milliliter Pisse 100 Meter gegen den Wind. Für andere Menschen wäre dies gewiss ein Grund, das Tierheim in Erwägung zu ziehen. Für mich nicht. Ich gehe analytisch vor.

1. These: Kater scheint das Mini-Katzenklo nicht zu mögen. Lösung: Ich kaufe ein graues, größeres mit Überdachung, damit er sich nicht beobachtet fühlt.

Oder gleich mehrere.

2. These: Irgendetwas haben meine Teppiche an sich, was überaus anziehend auf Kater wirkt und ihn veranlasst, ein kätzisches: Gefällt mir! zu posten. Oder ist es ein: Ich hasse es? Ein Shitstorm?

In Hollys Bett, drei Stunden später

Kater ist gewiss nicht die originellste Idee, einen Kater zu benennen, aber die Art, wie das A aus ihrem Mund in meine Öhrchen schwingt, ist schön. Sie hat mich lieb und ich habe sie lieb.
Und lustig ist es mit ihr. Wenn Mama und die anderen nur sehen könnten, wie sie mir beibringt, wie ich Mäuse fangen und dieses große Ding, auf dem mein Nest liegt, in Ruhe lassen soll! Ich würde ihr gern den Gefallen tun, aber ich muss ja in mein Nest klettern und so hoch springen kann ich noch nicht. Ich klettere hoch, gehe ins Nest, dann klettere ich wieder hinunter und lasse alles möglichst mühsam aussehen, damit sie versteht. Manchmal hat sie im Kopf, was ich meine, das spüre ich, aber dann verwirft sie es wieder. Um ihr eine Freude zu machen, habe ich ihr Spiel mitgespielt und habe auf einem brettharten Ding herumgekratzt. Holly hat sich wie verrückt gefreut! Aber auf das Ding mit meinem Nest muss ich trotzdem klettern.

Ich darf in ihrem Bett schlafen. Mit der ersten Dämmerung schleiche ich mich von ihren Füßen hinauf und atme ihr ins Gesicht. Dann blinzelt sie mich an und ich spüre, dass sie glücklich ist, mit mir zusammen zu sein.

Dann nutze ich die Gunst der blauen Stunde, um mein Anliegen vorzutragen. Da Holly Kätzisch noch nicht versteht, bin ich gezwungen, zu anderen Mitteln zu greifen, um ihr zu erklären, warum sie nach

Hause kommen und uns vor der größten Katastrophe bewahren muss, der sich ein Tier in Gefangenschaft ausgesetzt sehen kann.

Ich stolziere umher wie ein Hühnchen, quieke wie ein Schwein und mahle mit den Kiefern wie eine Kuh, und dann lasse ich mich plötzlich wie tot zusammensacken. Dann springe ich auf, fauche und flüchte unter die Decke in Hollys schützende Armbeuge. Verweile einen Moment, springe mit einem geschmeidigen Satz an den Saum des Vorhangs, der vor Hollys Kleidern hängt, packe ihn vorsichtig mit den Zähnen und zerre ihn zur Seite. Zum Abschluss streife ich an Blusen, Hosen, Röcken vorbei, denen Hollys Duft entströmt, und lasse mich auf Hollys Koffer nieder. Klarer kann eine Botschaft nicht sein, oder?

Aber Holly gähnt dann meistens nur und meint, sie sei noch zu müde für meine verrückten fünf Minuten, woraufhin ich mich wieder ins Bett trolle und von meinen Ahnen erzähle, die unter den Augen der Großen Katze die Kornkammern bewacht haben. War nichts los, ruhten sie auf Teppichen, die so riechen wie die, die Holly Berber und Schäbbischick nennt. Sie riechen nach der Wolle der Schafe und der heißen Sonne und den Kamelen, die vorüberziehen. Es duftet so unwiderstehlich, dass ich sie mir nach Katerart zu Eigen mache. Sie mag das nicht und schimpft mit mir, obwohl ich mein Geschäft jedes Mal ganz manierlich zudecke, sofern ich etwas Geeignetes finde. Ich wünschte, ihr endlich begreiflich machen zu können, dass ich weder zu dumm noch zu klein bin, die Grundlagen ordentlichen Benehmens zu begreifen. Sondern tue, was ein Kater tun muss.

Leider versteht sie diese Botschaft auch nicht.

Als ich mich nun wie jeden Morgen nach einem herzhaften Gähnen und ausgiebigem Strecken erhebe und auf den Weg zu meinem ersten Geschäft mache, wird sie vollends wach, sieht mich mit funkelnden Augen an und springt aus dem Bett. Zwei Sekunden später ist sie angezogen und aus der Tür.

»Hallo!«, rufe ich ihr hinterher. »Was ist mit mir? Ich habe Hunger!«

Keine Antwort. Keine Reaktion.

Ich warte. Sie kommt nicht zurück. Unschlüssig streife ich umher, knabbere hier und da ein wenig herum, um meinen Magen zu beruhigen. Hollys spitze Schuhe mit der roten Sohle sind recht schmackhaft. Das weiche Ding auch. Aber satt macht beides nicht. Um meine Möglichkeiten zu sondieren, ohne Hollys Hilfe an etwas Essbares zu gelangen, lasse ich mich auf einem sonnenbeschienenen Plätzchen auf der Fensterbank nieder, doch ehe mir eine gute Idee in den Sinn kommt, kehrt Holly zurück. War einkaufen. Leckerchen für mich. Prima!

»Hallo, mein Freund«, sagt sie und schleppt Tüte um Tüte in die Küche und einen Turm ineinander gestapelter Katzenklos. Neun Stück, um genau zu sein.

Sie schließt die Tür, zieht die Jacke aus und verteilt die Klos auf dem Schäbbischick und dem Berber und schüttet diese Steine hinein. Als sie damit fertig ist, sieht sie mich streng an. »So, mein Katerchen. Das war's. Ab sofort gehst du auf diese Klos, verstehst du?« Sie macht eine Pause. *Eigentlich sagt man so was nicht,* denkt sie. Dann sagt sie es doch: »Falls nicht, kommst du ins Tierheim.«

Ist ja gut! Ist ja schon gut! Sowas sollte Mensch weder sagen, noch denken, aber ich gebe zu, dass dieses Argument zieht. Sie meint es zwar nicht ernst, das fühle ich, aber ich kenne die Eigenheiten der Menschen noch nicht so gut, vielleicht machen sie manchmal etwas, obwohl sie etwas anderes meinen. Ich werfe dem Schäbbischick einen wehmütigen Blick zu und gehe auf eins dieser blöden Klos mit diesen kleinen harten Steinen. Eine Zumutung.

Hollys Büro, 24. August

Dass mit den Klos darf man ja eigentlich niemandem erzählen; es wirkt etwas, sagen wir: überdreht, gaga. Aber es hat funktioniert, und zwar im Handumdrehen. Als sicher ist, dass Kater die Lektion wirklich und wahrhaftig begriffen hat, nehme ich die Lehrobjekte mit hinunter ins Büro.

»Was sollen wir mit acht Katzenklos?« Rita, die immer den Eindruck vermittelt, nichts sei ihr fremd, sieht mich entgeistert an. »Wollen Sie eine Katzenpension eröffnen?«

»Kater ist jetzt stubenrein, ich will die Klos nachher ins Tierheim bringen.«

»Acht Katzenklos«, echot Rita. »Ich sag ja, einmal im Nacken gepackt und in die eigene Pische gestupst hätte es auch getan.«

»Genau genommen zehn«, erwidere ich ohne auf ihre Bemerkung einzugehen. »Zwei sind noch da, eins in der Garderobe, eins im Wohnzimmer. Immer wenn er eins der Klos benutzt hat, habe ich ihn gelobt und das Klo dann entfernt. Bis nur noch zwei übrig blieben.«

Ritas Blick fällt auf den Kleinen, der sich in seinem Körbchen mit der getigerten Decke eingerollt hat und schläft. »Ich hätte ihm etwas mehr Grips zugetraut.«

»Er hat dafür nur zwei Tage gebraucht«, verteidige ich ihn. »Ein Wochenende, um seine genetische Disposition in den Griff zu bekommen.«

»Ihre Teppiche waren das Opfer seiner Gene?« Ritas Augen blitzen.

»Seit Menschengedenken wird die für Berberteppiche gebräuchliche Wolle mit einem bestimmten Zeugs behandelt, und der Geruch erinnert Katzen an das Leben, was sie einst in Ägypten führten, Bewacher der Kornkammern, verehrt als Götter, ruhten sie wahrscheinlich auf Berberteppichen. Diese Theorie wird jedenfalls im Netz erörtert.«

Rita grinst breit. »Na, dann hätten Sie ihn wohl besser Ramses genannt. Oder Osiris. Gott der Unterwelt, schwarz wie die Nacht.«

Ich verkneife mir eine Bemerkung hinsichtlich negativer Konnotationen, die man einem geschwächten Tier lieber nicht zumuten sollte. »Sein Name scheint ihm gut zu bekommen. Er frisst wie ein Scheunendrescher und hat ordentlich zugelegt.«

»Haben Sie die Teppiche wieder an Ort und Stelle gelegt?«

»Nein, ich habe sie bei eBay eingestellt.«

»Mit der Katzenpisse?«

Ich verdrehe die Augen. »Natürlich nicht. Ich habe die Flecken mit Glasrein behandelt, man sieht nichts mehr.«

»Aber?« Meine Güte, Rita hat wirklich die Eigenschaft eines Drillbohrers. Für ihre Aufgabe als Assistentin, die säumigen Zahlern und verschlafenen Klienten Beine machen soll, mag das von Vorteil sein. Aber nur da. Vielleicht sollte ich mal ein bisschen mehr Chefin sein. Professionell und sachlich ohne private Bezüge.

Kater äugt mich an, als sähe er in mich hinein.

Was ist privat? Bin ich privat? Wenn ich privat bin und du hier nichts Privates willst, darf ich nicht hier sein. Willst du das?

Ich wende den Blick ab. Man sollte Tiere nicht vermenschlichen, und vor allem keine dialektischen Besserwisser aus ihnen machen. »Wenn man mit der Nase ganz, ganz dicht dran geht«, antworte ich widerstrebend, »riecht man es noch.«

»Also nicht, wenn man sich auf normal menschlicher Höhe bewegt?«

»So sieht es aus.«

»Na, denn gibt's ja keinen Grund, die schönen Teppiche zu verkaufen. Oder befürchten Sie, dass Ihre Gäste, dem neuen gesellschaftlichen Trend folgend, mit der Nase über die Teppiche gehen, bevor sie ihren Drink kippen?«

»Wenn eine Markierung erst mal drin ist, riecht Kater sie. Wird sie schwächer, wird er sie erneuern. Egal, wie brav er sein Klo benutzt.«

»So viel zum Thema Vertrauen in Ihre Erziehungsmethoden«, spottet Rita und lacht. »Hoffen wir, dass die zukünftigen glücklichen Besitzer zweier vollgepisster Teppiche keine Katzen haben und nicht die Angewohnheit, neue Sachen erst einmal ausgiebig zu beschnuppern.« Rita kann sich kaum halten vor Lachen. Als sie meinen entnervten Gesichtsausdruck sieht, reißt sie sich zusammen und gibt wieder die gewissenhafte Assistentin. »Übrigens hat Matze angerufen und gefragt, ob es bei dem Termin bleibt. Zwei seiner Kühe werden um die Zeit kalben, insofern müsste er ab und an nach ihnen und dem Doktor sehen, und er wollte wissen, ob das ein Problem für Sie sei.«

»Überhaupt nicht«, erwidere ich ironisch. »Nichts ist einer professionellen PR-Konzeption zuträglicher als eine authentische Atmosphäre.«

»Mir scheint, mein Freund Matze hat Sie nicht gerade im Sturm erobert«, bemerkt Rita. Es klingt nicht beleidigt.

»Hm«, brumme ich unwillig. »Das muss er ja auch nicht.«

»Geben Sie ihm eine Chance. Er ist ein Guter, Sie werden sehen.«

Matze-Land, 25. August

Als ich am nächsten Tag nach einstündiger Fahrt die mit glänzendem Kopfstein gepflasterte Kastanienallee finde, die nach Ritas Beschreibung zu Familie Michaelsen führt, weiß ich, was Rita gemeint hat. Matze-Land ist Overbüll, bevor Pias und Rolfs Ideen die Atmosphäre vergifteten.

Duftendes Heu, Matsch, Mist, Silos, dreckige Traktoren, ein paar herumlungernde Hühner, langgezogenes Muhen von irgendwo. Zwei prachtvolle und gut besuchte Schmetterlingsbäume flankieren die dunkelrot lackierte, zweiflügelige Eingangstür. Mozarts Klarinettenkonzert weht, begleitet vom Gemecker einer Ziege, aus dem Stall herüber. Ich stelle den Wagen neben einen dunkelgrünen Geländewagen, ähnlich dem, mit dem die Queen ums schottische Balmoral heizt, und einen dunkelblauen Kombi mit Äskulap-Symbol. Während ich meine Gummistiefel anziehe, beschnüffelt mich ein alter Collie; nach bestandener Prüfung darf ich den Klarinetten folgen.

Der Stall ist etwa 300 Quadratmeter groß, es gibt keine Gatter, keine Zäune. Schweine, Ziegen, Kühe sind hier in einer WG untergebracht. Zwei Ziegen, eine schwarz, die andere weiß, staksen an mir vorüber ohne von mir Notiz zu nehmen. Das Stroh ist frisch und duftet süß. Die meisten Kühe liegen herum und käuen wieder, drei neugierige machen einen langen Hals und haben die Ohren gespitzt. Im hinteren Teil der WG steht eine

Kuh, den Bauch gewölbt, ihre Beine zittern. Matze Michaelsen tätschelt ihren Rücken und redet beruhigend auf sie ein, Dr. Andreesen macht ein besorgtes Gesicht und zieht sich einen langen Gummihandschuh über.

Das sieht nicht gut aus. Ich weiß, wie die Bäuche von Kühen aussehen, deren Kälber querliegen. Da nützt Mozart auch nicht viel.

»Tut mir leid«, murmelt Matze in meine Richtung, »sah die Tage nicht danach aus, sonst hätte ich abgesagt.«

»Sie stammt vom Land«, bemerkt Dr. Andreesen.

»Na, denn. Halten Sie mal.« Matze drückt mir wortlos eine Schlinge in die Hand und ich funktioniere wie einst, als mein Vater und ich nächtelang im Stall verbrachten und verdrehtem Leben auf die Welt halfen. Ich war 13 und Meisterin darin, mit sanfter Stimme aus einem Knoten ein Kalb, ein Zicklein oder ein Fohlen zu locken, und niemand war überraschter – und bestürzter – als mein Vater über meine Entscheidung, in die PR-Branche zu gehen. Er ist bis zu seinem Tod nicht mit dem Gedanken zurechtgekommen, sein eigen Fleisch und Blut, das mit dem Manna des freiheitlich-antikapitalistischen Denkens genährt worden war, im Lager derjenigen zu wissen, die einen krebserzeugenden Chemiecocktail zu einem »Kick für die Sinne« umtexten, wenn nur das Honorar stimmt. Schlimmer noch: Er gab sich und Lana und ihrer beider Inkonsequenz, Wasser zu predigen und Wein zu trinken, die Schuld an meiner kruden Berufswahl, und war nicht davon abzubringen, dass sie meine Seele in einen unheilvollen Zwiespalt gestürzt hatten. Das warme, friedliche Einvernehmen zwischen uns wich resignierter Schweigsamkeit seinerseits und trotzigem Mir-geht's-super-Gehabe meinerseits.

Als das Kalb endlich ins Stroh glitscht, ist die Mutterkuh am Ende ihrer Kraft. Ich hole Schleim aus seiner Nase, tupfe das Kleine mit etwas Stroh sanft trocken und liebkose es mit weichen, tröstenden Worten wie früher.

»Gelernt ist gelernt«, bemerkt Dr. Andreesen anerkennend.

Ich lächle unverbindlich.

»Wie geht es dem Kater?«

»Gut. Er wächst und gedeiht.«

»Denken Sie daran, dass er geimpft werden sollte, bevor Sie ihn rauslassen.«

»Sicher.«

Matze und ich winken, als Dr. Andreesen vom Hof fährt.

»Feiner Kerl«, sagt Matze.

»Hm«, mache ich.

»Wie gefällt Ihnen mein Hof?«

»Nun«, beginne ich und halte inne. Was in mir vorgegangen ist, kann ich nicht in Worte fassen, es fühlt sich schmerzhaft und heilsam zugleich an, Wehmut schleicht sich heran, Trauer. »Idyllisch«, bringe ich schließlich heraus. Es klingt gepresst und Matze wirft mir einen besorgten Blick zu. »Damit lässt sich arbeiten«, füge ich hinzu. »Ich stelle mir Ihre Homepage so vor, dass ...«

Matze winkt ab. »Lassen Sie mal. Ich gehe demnächst auf eine Reise, und weiß noch nicht, wie lange ich unterwegs sein werde.«

»Aha. Das fällt Ihnen ja früh ein.«

Ein feines Lächeln umspielt seine Mundwinkel. »Da haben Sie wohl recht.«

»Gehen Sie auf Tournee?«

»So könnte man es nennen.«

»Das ist doch gut. Die Termine veröffentlichen wir auf Ihrer neuen Homepage und …«

»Nee, echt, lassen Sie mal. Das wird mir alles zu viel. Eigentlich wollte ich nur der Rita einen kleinen Gefallen tun. Sie hat einen Narren an Ihnen und der Agentur gefressen, und weil sie mir früher unter die Arme gegriffen hat, als es mir dreckig ging, sagte ich zu mir, Matze, jetzt bist du an der Reihe.«

»Aber die E1-Arena …«

»Alles zu seiner Zeit.«

Ich warte, aber Matze möchte dem nichts hinzufügen. Sein Lächeln ist breit und freundlich und wissend.

»Okay«, sage ich. »Aber 2000 Euro für nichts …«

»Bitte«, sagt er und sieht mich eindringlich an.

Der meint es wirklich ernst. »Na schön«, sage ich. »Aber was ist mit Rita? Sie wird sich wundern, wenn ich Ihre PR nicht vorantreibe.«

Matze schüttelt den Kopf. »Keine Gefahr. Die Rita hat die wundervolle Eigenschaft, zu unterscheiden, wann Fragen angebracht sind und wann nicht. Glauben Sie mir, ich kenne sie.«

»Okay. Dann alles Gute für Sie.«

Matze bringt mich zu meinem Wagen. Ehe ich losfahre, fällt mir ein, dass ich nicht gefragt habe, wer sich um seine Tiere kümmert. Aber das geht mich ja auch nichts weiter an. Ich winke ihm zu und bin froh, von den Erinnerungen fortzukommen.

Hollys Heim am selben Abend und Dr. Andreesens Praxis, einen Tag später

Holly ist etwas verwirrt, als sie wieder Zuhause ist, sodass ich mich veranlasst sehe, stundenlang auf ihrem Schoß zu liegen und zu schnurren, was das Zeug hält, bis die Worte in ihrem Kopf aus ihr herausfließen. Das machen wir häufig so. Ich wirke auf sie wie dieses laute Ungetüm auf den Staub im Schäbbischick.

So, und zum Dank serviert sie mir zum Frühstück das: »Du wirst nachher geimpft, mein Kleiner«, murmelt sie. »Ich möchte, dass du ganz lange bei mir bleibst und nicht an einer dieser grässlichen Katzenseuchen zugrunde gehst.«

Mein Körper reagiert auf diese Drohung unmittelbar: ich mache einen Buckel und mein Schwanz sträubt sich zur perfekten Bürste. Das ist eine eindeutige Botschaft, finde ich. Im Wortlaut: Nein, ich möchte das nicht. Punkt.

Holly seufzt. »Wahrscheinlich findest du das doof ...«

»In der Tat«, gebe ich zurück, glätte mein Fell und marschiere majestätisch davon.

»... aber es geht nicht anders. Es sei denn, du möchtest dein ganzes Leben drinnen verbringen, niemals eine weiche Wiese unter deinen Pfoten fühlen, einem Falter hinterherlaufen, und hübsche Katzen kennenlernen ...«

»Was hat das eine mit dem anderen zu tun?« Fragend sehe ich mich um. Ein Fehler. Den Blickkontakt deutet sie völlig falsch.

»Gut, dann sind wir uns einig.« Ehe ich Einspruch erheben kann, hebt sie mich hoch, drückt mich zärtlich an ihre Brust und rubbelt ihre Nase in meinem Fell.

»Nein, ganz und gar nicht«, erwidere ich, winde mich aus ihrer Umarmung und flüchte in die äußerste Ecke des liwing-Bereichs. Pah. Liwing-Bereich! Auch nichts anderes als ein Stall. Bloß mit Berber. *Wir* hatten damals für so was ganze Paläste!

»Ach komm, mein Katerchen«, schmeichelt sie, was ich mit einem langen, lauten Fauchen quittiere.

Das kann mensch weder missverstehen noch sich darüber hinwegsetzen.

Doch, kann mensch. Holly kann es. Sie packt mich im Genick wie Mama und schiebt mich in einen vergitterten Korb.

Dieser Freiheitsberaubung wegen befinde ich mich nun zum zweiten Mal bei diesem Tierarzt. Holly und er unterhalten sich über die bösen Katzenkrankheiten, die überall lauern, um mich zu überfallen, zu schwächen und sogar zu töten.

Ha! Wer kann ernsthaft daran glauben, dass ich, der ich wie alle Tiere mit einem vollkommenen, gesunden Organismus auf die Welt kam, ein künstliches Gebräu brauche, um mich vor Viren und Bakterien zu schützen? Als ob eine Mikrobe einem göttlichen Wesen etwas anhaben könnte. Das ist lächerlich.

Der Arzt trägt heute keinen weißen Kittel mit langen Ärmeln wie bei unserer ersten Begegnung, sondern ein rotes, kurzärmeliges Hemd mit einem Krokodil auf dem Herzen. Das ist interessant. Zur Zeit meiner ägyptischen Vorfahren hat man Krokodilzähne an einer Kette um den Hals getragen, zum Zeichen, dass man mit einem gerungen und es bezwungen hat und nun seine Kraft besitzt. Mit welchem Krokodil mag Dr. Oliver Andreesen gekämpft haben und wo? Oder ist es ein Alligator? Es muss ein besonders ruhmreicher Kampf gewesen sein, andernfalls würde er das Zeichen seines Sieges wohl kaum auf dem Herzen tragen! Das hätte ich ihm, ehrlich gesagt, gar nicht zugetraut, nachdem er sich bei unserer ersten Begegnung etwas dümmlich angestellt hat. Ich neige mich vor, um herauszufinden, ob das Symboltier aus Afrika oder Südamerika stammt, und habe fast schon vergessen, warum ich hier bin, als ich seine Worte im Kopf habe:

Na, mein Freund? Schön, dass du so kräftig geworden bist. Offensichtlich hat sie dich gut versorgt, siehst klasse aus. Damit das so bleibt, muss ich dich kurz piksen, geht ganz schnell vorbei, versprochen.

»Ich möchte das nicht«, entgegne ich ruhig und mit aller kätzischen Würde, derer ich fähig bin. »Das ist ein Eingriff in meinen freien Willen.«

Der Arzt sieht mich verwundert an, dann schüttelt er unmerklich den Kopf. *Blödsinn.*

»Aber gar nicht. Sie haben richtig verstanden. Ich sprach von meinem freien Willen.«

Quatsch. Reiß dich zusammen, Oliver. Denkt er, packt meine linke Pfote und sticht zu.

Während ich zwischen Wut und Empörung schwanke und darüber, ob ich zubeißen oder die Praxis zerlegen soll, kommt mir etwas Vernünftigeres in den Sinn. Der Mann muss meine Bemerkung hinsichtlich des freien Willens gehört haben, misstraut aber dem, was er gehört und verstanden hat, obgleich er sich wünscht, mich zu hören und zu verstehen, andernfalls würde er mich nicht ansprechen. Das ist mehr als das, was ich in dieser Hinsicht über Holly behaupten kann. Das bedeutet: Ich muss ihn für meinen Plan gewinnen, damit er Holly davon erzählen kann. Das ist logisch, nicht?

Daraus folgert: Ich muss mit ihm üben. Zukünftig werde ich Ein-Wort-Botschaften verwenden, bis er sich sicherer geworden ist. Dann steigere ich mich auf ganze Sätze. Zweitens: Damit ich mit ihm üben kann, muss Holly mich häufiger herbringen. Wie stelle ich das denn an?

»So, du hast es geschafft!« Der Arzt krault mich zur Belohnung unterm Kinn, dabei lächelt er Holly zu und mir geht ein Licht auf.

Ich schnurre wie eine Nähmaschine. Danke, Große Katze. Super Idee.

Hollys Büro, 27. August

»Der Kleine war total beleidigt«, sage ich zu Rita, als sie Punkt neun im Büro aufschlägt, in eine himbeerfarbene Kombination aus Walle-Oberteil und Bleistiftrock gehüllt. Den Hosenanzug der ersten Tage hat sie nie wieder getragen.

»Dachte ich mir. Deshalb habe ich ein Versöhnungshäppchen mitgebracht.« Sie stellt einen Teller mit roher Leber vor sein Körbchen und wartet auf eine Reaktion. Als er sich in Zeitlupe erhebt und zu fressen beginnt, nickt sie ihm zu. »Na siehst du. Eins kommt zum anderen.«

»Wie meinen Sie das?«, hake ich beiläufig nach, während ich in meinen Unterlagen nach einer Notiz suche. Ritas kryptisches Gerede fällt mir mitunter auf die Nerven. Sie erweckt scheinbar gerne den Eindruck, einen besonderen Draht zu dem Kater zu haben, aber er ist mein Haustier, nicht ihres, ganz gleich, wie engstirnig und piefig das sein mag. 90 Prozent meines Lebens damit beschäftigt, von Beruf wahnsinnig hip, cool und kosmopolitisch zu sein, weil das den Erwartungen meiner Klienten entspricht, darf ich mir wohl eine Portion Piefigkeit gestatten.

Ritas Antwort geht im lauten, melodischen Gong unter, der jedes Öffnen und Schließen der schicken, weißen Haustür begleitet.

Vor mir steht Stefan Rohde. »Hallo Holly«, sagt er.

Rita wirft mir einen vielsagenden Blick zu. »Guten Tag, Herr Rohde«, flötet sie. »Darf ich Ihnen den Mantel abnehmen?«

»Danke«, antwortet er und reicht ihr das edle Teil aus London, das er trotz sommerlicher Witterung überm Arm trägt.

Den Mantel kenne ich. Stefan blitzt mich an, in seinen Augen spiegeln sich die drei Szenen, die wir gemeinsam schrieben. Ein Hotelzimmer im Hamburger Umland, seinen Mantel um meinen nackten, erhitzten Körper, Champagner und Erdbeeren und Ludovico Enaudi und all die Requisiten, die zu einer 1a-Blitz-Affäre gehören. Als er für seine Partei, die der sozialen Gerechtigkeit verpflichtet ist, nach Kiel ging, wurde es uns zu kompliziert und zu gefährlich. Wir schieden als Hochglanzbeispiele für kosmischen Sex und anständiges Benehmen. Mal abgesehen davon, dass er verheiratet und ich liiert war.

In diesem Moment wird mir klar, dass ich seit Monaten – MONATEN – in niemandes Armen lag, gehalten und gestreichelt und verrückt gemacht vor Verlangen nach Leben und Liebe, und wie ein Drogenabhängiger auf Entzug auch so ziemlich alles spritzen würde, was nach Heroin aussieht, stelle ich mir gerade eine tiefe, lange Injektion Stefan Rohde vor.

»Hallo Stefan. Wie schön.« Ich mache erstmal auf locker und bitte ihn zu unserem Lounge-Ensemble, das entspannte Verhandlungen mit lukrativen Abschlüssen durch äußerst angenehmen Sitzkomfort begünstigt, im Branchen-Jargon als Chill-and-kill-Strategie bekannt.

Inzwischen hat Rita den Mantel aufgehängt und den Kaffeevollautomaten bedient. Zwei Tassen, eine für ihn, eine für mich in Händen, kommt sie zu uns hinüber. »Sie möchten bestimmt einen Milchkaffee«, flötet sie und strauchelt. Der Inhalt beider Tassen ergießt sich über seine hellbraunen Oxford-Schuhe.

»Oh je«, sagt Rita erschrocken. »Bitte verzeihen Sie mir. Ich hole rasch etwas Haushaltspapier.« Sie rast in die Küche und kommt mit einer Rolle Feucht & Fröhlich zurück. »Oder nein, noch besser, geben Sie mir Ihre Schuhe, ich erledige das. Handgenähte Sonderanfertigungen müssen pfleglich behandelt werden.«

»Nein, das ist nicht nötig.« Stefan lächelt, wenn auch etwas verkrampft.

»Bitte«, sagt Rita flehend. »Lassen Sie mich das Malheur wiedergutmachen. Für handgenähte Sonderanfertigungen aus dieser Werkstatt ist man vier bis fünf Mal zur Anprobe in London, diese sind wirklich besonders hübsch, mit den klitzekleinen vergoldeten Monogrammen, oder ist das echtes Gold?, und es wäre doch schade, wenn die teuren Stücke ... «

»Nicht der Rede wert«, fällt Stefan ihr ins Wort und nimmt ihr die Rolle aus der Hand.

»Danke, Rita, es ist schon in Ordnung«, sage ich freundlich und sehe ihr nach, wie sie mit zufriedenem Gesichtsausdruck ihren Computer wieder hochfährt, ehe ich mich meinem potentiellen Klienten wieder zuwende. Eins ist klar: Freiwillig hätte er mir seine teuren Vergnügungen nicht anvertraut. »Ich würde mich sehr freuen, wenn ich deine Öffentlichkeitsarbeit betreuen darf, aber mit solchen Sachen gilt es, vorsichtig zu sein.«

Stefan runzelt die Stirn. »Du meinst, meine Schuhe.«

Ich nicke. »Oh ja, die meine ich. Erinnerst du dich an Kanzler Schröders Edelzigarren Cohiba? An Lafontaines riesiges Anwesen, das im Volksmund als Palast der sozialen Gerechtigkeit verhohnepipelt wurde?«

Stefan winkt ab. »Jeder hat seine eigenen Sargnägel.«

»Authentizität ist aber ein Wert, der in den letzten Jahren zunehmend an Bedeutung gewonnen hat«, gebe ich zu bedenken.

»Mag sein.«

Ich spüre, wie die Hitze, die mich ihn vorhin ums Haar hätte auf meinem Schreibtisch vernaschen lassen, von mir weicht. Eigentlich kann ich es mir nicht leisten, einen Auftrag abzulehnen, aber will ich mir wirklich eine Kampagne ausdenken, die die Menschen an die Wahlurne treibt, um einem Mann ihre Stimme zu geben, der Wasser predigt und selbst Wein trinkt? Dass ich das kann, weiß ich. PR-ler können das, dafür wurden sie ausgebildet. Die Frage ist nur: Will ich das?

»Von wie vielen Sargnägeln reden wir denn?«

»Das kommt drauf an, wie du sie definierst«, gibt er lässig zurück.

»Okay, reden wir Tacheles. Welcher Lobbyist sitzt auf deinem Schoß? Bei welchem Unternehmen stehst du auf der Premium-Liste für Sonder-Gratifikationen? Welcher Amtsträger hat deinen Familienurlaub in der Toskana bezahlt, der neulich so reich bebildert im Internet zu sehen war?«

»Wo? Auf welcher Seite?«

»Auf Politikerpack.net.«

Stefan bleibt cool. »Nun, mein Büro hat natürlich noch einige andere Angebote auf dem Tisch liegen«, sagt er und lächelt unverbindlich. »Aber du hattest immer schon das gewisse Etwas.« Sein Lächeln vertieft sich.

Mist, warum ist dieser Typ bloß so verdammt attraktiv!

»Pro Stimme gäbe es eine Extra-Prämie«, wirbt er und klingt siegessicher.

Klar, ein Sack voll Geld ist natürlich ein Argument. Ich spüre, wie mein Widerstand erlahmt. »Nun …«

»NEEEEINNNNN!!!!!« Ein spitzer Schrei durchtrennt den hauchdünnen Faden, der sich anschickte, Stefan und mich doch noch zu verbinden.

Erschrocken springe ich auf. »Ist etwas mit Kater?«, rufe ich Rita zu und eile in den Flur zur Garderobe. Rita hält den Kleinen auf dem Arm und wiegt ihn wie ein Kind.

»Der Mantel ist vom Bügel gerutscht und hat ihn unter sich begraben, er ist fürchterlich erschrocken und hat leider …«

»Was leider?« Ich pflücke den Mantel vom Boden, um ihn wieder aufzuhängen, als ich in etwas Weiches greife.

»Ist alles in Ordnung?« ruft Stefan.

»Jahaa«, antworten Rita und ich im Chor. Ich stürze ins Bad und schrubbe meine rechte Hand. Doch jede Hautzelle scheint den Geruch inhaliert zu haben, ich rieche wie ein Katzenklo. Während Rita ungerührt den Kater streichelt, mache ich mich daran, zu retten, was zu retten ist. Mit wenig Erfolg. Das beige-rot-weiß-schwarze Innenfutter des Edel-Trenchs ist dunkelbraun gefärbt, es stinkt wie Hulle. Als mir die Frage durch den Kopf schießt, ob meine Erinnerung an die drei heißen Nächte mit Stefan von jetzt an und auf ewig mit dieser Szene ein abturnendes Ende finden, muss ich anfangen zu lachen. Es gluckst und hahat in mir und prustet raus. Rita lacht in Katers Fell.

»Schade, ich hing an dem Mantel.« Stefan steht plötzlich im Türrahmen und betrachtet Rita und mich mit einem Ausdruck leiser Geringschätzung. »Entsorg' ihn bitte für mich, Holly. Es war ohnehin an der Zeit, mir einen neuen anzuschaffen. Er knipst sein politisches Lächeln an. »Du hörst von mir, Holly. Ich bin spät dran. Auf Wiedersehen.«

Rita und ich sehen uns an.

»Den sehen wir wohl nicht wieder«, sagt Rita trocken und krault meinen Kater.

»Ich bin nicht sicher, ob ich das gut finden oder mir in den Hintern beißen sollte«, bemerke ich und knülle den Mantel zusammen, um ihn in eine Plastiktüte zu stopfen. »Der Auftrag hätte uns ein paar Monate lang finanziert.«

»Un de perdu, dix de retrouver«, flötet Rita.

»Und das heißt?«

»Einen verloren, zehn gefunden.«

»Woher wussten Sie, dass die Schuhe ...«

»Gar nicht. Ein Schuss ins Blaue. Ein Test. Wir wollen doch nicht, dass Menschen mit gespaltener Zunge unser Portfolio ruinieren, nicht wahr?«

Hollys Heim, am selben Abend, im Living-Bereich

Holly hat sich umgezogen und trägt etwas Duftiges, Weiches, Dünnes. Barfuß läuft sie durch die Wohnung, puschelt und zuppelt hier und da herum, wischt über das kleine Gerät, das sie zärtlich Handy nennt, und setzt sich schließlich mit einem Stapel Papier zu mir auf das Ding mit meinem Nest, das, wie ich jetzt erfahren habe, Launsch-Möbel heißt. Sie hat mich die ganze Zeit über nicht eines Blickes, eines Wortes, eines Gedankens gewürdigt. Ich bin Luft für sie. Sie trinkt Wein, das flache Ding an der Wand, dessen uneleganten Namen – Fernseher – ich nun ebenfalls kenne, zeigt bunte Bilder, aber Holly guckt da nicht hin, sondern blättert durch die bunten Bilder in ihrer Hand. Zwei sehr schöne Menschen, ein blonder Mann mit Stupsnase und eine dunkelhaarige Frau mit sehr dicken Lippen, fesseln Hollys Aufmerksamkeit.

»Du hast vielleicht Nerven!«, sagt sie mit einem Mal ohne mich anzusehen.

Ich reagiere meinerseits nicht die Spur entgegenkommend. Wie gut, dass Rita den Mantel so nachlässig aufgehängt hat, dass er vom Bügel rutschen musste und wie gut, dass ich morgens Hollys Schuhe anzuknabbern gezwungen war, so besaß ich genügend Munition, den Mann in die Flucht zu schlagen, der im Begriff stand, meinen Plan zu vereiteln.

»Mach das bitte nicht nochmal, okay?«

Ich sage vorsichtshalber nichts.

Das Handy säuselt. »Was denn jetzt schon wieder?«, murmelt Holly, zieht den Blick von den beiden schönen Menschen ab und tatscht auf den Bildschirm.

Timo. Was will der denn? Aha.

Bin gerade gelandet. Lust auf einen Wein? Ein Stündchen? Könnte zu dir kommen. Hm. Okay. Wieso nicht.

Eine halbe Stunde später meldet der Gong einen späten Besucher. Holly und ich gehen zur Tür, sie drückt auf den Summer und mit drei Schritten ist Timo oben und steht mit ausgebreiteten Armen vor ihr. »Hey!«

»Hey!«

»Tut mir echt leid, ich habe mich wie ein Idiot benommen, neulich am Telefon, du weißt schon.«

»Komm rein, Einstein«, sagt Holly grinsend. »Bin gespannt auf die Erklärung.«

Zwei, drei, vier Sekunden lang liegen sie einander in den Armen. Keiner beachtet mich. Macht nichts. Ich höre warme Worte der Zuneigung. Freunde fürs Leben. Keine Gefahr für meinen Plan. Ich werde mich auf ein ausgiebiges Schläfchen in Hollys Bett zurückziehen.

»Wer ist das denn?«

»Das ist Kater.«

»Typisch Holly. Du bleibst deiner Rolle wenigstens treu.« Dieser Timo bückt sich und klopft mir auf die Flanke wie einem Pferd.

»Wie man's nimmt. Holiday Golightly hat von jedem Mann, mit dem sie ausging, fünfzig Dollar für die Toilette bekommen und war mit dem Nachbarn befreundet, der sich als Mann fürs Leben entpuppt.

Ich kann weder das eine noch das andere von mir behaupten.«

»Letzteres kann sich jederzeit ändern«, entgegnet dieser Timo mit einem Unterton, der mich hellhörig werden lässt.

Doch Holly lacht ihn gutmütig aus. »Nee, nee, mein Freund, das kannst du knicken. Was während unseres Studiums nicht lief, läuft jetzt auch nicht.«

Timo grinst schief. »Na schön, dann flöß' mir Wein ein, Weib, und lass mich dir von meinen Baustellen berichten. Die eine heißt Südasien, die andere Saskia.«

Holly lacht. »*Die* Saskia?! Die Brauerei-Schnepfe aus der Theater-AG?«

Das muss ich mir nicht anhören, finde ich und begebe mich ins Bett. Schließlich habe ich mit meiner eigenen Baustelle genug zu tun.

Mitten in der Nacht wache ich auf.

»Du fährst jetzt ganz bestimmt nicht mehr.« Holly klingt sehr energisch.

»Wenn du meinst«, nuschelt Timo. »Darf ich in dein Körbchen?«

Oh, Mann. Der hat ja tüchtig einen im Kahn.

»Nein.«

»Ach, bitte.«

Holly rauscht an mir vorbei ins Schlafzimmer, zieht den Vorhang zur Seite und zerrt hinter den Kleiderständern Decken, Kissen, Laken hervor, mit denen sie zurück in den liwing-Bereich eilt und damit herumraschelt. Dann ist einen Moment Stille, ich glaube, sie umarmen sich.

»Danke für deinen Rat«, murmelt er in ihr Haar. »Danke, dass ich herkommen durfte.«

»Danke, dass es noch meinen Freund Timo gibt, den ich gernhaben kann. Ich hatte echt Angst, dass du ein Unternehmerarschloch hoch drei geworden bist.«

Dann höre ich es schmatzen und dann endlich kommt Holly zu mir.

»Na, mein Kater«, flüstert sie und bugsiert mich sacht in ihre Armbeuge, »ich vergebe dir die Sache mit Stefan, wenn du mir versprichst, Timos Klamotten in Ruhe zu lassen, okay?«

Versprechen darf man nicht brechen, also halte ich vorsichtshalber lieber meine Schnauze und tue so, als ob ich tief und fest schlafe. Sie lässt sich aber nicht täuschen und hakt nach. »Hm?«

Das ist ein gutes Zeichen, was Hollys Fortschritte in Kätzisch anbelangt. Vor Freude beginne ich zu schnurren, was Holly als Zeichen meines Einverständnisses missversteht.

»Gut, dann sind wir uns einig«, murmelt sie. Wenig später verraten ihre tiefen Atemzüge, dass sie schläft.

»Nö«, erwidere ich, »sind wir nicht. Noch nicht.«

Am nächsten Morgen, dieser Timo schnarcht noch, darf ich zum ersten Mal in den Garten. Holly macht eine ziemlich große Sache daraus.

»Nun schau mal, mein Katerchen, ist das nicht schön! Dein Revier!«

Sie läuft neben mir her, als hätte ich noch nie Gras unter meinen Pfoten gespürt.

»Hübsch, aber überschaubar«, erwidere ich und betrachte den Flecken vor mir, der unwesentlich größer ist, als der Schäbbischick. Mit einem Mal knackt ein Zweig, so leise, dass Holly es nicht hört, sie sieht mich überrascht an, als ich mich instinktiv ins Gras presse, die Ohren gespitzt, bereit zum Sprung, hochkonzentriert die fließende Bewegung hinter dem dichten Giersch verfolgend. Weiß blitzt es auf. Wer mir jetzt in die Pfoten gerät, wird nichts zu lachen haben. Als sich das Dickicht teilt und das schönste Wesen unter der Sonne freigibt, richte ich mich auf. Oder sagen wir: Mache ich mich etwas größer. Doch nach einem Blick in meine Richtung wendet sich das Wesen ab und stelzt majestätisch davon.

»Ich bin Kater«, rufe ich ihr hinterher.

»Ach was«, tönt es gelangweilt zurück.

Holly lacht. »Komm, mein Kleiner, ich zeige dir, wo die Katzenklappe ist.«

Natürlich kapiere ich die Sache beim ersten Mal. Aber natürlich erklärt Holly es mir mehrmals und ich muss ihr mehrmals beweisen, dass ich es kapiert habe. Rein, raus, fertig. Mitunter finde ich es recht ermüdend, für dumm gehalten zu werden.

Als wir wieder oben sind, kommt uns dieser Timo strahlend entgegen. Er riecht nach Sandelholz, seine dunklen, lockigen Haare glänzen feucht. Der Tisch ist mit allem gedeckt, was der Kühlschrank hergibt und es duftet nach Kaffee. Und mein Napf nach gedünstetem Fisch! Holly hat Recht. Timo ist ein Freund.

In den nächsten Tagen inspiziere ich mein Revier ausgiebig. Das weiße Wesen lässt sich jedoch nicht mehr blicken.

Habe ich jede Blume, jeden Grashalm untersucht, begebe ich mich zu Holly und Rita ins Büro, wo mich ein paar saftige Snacks und mein weiches Körbchen erwarten. Heute scheint aber etwas Besonderes los zu sein, schon im Treppenhaus habe ich den betörendsten Duft, der gleich hinter frischgemähtem Gras kommt, in der Nase. Die Quelle des Wohlgeruchs steht auf Hollys Schreibtisch. Weiße Linien, ziemlich viele sogar, ein ganzer Arm voll, etwas unvorteilhaft in einen Papierkorb gesteckt.

»Lilien«, sagt Holly zu Rita und steckt ihre Nase genießerisch in eine der Blüten, »waren immer meine Lieblingsblumen. Er hat es sich gemerkt. Nett.«

»Ja, nett«, pflichtet Rita ihr in einem Ton bei, der das Gegenteil vermuten lässt.

Holly merkt es und grinst. »Na na, Sie kennen ihn doch gar nicht!«

»Kennen Sie ihn denn *wirklich*?«

»Aber ja. Timo ist klug, einfühlsam, humorvoll, stammt aus einer wunderbaren Familie und hat Geld. Warum also nicht? Warum es nicht probieren?«

»Sie sind doch gar nicht verliebt.«

»Nein, aber das kann sich ja entwickeln.«

»Finden Sie ihn attraktiv?«

Holly blinzelt Rita an, unsicher, ob diese Fragen nicht eigentlich viel zu weit gehen oder ob sie sie ehrlich beantworten soll. »Doch«, sagt sie gedehnt.

»So, so.« Ritas Stimme trieft vor Ironie.

»Meine Güte, David Beckham ist er nicht, aber man verliebt sich doch nicht nur in die Verpackung«, entgegnet Holly energisch. »Die Rahmenbedingungen stimmen, darauf kommt's an. Er will sogar seinen Vater davon überzeugen, ein Fairtrade-Projekt in Bangladesch aufzuziehen.«

»Wow.« Ritas Begeisterung hält sich trotzdem in Grenzen. Sie wirft mir einen Blick zu. *Da kommt Arbeit auf dich zu, Kater. Holly verliebt sich gern in Rahmenbedingungen, das letzte Mal hat's ein paar Jahre gehalten.*

»Sprechen Sie mit mir?« Ich bin überrascht. Das hat Rita noch nie getan.

Gewiss.

»Verstehen Sie mich?«

Aber ja.

»Können *Sie* Holly dann nicht erklären, weshalb sie so schnell wie möglich den Hof ...«

Nein, das geht nicht.

»Warum nicht?«

Sie würde glauben, ich will mich wichtig machen. Soll ich mich hinstellen und ihr sagen: Hey, der Kater hat mir Folgendes erzählt. Er ist hier, um sie zu überreden, den Hof zu übernehmen und alle Tiere vor der Mastanlage zu bewahren. Sie würde mich für verrückt erklären und ich wäre meinen Job los.

»Schade.« Betrübt rolle ich mich zusammen. »Es wäre so einfach gewesen.«

Rita lächelt mir zu. *So, wie es ist, mein Kleiner, ist es gut, du wirst schon sehen.*

»Hypnotisieren Sie meinen Kater?« Hollys Augen wandern misstrauisch von mir zu Rita.

»Aber nein«, entgegnet Rita leichthin. »Mir fiel nur gerade ein, dass ich die weiße Katze neulich in der Nähe meiner Wohnung gesehen habe. Wenn sie es denn war. Eine hübsche Kleine, wirklich. Ungefähr im selben Alter wie Ihr Kater.« Sie betont das Wort »Ihr« und zwinkert mir unmerklich zu. *Siehst du. Eifersüchtig ist sie ebenfalls.*

Mir entfährt ein tiefer Seufzer. Warum machen Menschen die Dinge so kompliziert?

In den nächsten Tagen sollte sich die Lage noch komplizierter gestalten.

Denn die Lilien sind nur der Anfang einer Serie von Aufmerksamkeiten, mit denen dieser Timo Holly überschüttet, um sich dafür zu bedanken, dass sie sich seine Baustellen-Geschichten bis in die tiefe Nacht hinein angehört hat. Nacheinander trudeln bei uns ein: Champagnertrüffel, Musik-CDs, eine Kiste Champagner, ein Champagnerkübel, Bücher, Parfüm. Holly öffnet jedes Päckchen wie ein Kind an Weihnachten und kommentiert die Überraschung mit reinem Entzücken.

Rita schweigt die ganze Zeit über. Auch zu mir kein einziges Wort. Was mich sehr verwundert. Sie ist der einzige Mensch weit und breit, dem nicht ständig irgendwelche Worte durch den Kopf gehen, die sich mit anderen zu hässlichen Gebilden verbinden. Also bei den meisten sind es hässliche Gebilde, Schlangengruben, Mord und Totschlag, Dickwerden. Bei Rita ist immer Freude. Aber auch noch etwas anderes. Ich komme aber nicht dahinter, so sehr ich Rita anmaunze, blinzle, fixiere. Sie hat sich unglaublich unter Kontrolle.

Aber jetzt platzt es aus ihr heraus: »Entweder Sie geben nach oder Sie sagen ihm, dass nichts draus wird.«

Holly lässt den schmalen Band sinken, in dem sie lächelnd geblättert hat, und starrt Rita an.

Rita schüttelt zerknirscht den Kopf. »Entschuldigen Sie, es geht mich ja gar nichts an. Es ist nur, weil ich so viel älter bin und sehe, wer da auf Sie zustolpert, ein Mann im emotionalen Stadium eines verwöhnten Fünfjährigen mit Testosteron-Überschuss. Tut mir leid, wenn ich so direkt ...«

Holly bricht in schallendes Gelächter aus. »Sie haben es erfasst. Genau das ist er. Aber ...«, sie nippt an ihrem Kaffee, »nett ist er trotzdem. Und gescheit. Und reich. Und redlich. Und einfühlsam. Und überhaupt.«

»Und?«

»Das Einzige, was auf der Negativ-Liste steht, ist: Macht mich nicht an.«

»Und?«

»Das kann ja noch kommen.«

»Hmhm.«

»Der Appetit kommt doch auch beim Essen, jedenfalls manchmal.«

»Manchmal, bei manchen Menschen. Bei Ihnen nicht.«

»Uups. Haben Sie, Frau Doktor der Psychologie, schon mal davon gehört, dass Ausnahmen die Regel bestimmen?«

»Wie Sie meinen«, sagt Rita lächelnd und betrachtet ihren Schreibtisch, den sie unterdessen penibel aufgeräumt hat.

Holly schweigt verdrossen und ich spüre, dass sie eine Entscheidung getroffen hat. Obwohl ihr Herz dagegen ist.

Um Himmels Willen! Das kann sie sich nicht antun. Abgesehen davon, dass diese Entscheidung meine Pläne durchkreuzt. Sofort springe ich auf ihren Schoß und sehe Holly eindringlich in die Augen.

Dann drücke ich meinen Kopf sacht an die Stelle, wo es laut und heftig pocht.

Dieses Mal versteht sie mich nicht. Schlimmer noch: Sie versteht sich selber nicht.

Ihr Herz trommelwirbelt, und sie lacht und denkt, es seien Schmetterlinge. Dabei hat es bloß Angst.

Rita wirft mir einen aufmunternden Blick zu und tänzelt aus dem Büro. »Schönen Abend Ihnen und Ihrem Kater.«

»Danke, Ihnen auch.«

Ich maunze hinter ihr her: »Hey, was soll ich machen?«

Lass dir was einfallen.

Nun, um es kurz zu machen: Das habe ich getan.

Hollys Heim, 10. September, 23 Uhr

»Wo sind meine Autoschlüssel hingeraten?« Timo klopft die Taschen seiner Schimanski-Gedächtnis-Jacke ab und lässt sein Blick durch den Eingangsbereich wandern.

Die Jacke geht gar nicht, schießt mir durch den Kopf, doch rasch schiebe ich den Gedanken beiseite. Timo und ich hatten einen wunderschönen Abend beim Italiener in Reinbek, und nein, er macht mich immer noch nicht an, aber er kann gut küssen. Danach kam eins zum anderen und jetzt brauchen wir Kondome. Die fröhlichen rosaroten Bomber, die ich in ausreichender Anzahl griffbereit unterm Bett und unterm Sofa deponiert hatte, sind in einem Zustand, der keinen Zweifel daran lässt, wer hier seine Krallen im Spiel hatte. Ich schüttle den Kopf über mich selbst, als Timo und ich das Massaker betrachten. Zerfetzte, zerbissene, gemeuchelte Beute. Hätte ich mir denken können, dass ein drei Monate alter Kater unbekannte Objekte in Mäusegröße nicht einfach ignoriert. Timo lächelt gequält, und versucht, den Hauch von Begehren, den sein Kuss in mir entfacht hat, zu schüren. Aber nee, sorry, Sicherheit geht vor, es sei denn, ein Gesundheitszeugnis mit Datum von gestern bescheinigt ihm, keinen fiesen Ansteckungsherd in sich zu tragen. Das sage ich zwar nicht so direkt, aber die Botschaft kommt an. Deshalb sucht er jetzt nach seinen Autoschlüsseln.

»Nimm doch meins«, schlage ich vor, während er unruhig vom Eingangs- in den Living-Bereich mäandert. »Ist bloß kein Almera ...«, füge ich ironisch hinzu und funkle Timo auffordernd an. Ein kleiner Flirt, ein wenig Neckerei hält die Flamme hoch.

»Panamera«, korrigiert Timo mich mechanisch, geht aber nicht weiter darauf ein. »Weit können sie ja nicht sein«, murmelt er.

Okay, in einem Zustand abgewürgten Hormoneinschusses versteht ein Porschefahrer keinen Spaß.

Während Timo immer nervöser wird, gehe ich ins Bad. Der Klodeckel ist hoch. Woran erkennt man einen Gast mit gepflegten Umgangsformen? Am hochgeklappten Klodeckel. Ich verziehe das Gesicht. Um die Geräusche zu dämpfen, lege ich das Becken mit ganz viel Klopapier aus. Beim ersten Date bin ich keimfrei und besitze keinen Verdauungstrakt, ich bin eine verführerische, feinstoffliche, glitzernde Fee. Der schnöde Rest kann später folgen.

Als ich abziehe, passiert es. Das Wasser steigt bis zum Rand und bleibt stehen. Mist. Muss das verdammte Klo ausgerechnet jetzt verstopft sein? Mist. Mist. Mist. Der Hauch von Begehren, der eben noch in mir glühte, verlöscht.

»Timo?«, rufe ich kläglich. »Kannst du mir bitte helfen?«

Er klopft an. »Die Tür ist auf.«

Verwundert steckt Timo seinen Kopf ins Bad. »Was ist los?«

»Da«, sage ich und zeige auf das randvolle Becken.

»Oh.« Er zögert eine Nanosekunde lang. Dann krempelt er die Ärmel auf und macht sich an die Arbeit. Die Hände, die mich jetzt eigentlich streicheln und kosen sollten, wühlen im Abflussrohr soweit die Arme reichen. Mit einem Mal stutzt Timo und fördert einen dicken Klumpen Klump-Katzenstreu zutage, um den sich Klopapier gewickelt hat, in dem sich die Bärte einiger Schlüssel verfangen haben.

Timos Schlüssel genauer gesagt.

Schweigend steht Timo auf und spült das Bund im Waschbecken sauber.

»Weißt du, Holly, du hättest auch einfach Nein sagen können …«

»Glaubst du, ich hätte …?«

Timo sieht mich nur an.

»Das muss der Kater gewesen sein«, stammle ich.

»Klar«, sagt Timo und stapft an mir vorbei aus dem Bad. »Holly, sag einfach nichts.«

Er schnappt seine Jacke und geht. In der Haustür dreht er sich noch einmal um und schenkt mir einen tief verletzten Blick.

»Timo! Das kann doch nicht dein Ernst sein! Hätte ich sonst gesagt, du sollst mein Auto nehmen, wenn ich gar nicht wollte, dass du neue Kondome kaufen fährst? Wenn ich nicht mit dir schlafen wollte? Was läuft hier?«

»Du hattest schon immer einen Sinn für perfektes Timing. Du bietest mir dein Auto an und danach gehst du aufs Klo, schmeißt die Schlüssel hinein und sorgst dafür, dass ich sie finden muss, weil du zu feige bist, mir die Wahrheit zu sagen!«

»Das ist doch totaler Blödsinn!«, rufe ich. Mir fällt nichts Besseres ein. Fassungslos starre ich Timo an. Dann füge ich mit einem kleinen, schiefen, versöhnlichen Lächeln hinzu: »Hey, Einstein, schalte doch mal dein Gehirn ein!«

Timo erstarrt. Dann dreht er sich um und knallt die Tür hinter sich zu.

Lohbrügger Weg, am nächsten Morgen

Die Zwei-Zimmer-Küche-Bad-Residenz im vierten Stock des Hochhauses, in dem niemand wirklich gerne wohnt, ist erfüllt von verführerischen Düften nach Kaffee mit gemahlenen Haselnüssen, frisch gebackenen Pfannkuchen, dänischen Brötchen, würzigem Deichkäse und einer Karamellcreme mit gesalzener Butter nach bretonischer Tradition. Das Rezept hat Matze von einer seiner zahlreichen Reisen mitgebracht und in Rita den Engel gefunden, der die Zubereitung auf sich nimmt, auch wenn das bedeutet, die Küche hinterher stundenlang schrubben zu müssen, weil alles klebt. Flüssiger Zucker landet an den seltsamsten Stellen, ganz gleich, wie sanft er gerührt wird.

Erwartungsvoll blicken Heinz, Matze und die Splitter Rita entgegen. Sie sitzen um den runden Esstisch, das gute Service mit Goldrand ist aufgedeckt, silbern leuchtet das Besteck mit den smaragdgrünen Steinen. Zu Schiffchen geschnittene Ananas, goldgelbe Mangokugeln, mit Zimt und Zucker bestreute Apfelschnitze und eine reiche Auswahl an Beeren aller Art. Rita, in dottergelbem Kleid mit Schößchen, hält Heinz eine Schale Schlagsahne hin. »Hier, mein Lieber. Das Vanillemark von Sansibar passt hervorragend zu den Schneuzelbeeren.«

»Wo hast du sie gefunden?«

»Oh, es gibt eine kleine Lichtung im Gehölz, wenn du vor dem Wildschweingehege stehst und dich nach

Nord-Nord-Ost wendest und bei der alten Eiche links rum, ihr wisst schon, die sich so untypisch gabelt, als wäre sie lieber eine Birke geworden …«

»Stehst du mit dem Rücken zum Gehege oder mit dem Bauch?«, fragt Heinz und schaufelt Sahne auf klitzekleine goldgelbe Beeren.

»Mit dem Rücken.«

»Ach da!« Heinz strahlt seine Rita an und drückt ihren Arm. »Nun setz du dich bitte endlich hin, Liebes. Ich brühe frischen Kaffee auf.«

»Du bist so ein Engel«, sagt Rita, woraufhin sich einer der Splitter das Lachen verbeißen muss. Zum Glück hat Heinz es nicht mitbekommen. Vielleicht tut er aber auch nur so, jedenfalls schiebt er ab in die Küche und beginnt, geräuschvoll zu hantieren.

Rita fixiert die schwarzgekleideten Jungs mit Augen, deren sanftes Blau einem gewittrigen Grüngelb gewichen ist. Diesem Blick hält niemand lange Stand. »Tschuldigung«, murmelt der vorlaute Splitter und beschäftigt sich angelegentlich mit den Obstschnitzen auf dem Teller vor sich.

»Köstlich!« Matze kostet mit geschlossenen Augen von der Karamellcreme und seufzt genießerisch. »Du solltest in die Produktion einsteigen, Rita, du und Heinz würdet ein Vermögen damit verdienen.«

»Auf diese Weise, mein Lieber, sind schon andere auf den Gedanken gekommen, die Seiten zu wechseln.«

»Hat es ihnen geschadet?«

»Das ist Ansichtssache«, sagt Rita und fügt würdevoll hinzu: »Ich für meinen Teil bleibe, wo ich bin, bis die Dinge geregelt sind.«

»Was sagen die Karten?«, fragt einer der Splitter mit vollem Mund. Er trägt heute ein T-Shirt, auf dem steht: Mein Name tut nichts zur Sache.

»Wir sind im Fluss. Allerdings liegen noch zwei dicke Brocken vor Holly.«

»Können wir jetzt etwas tun?«

Rita lässt ihr Besteck sinken. »Warum seid ihr so scharf darauf, etwas für Holly zu tun?«

Der Splitter grinst. »Es ist immer so granatenkrass lustig, wenn wir ...« Er lässt den Satz in der Luft hängen, als Heinz ins Wohnzimmer kommt, die Kaffeekanne hat er mit einer altmodischen Tülle aus rotweiß gestreiftem Gummiband und einem Stück rosa Schaumstoff versehen. Alle Augen ruhen auf ihm.

»Irgendwas fehlt noch«, murmelt Heinz und geht zurück in die Küche.

Rita beugt sich vor. »Passt auf, ihr Helden. Erstens: Lasst euch nicht einfallen, meinen Heinz zu veräppeln, klar? Zweitens und zum letzten Mal: Ihr spielt einen wichtigen Part. ABER IHR SEID ERST SPÄTER DRAN: Ich sage euch Bescheid, wenn es soweit ist. Seht zu, dass der Panzer allzeit bereit steht.«

»Tut er doch.«

»Nein, tut er nicht. Ihr tankt immer nur einen Nachttopf voll Benzin, weil es euch ankotzt, dass er 20 Liter auf 100 verbraucht.«

»Die Kiste ist aber gut fürs Image.«

»Apropos. Dürfen wir euch jetzt wieder mit euren Namen anreden?«

Beide Splitter schütteln den Kopf. »Nee, wir wollen uns nicht so sehr mit der terrestrischen Energie identifizieren.«

»Wir wäre es denn mit Spock und Kirk?«, sagt Matze kauend, seine Augen funkeln vor Vergnügen.

Die quittieren seine Neckerei mit überlegenem Blick. »Hauptsache Lichtjahre vom ›lustigen Landwirt‹ entfernt.«

»Dafür kann ich nichts. Das hat ein Reporter in Büsum verbrochen.«

Schweigen breitet sich aus, hüllt die Vier in eine innige Umarmung gemeinsamer Erinnerungen. Ein paar Atemzüge später blicken sie einander liebevoll an.

Rita lächelt. »Wir haben übrigens Unterstützung erhalten.«

»Lass mich raten«, sagt Matze, »vier Pfoten, schwarzes Fell?«

Rita nickt. »Ein schlaues Kerlchen. Und sehr kreativ.« Sie senkt die Stimme. »Stellt euch vor, er hat es fertiggebracht ...«

Gelächter brandet vom Wohnzimmer in die Küche, wo Heinz, an den Kühlschrank gelehnt, einen O-Saft zu sich nimmt und seelenruhig darauf wartet, im richtigen Moment wieder hineinzugehen.

Hollys Büro, am nächsten Tag

»Katzenstreu? Klump-Katzenstreu?« Der Pfannkuchen, den Rita mir servieren wollte, schwebt in der Luft, Ahornsirup seilt sich in Zeitlupe ab Richtung Laminat. Rasch halte ich meinen Teller darunter.

»Ja, ich weiß«, entgegne ich genervt, »gehört auf den Kompost.«

»In der Tat.«

»Dazu reichte die Zeit nicht. Es stank. Und Timo stand quasi schon in der Tür.«

»Und wie sollen die Schlüssel dorthin gekommen sein?«

»Tja, das ist das große Rätsel.« Der goldgelb gebackene Teig besitzt eine sehr eigene Note und zergeht auf meiner Zunge. Wenn das so weitergeht, sehe ich selbst bald aus wie ein Pfannkuchen. Jeden zweiten Tag kommt Rita mit einer Leckerei an, eine artgerechte für Kater, eine für mich, manche sehr gesund wie neulich die Quinoa-Bällchen, die meisten eher hüftgoldverdächtig. Rita meint, solche Gedanken seien daran schuld, wenn der Mensch zunimmt, nicht die unschuldige Speise, das seien bloß Moleküle, und insofern völlig neutral. Das habe ich meiner Waage gesagt. Die sieht das aber etwas anders. Die Tendenz zeigt eindeutig Richtung »unerwünschtes Zuviel«. Aber wie soll ich diesem Aroma widerstehen? Dafür müsste ich soviel Willenskraft aufwenden, dass für diesen Tag nichts mehr davon übrig bliebe. Und was ist wohl wichtiger: Willenskraft für meine Arbeit aufzubringen oder dafür, einen leckeren Molekülhaufen auszuschlagen? Eben.

»Timo glaubt, ich sei es gewesen.«

»Waren Sie's?«

Ich schüttle lächelnd den Kopf. »Natürlich nicht. Ich wollte an diesem Abend ganz was anderes ...«

Rita grinst. »Dann kommt nur noch der Kater in Frage. Von wegen Kornkammer und Berber.«

»So war es«, steige ich auf Ritas Zug auf. »Ein Kater, eine Aufgabe, ein Plan!«

Wir lachen uns an. In dem Moment kommt mir ein Gedanke, ein fieser Gedanke.

»Der Deckel stand auf«, stelle ich ernüchtert fest.

»Sie meinen, der Kater ...«

Ich winke ab. »Timo hat mir vorgeworfen, das Ganze geplant zu haben, weil ich zu feige bin, ihm die Wahrheit zu sagen. Was, wenn es eigentlich umgekehrt ist? Wenn er sich elegant aus der Affäre ziehen wollte? Weil ihm plötzlich aufgegangen ist, dass seine Baustelle Saskia ihm doch noch viel bedeutet? Oder weil ihm mein Busen nicht groß genug ist?« Prüfend senke ich meinen Blick.

»Das macht aber nur Sinn, wenn er gewusst hat, dass Sie vorher Katzenstreu ins Klo geschüttet haben. Oder glauben Sie, er hätte es in Kauf genommen, die Schlüssel für seinen Panamera, sein Haus, die Firma und die Alarmanlagen im Orkus zu versenken? «

»Nein, das kann ich mir nicht vorstellen.« Mit einem Mal schießt mir der rettende Gedanke durch den Kopf. »Ich hab's«, rufe ich. »Der Klodeckel stand offen, weil Timo auf der Toilette gewesen ist.

Ganz einfach. Er war pinkeln, als ich den Wein öffnete. Hab ich vor lauter Aufregung gar nicht richtig mitbekommen.«

»Und da ...«

»Genau! Ihm ist das Schlüsselbund beim Pinkeln aus der Hosentasche gefallen!« Ich strahle Rita an, glücklich, eine Lösung gefunden zu haben, die nicht an meinem Selbstbewusstsein kratzt.

»Cool. Ist das für ein Image-Movie?«

Rita und ich, beide einen Kuchenteller in der Hand, fahren herum. Ein Typ steht im Türrahmen, der mir irgendwie bekannt vorkommt.

»Sorry, ich habe geklopft ...«, entschuldigt er sich und kommt näher. »Darf ich?«

Ich nicke. Der Typ baut sich im Raum auf, als gehörte er ihm, und jetzt fällt bei mir der Cent. KPK, Hamburger Popgröße. Klient meines Ex. Was will der denn hier?

Rita nimmt mir den Teller aus der Hand. »Einen Kaffee, Herr Kannegießer?«

»Gern.«

»Mit aufgeschäumter Sojamilch und kalorienreduzierter Amarena-Kirsche?«

KPK strahlt. »Hey, ihr Mädels seid ja echt upgedated.«

»Yeah, we are«, stimme ich ihm leichthin zu. Tatsächlich habe ich keine Ahnung, wovon Rita spricht, aber ganz eindeutig weiß sie, wie KPK seinen Kaffee am liebsten trinkt. Ich bitte ihn, Platz zu nehmen, breitbeinig lässt er sich fallen, schlürft seinen Kaffee und wird mit jedem Wort, jedem Satz sympathischer. Denn: Er hat sich mit meinem Ex überworfen, und um ihm eins auszuwischen, möchte er ab sofort meine Dienste in Anspruch nehmen! »Das volle Medienmanagement, ok? Facebook, Twitter und den ganzen Netz-Quark, auf den ich keinen Bock habe. Übern roten Teppich latschen und Statements bei RTL unterbringen, ok?«

»Um ehrlich zu sein, nein.«

»Echt jetzt?«

»Ja.« Ich lächle fein. »Wollen *Sie wirklich* das bedienen, was alle bedienen? Wollen Sie nicht eigentlich viel lieber etwas ganz Eigenes etablieren? *The* KPK?«

Er lässt seinen Blick durch mein Büro und die Decke entlang wandern. »Mein Talent hält sich in Grenzen. Ich bin bestenfalls ein durchschnittlicher Rock-Musiker.«

»Das macht nichts«, sage ich schlicht und fühle, wie sich wieder so ein ambivalentes Gefühl in mein professionelles Getue schleicht. Es ist, als würde ich mir selbst dabei zugucken, wie ich aus schrumpeligen Zitronen Limonade zu pressen versuche. Mühsam krame ich in der Motivationskiste: Da sitzt KPK vor dir! Hallo! Wenn du es geschickt anstellst, wird aus der Sprotte an deinem Haken ein Goldfisch, Holly! Also reiß dich zusammen. Die Miete will bezahlt werden! Der Kühlschrank gefüllt und Kater gefüttert!

Ich schlage die Beine übereinander und schenke ihm mein schönstes Lächeln. »Was halten Sie davon, wenn wir die Details heute Abend beim Griechen besprechen?«

Hollys Garten und kurz darauf Hollys Büro, zur selben Zeit

Stunde um Stunde habe ich im langweiligen Gras gelegen und auf die weiße Erscheinung gewartet. Eine Kanaille, wie ich jetzt weiß. Springt aus dem Nichts auf meinen Rücken, kratzt mich und beißt mir in den linken Hinterlauf. Wir fauchen und kugeln uns umeinander und irgendwann können wir nicht anders als beide ganz heftig zu schnurren. Unsere Bürsten glätten sich und necken einander mit den Spitzen, ganz zart, doch im selben Moment springt sie auf und davon und lässt mich abgekämpft und verwundert zurück. Und hungrig.

Mal sehen, ob Rita ein Leckerchen für mich mitgebracht hat. Mein Rücken schmerzt, als ich die Treppe hinaufhumple und mich durch die Katzenklappe in Hollys Büro plumpsen lasse, bereit für tröstendes Streicheln und saftige Häppchen. Stattdessen werde ich Zeuge, wie sich Holly und ein Fremder gegenseitig am liebsten auffressen würden.

Kaum ist der Kater aus dem Haus, tanzen die Menschen auf den Tischen!

Verstimmt rolle ich mich in mein Körbchen, um nachzudenken.

Der Fremde sah nett aus. Und er hatte schöne Worte in seinem Kopf für Holly.

Sie mag ihn auch.

Rita sieht mich nicht an. Wer immer diese Frau ist, sie ist offenbar fest entschlossen, mir nicht zu helfen.

Ich ziehe eine Pfote über Schnauze und Augen, um mich zu sammeln.

Ob ich überhaupt einschreiten muss, ist ja noch gar nicht raus. Vielleicht springt sie ihm ja auch auf den Rücken und beißt ihn.

Drei Stunden später.

Holly hat sich umgezogen und ist jetzt ganz in Schwarz. Ihr Gesicht sieht bunt aus. Es schimmert in Rosa und auf den Augen liegen dunkelblaugraue Schatten, die schräg nach oben zeigen und sie ziemlich kätzisch wirken lassen. Fehlen nur noch ein seidiges Fell und Barthaare, mit denen sie die Luft riechen und Entfernungen abschätzen kann. Ich zwinkere Holly zu, weil die Vorstellung so amüsant ist.

»Na, mein Schöner«, sagt sie und nimmt mich auf den Arm. »Ich bin im Rhodos einen Happen essen. Mach keine Dummheiten, ok?«

»Mach ich nie«, antworte ich wahrheitsgemäß. Tiere lügen nicht. Sie haben aber gelegentlich eine andere Wahrnehmung.

Es klingelt. Holly lässt mich wieder runter, streichelt mir schnell über den Kopf und ist fort, ehe ich reagieren kann.

Na gut. Langweile ich mich eben. Hänge herum. Der Schäbbischick sieht mich verführerisch an. Nein. Das geht nicht, von wegen Tierheim. Ich wühle mich unter Hollys Bettdecke und versuche zu dösen. Komme aber nicht zur Ruhe. Die weiße Kanaille geht mir nicht aus dem Sinn. Ich springe auf die Fensterbank, von wo ich einen ausgezeichneten Blick in den Garten und das angrenzende Gehölz habe. Der Abendduft steigt mir in die Nase, von irgendwo erklingt eine Katzen-Serenade in interessanter Modulation. Mama hat ab und zu auch so schön gesungen ... Ehe ich mich's versehe, wird mein Herz schwer. Das hier ist ja nicht Zuhause.

Ein weißer Schatten fesselt meine Aufmerksamkeit. Mit drei Sätzen bin ich aus der Wohnung und im Garten. Ha! So elegant, so lautlos können nur Katzen einer schleichenden Schwermut entkommen! Indem wir das Zusammenspiel unserer Sehnen und Muskeln genießen und zu höchster Perfektion führen ...

»Angeber«, tönt es jenseits des Gierschs. »Wetten, dass deine perfekten Muskeln zu lahm sind, um mich einzuholen?«

Schon hebe ich eine Pfote, um der weißen Kanaille – wer sollte es sonst sein? – das Gegenteil zu beweisen, als ich lautes Flügelschlagen und ein wohlbekanntes Krächzen vernehme.

»Was soll das werden, Amigo?«, schnarrt der Rabe und landet sicher neben mir. In seinen schwarzen Augen ist immer schwer zu lesen, aber was er ausstrahlt, ist eindeutig: Er macht sich über mich lustig. Und er ist auch etwas ärgerlich.

»Ich erhoffte mir Informationen«, erwidere ich würdevoll.

»Ach, Unsinn, du bist auf Kavalierspfoten und hast vergessen, warum du hier bist.«

»Gar nicht wahr«, gebe ich zurück und spüre, wie mich eine heiße Welle erfasst.

»Zuhause rücken die Mauern näher«, sagt er. »Viele Männer sind umhergelaufen und haben sich wichtig gemacht. Sie trugen gelbe Helme und Anzüge so schwarz wie mein Gefieder und hatten was zu sagen.« Der Rabe stupst mich an. »Also? Wie stehen die Dinge?«

»Sie ist bei den Griechen.«

»Oh.« Der Rabe verstummt kurz. Dann: »In Athen wohnen Eulen, die könnte ich fragen, falls Holly in Athen ist. Oje, das wird ein langer Flug. Ist sie in Athen?«

»Nein, ich glaube in Rhodos.«

»Das ist ja noch weiter!« Der Rabe wirkt empört, als hätte ich mir Hollys Ziel ausgedacht, um ihn zu ärgern. »Puh, das bedeutet, ich muss die Kraniche des Ibykus verständigen. Du meine Güte, die Sache nimmt Dimensionen an. Es war schon schwierig genug, dich ausfindig zu machen! Wenn meine getreuen Kameraden nicht gewesen wären ...« Er klackert unwillig mit dem Schnabel, und trippelt umher, als wollte er sich zu Fuß auf den Weg nach Griechenland machen, als sich das Dickicht teilt und die weiße Kanaille erscheint.

»Erstens heißt es: auf Rhodos, nicht in Rhodos, weil Rhodos eine Insel ist. Zweitens sind die Kraniche des Ibykus ein Poem, und insofern nicht geeignet, in eurem Sinne tätig zu werden. Und drittens ...« Die weiße Kanaille macht eine unverschämt lange Kunstpause, den tiefgrünen Blick unverwandt auf mich gerichtet. »Nimm die Kanaille zurück, sonst kannst du auf das Drittens warten, bis der Arzt kommt.«

»Wer interessiert sich schon für dein Drittens.« Der Rabe flattert lässig mit einem Flügel. »Halbe Portionen wie du nehmen die Schnauze gern zu voll.«

»Dann nicht.« Sie dreht sich um. »Gehe ich eben allein zum Rhodos. Lecker Fisch essen.« Mit einem gekünstelten Seufzer dreht sie sich um.

»Warte!« Mit einem Satz bin ich hinter ihr her.

Kurz darauf befinden wir uns auf einem Fenstersims und sehen in das Innere eines Hauses, in dem es ganz anders aussieht als ich es jemals irgendwo gesehen habe. Na ja, so viele Gelegenheiten hatte ich zwar noch nicht. Dennoch erscheint mir das Ganze sehr anders. Die Wände sind nicht weiß mit grauen Tupfern wie bei Holly und nicht rot und nackt wie zu Hause bei Mama, sie sind türkis mit blauen Wellen, auf denen das Sonnenlicht tanzt, hier und da liegen Muscheln und braune Amphoren herum. Menschen sitzen an Tischen mit rotkarierten Decken, trinken, essen und lachen.

Holly und der nette Fremde haben in einer Felsengrotte Platz gefunden. Auf ihrem Tisch brennen zwei Kerzen. Sie lacht und erzählt und gestikuliert. Der Fremde hört ihr fasziniert zu. Dann wechseln sie sich ab. Er redet, sie lauscht. So geht das eine ganze Weile.

»Langweilig«, sagt die weiße Kanaille und verschwindet in der Dunkelheit.

»Bin gespannt, wie du es anstellen willst, diese Frau dazu zu bewegen, einen Bauernhof zu übernehmen«, schnarrt der Rabe halblaut und schwingt sich in die Luft.

»Ich mach das schon«, murmele ich, obwohl mich Zuversicht und Mut allmählich verlassen. Mein schöner Plan löst sich vor meinen Augen in Luft auf, und ich habe weder eine Idee noch das Recht, das zu verhindern. Wenn dieser Mann gut für sie ist und ehrlich, dann, tja, dann ...

Ein Mann und eine Frau treten an Hollys Tisch. Sie reden und gestikulieren und lachen. Dann nicken sie einander zu. Als das Paar aus der Tür tritt und an mir vorübergeht, sagt die Frau leise lachend:

»Die wievielte ist das?«

Der Mann niest. »Keine Ahnung«, sagt er achselzuckend und putzt sich geräuschvoll die Nase. »Er ist halt ein Frauentyp. Und ich bin sein Anwalt, nicht sein Therapeut.«

»Nein, den hättest du ja selbst nötig«, sagt die Frau schnippisch.

Während das Paar leise streitend zu einem Auto geht, richte ich meinen Blick auf den Frauentypen. So, so. Er ist also nicht gut für Holly.

Hollys Büro, am nächsten Morgen

»Die Bestie von Bergedorf zerfleischt Rockstar! KPK muss um sein Gesicht bangen! Das ganze Interview auf der letzten Seite.« Rita lässt die Zeitung sinken. Ich lese vor, was auf mountainvillagechat gepostet wurde. »Dimitri Schostatsalia ist am Ende mit seinen Nerven. Mit zittriger Stimme erklärt er, dass er alles tun werde, damit sich seine Gäste sicher fühlen. Er hat Bodyguards engagiert, die sie nach Verlassen des Lokals zu ihren Autos bringen ...«

»In der BÜLD wird ein Augenzeuge zitiert, der behauptet, er habe einen schwarzen Panther gesehen, der sich auf den Rockstar gestürzt habe und dann verschwand ... und jetzt sollen Tierärzte und Förster befragt werden ...« Rita faltet das Blatt zusammen und wirft Kater, der brav in seinem Körbchen liegt, einen langen Blick zu.

»Nehmen Sie Maß?«, frage ich amüsiert.

Rita lächelt. »Oh nein, so etwas würde unser kleiner Schatz niemals tun, nicht wahr?« Sie bückt sich und krault ihn unterm Kinn, doch die Woge von Tosca und knisterndem Georgette ist ihm eindeutig zu viel, er springt auf meinen Schreibtisch und schmiegt sich Schutz suchend an meinen Arm. Süß.

»Was ist denn nun wirklich passiert?« fragt Rita.

»Wir kamen aus dem Restaurant, es goss in Strömen und KPK lief voraus, um sein Auto vorzufahren, damit ich nicht nass werde«, erzähle ich, während meine Finger durch Katers unglaublich seidiges Fell gleiten.

»Reizend.«

»Ja, fand ich auch. Mit einem Mal höre ich ihn schreien und renne los.«

»Und?«

»KPK lag am Boden, er schrie, irgendein Vieh hätte ihn ins Bein gebissen, er hätte es abzuschütteln versucht und dabei das Gleichgewicht verloren, woraufhin er lang hingeschlagen sei. Sein Geschrei hat die Gäste im Rhodos alarmiert, alle liefen auf die Straße, es war richtig was los. Dann kam schon ein Krankenwagen.«

»Ist er wirklich so schwer verletzt?«

»Ach was, ein paar Schürfwunden im Gesicht.«

»Und das Bein?«

Ich zucke die Achseln. »Nichts zu sehen. Zur Vorsicht ist er auf Tollwut untersucht worden, aber der Arzt hat durchblicken lassen, dass er das Ganze für inszeniert hält.«

»Die Publicity ist ja auch wirklich unbezahlbar.«

Wir lächeln uns wie zwei Verschwörerinnen zu, legen die Tageszeitungen weg und widmen uns unserer Lieblingslektüre am Donnerstag: den Hochglanzmagazinen. Rita hat die BUNTE. »Oh.«

»Was?«

»Heißt Ihr Freund nicht Timo Claussen?«

»Jaha.« Ich reiße mich von Herzogin Kate los. »Ist er drin?«

»Nicht direkt.«

»Das bedeutet?«

»Seine Verlobte ist drin.«

»Oh.« Pause. Will ich es wissen? Ja. Nein. Ja. Nein. Ja. »Wieso?«

»Wegen der ...«

»Jaha?«

»Hochzeitsvorbereitungen.«

»Hochzeitsvorbereitungen«, wiederhole ich mechanisch, als wäre ich außerstande. die Silben zu einem sinnvollen Wort zusammenzusetzen. Diesen Teil der Baustelle hat er mir gegenüber nicht erwähnt.

»Das Kleid. Die Hochzeitskutsche. Allgäuer Burg. 300 Gäste. Seine Zukünftige ist die Erbin der Brauerei-Dynastie Feichtinger.« Sie schlägt die Zeitung zu. »Wie gut, dass er die Schlüssel im Klo versenkt hat«, sagt sie leichthin und blickt den Kater vielsagend an.

Ich schüttle nachsichtig den Kopf. Rita hat eindeutig zu viel Fantasie, aber die Vorstellung ist verführerisch: Mein Kater beschützt mich vor Affären. Erst kackt er Stefans Mantel voll, dann klaut er Timos Autoschlüssel.

Aber einen potentiellen Kunden anzufallen, passt nicht in die Reihe.

Es handelte sich ja nicht um einen potentiellen Liebhaber.

Na ja, Holly, meldet sich mein Verstand, wenn du ehrlich bist, musst du zugeben, dass er dich angebaggert hat. Und nicht zu knapp. Und du hast es zugelassen. Ihr seid ruckzuck vom Sie zum vertraulichen Du übergegangen und habt Euch tief in die Augen gesehen. Wenn der Unfall nicht gewesen wäre ...

Ein tiefer Seufzer entfährt mir, als mir klar wird, dass ich die Grenze zwischen Büro und Bett deutlicher machen muss. Blöde. Immer muss man solche

Dinge berücksichtigen. Kann das Leben nicht einfach mal perfekt laufen, ohne dass man ständig eingreifen, nachbessern, etwas anders machen muss? Und überhaupt: Warum muss ich eine Grenze ziehen?

Weil ich meinen Kater verdächtige, mein Liebesleben systematisch zu torpedieren?! Nein, sagt mein Verstand. Sondern weil du genau weißt, dass der Mix unprofessionell ist und bestens geeignet, deinen Ruf zu ruinieren. Bergedorf ist ein 20.000-Seelen-Ort, was glaubst du, wie schnell sich hier Gerüchte verbreiten?

Mein Handy meldet sich mit einem KPK-Song. »Na, wie sieht's aus?«

»Alles gut«, sagt KPK. »Kannst du mich abholen?«

»Jetzt schon?« Ich klinge eine Spur missgelaunt und er schnappt sofort ein.

»Entschuldige, wenn es dir lästig ...«

»Ganz cool bleiben, ok? Für die Publicity wäre ein längerer Klinik-Aufenthalt ...«

»Weiß ich, aber ich will nicht so ein Heulsusen-Image kriegen. Außerdem will ich dich sehen.« Pause. »Allein.«

Oha. Der hat echt angebissen. Mist. »Zwei Tage noch«, beharre ich.

»Na schön.«

»Hey«, summt er mir ins Ohr. »Ich werde die ganze Zeit an dich denken.«

Ich umpfe einen Laut zwischen Entzücken und Ersterben und schütze einen dringenden Termin außer Haus vor, um Zeit zu gewinnen und in Ruhe darüber nachzudenken, wie ich aus der Bredouille komme.

Keine Sorge, das bekommen wir hin. Ich habe einen Plan.

»Wie meinen Sie das?«

»Bitte?«

»Haben Sie nicht gerade gesagt, Sie hätten einen Plan?«

»Ich habe gar nichts gesagt.« Rita sieht mich verwundert an, dann überzieht plötzlich ein strahlendes Lächeln ihr Gesicht. »Ich schreibe den Text für die Bäckerei Goldjungs um, der war ihnen zu dröge.« Was ihr offensichtlich viel Freude macht, denn ihr Lächeln vertieft sich noch.

»Ach so«, sage ich und brüte weiter über der Frage, wie ich mir KPK vom Leib halte ohne ihn als Kunden zu verlieren. Ich frage Rita nach ihrer Meinung.

»Beweisen Sie ihm, wie gut Sie sind. Laden Sie die Hamburger Presse zu einer Spendenübergabe an eine gemeinnützige Organisation ein, Motto: ›KPK möchte Opfern helfen, weil er am eigenen Leib erfahren musste etc. pp.‹.«

Rita hat in der kurzen Zeit als meine Assistentin das Wesentliche unseres Jobs schnell begriffen.

»Was halten Sie von frischem Kaffee, zwei unglaublich leckeren Dinkelbrötchen mit Tomate-Mozzarella und marinierten Seitan-Streifen? Und du?« Sie wirft dem Kater einen listigen Blick zu. »Käserollis?«

Eben noch an mich geschmiegt, springt er, sofort wieder ihr Freund, vom Schreibtisch. Ich sehe den beiden nach, wie sie in der Küche verschwinden, gelber Georgette-Traum und tiefschwarze Liebe auf vier Pfoten. In diesem Moment erfasst mich eine Welle tiefer Dankbarkeit, Tränen steigen mir in die Augen, ich weiß gar nicht, wie mir geschieht. Dieser kleine Kerl hat mich noch nie gekratzt oder gebissen, er kommt mir vor wie die Liebe selbst, immer freundlich, immer tröstend, gelassen, verspielt, voller Vertrauen und Freude am Leben und seinen Wundern, die ich wie die meisten Menschen – Zen-Meister mal ausgenommen – so selbstverständlich hinnehme. Wenn ich ehrlich bin: Kater ist so, wie ich eigentlich sein möchte.

Rita summt vor sich hin, der Kaffeeautomat zischt, es duftet nach frischem Basilikum und aromatischen Tomaten. Langsam gewinne ich meine Fassung zurück.

Nach dem Essen entwickeln Rita und ich im Handumdrehen eine Kampagne, von der alle profitieren. KPK, der Weiße Ring, unsere Agentur. Ist KPK in allen Medien *der* social hero des Jahres, wird er es verschmerzen, wenn er nicht in mein Körbchen darf.

Körbchen?!

So hat Timo sich ausgedrückt!

Streichen, Holly! Streich das sofort aus deinem aktiven Wortschatz!

Zwei Tage später hole ich KPK wie verabredet aus der Klinik ab und bringe ihn ins Büro, um ihm zu erläutern, wie wir vorgehen werden. Er sieht ziemlich mitgenommen aus, obwohl die Verletzungen gut abheilen.

Er zuckt die Achseln. »Ich bin nicht gut drauf. Der Schock. Ich frage mich die ganze Zeit ...« Sein Blick flackert. »Die Ärztin meinte, wenn ich mich nicht bald besser fühle, sollte ich psychotherapeutische Hilfe in Erwägung ziehen.«

»Du meine Güte«, murmele ich.

Er runzelt die Stirn. Der Kaffee vor ihm wird kalt. »Ja, voll Scheiße. Hätte ich nicht geglaubt, dass mich so ein Pups so durcheinanderbringt. Aber die Ärztin sagt, Tatsache sei es, dass ich von einem unbekannten Wesen angegriffen worden bin, mein Gehirn kann das nicht einfach verarbeiten oder zum Alltag zurückkehren, sondern hat auf Daueralarm geschaltet.«

»Du bist traumatisiert?«

»Ja, ich glaube schon.« Er nimmt meine Hand und hält sie fest. In der Geste liegt nicht mal ein Hauch Erotik.

Ihm geht es wirklich nicht gut. Selbst der Kater möchte ihn trösten und springt auf seinen Schoß. »Weißt du«, sagt KPK und streichelt den Kater gedankenverloren, »mir wäre wohler, wenn sie das Vieh eingefangen hätten. Im Geist habe ich es schon zu Brei geschlagen, um mich abzureagieren. Ich finde das alles so ... ungerecht! Ich meine, warum muss mir das passieren?«

»Verstehe.«

Plötzlich springt KPK auf, der Kater knallt mit dem Kopf gegen die Tischkante, landet unsanft auf dem Boden, rappelt sich mühsam hoch und flüchtet unter meinen Schreibtisch.

»Kater!« Ich springe auf. »Bist du verletzt! Rita!«

»Der war's!«, ruft KPK »ich sehe es an seinen Augen! Der war's!«

»Du spinnst!«

Rita, die Ruhe selbst, schaltet sich ein. »Sagten Sie nicht, das Wesen hätte Sie ins Bein gebissen?«

»Ja, aber ich erinnere mich an diese gelben Augen!«

»Die Polizei fahndet aufgrund Ihrer Beschreibung nach ausgebrochenen Raubkatzen. Nicht nach einem vier Monate alten Kätzchen.« Rita hält ihm das Telefon hin. »Möchten Sie Ihre Aussage korrigieren?«

Ich werfe Rita einen Blick der Marke »Sind Sie nicht bei Trost?« zu, derweil Kater sich unterm Schreibtisch hervortraut und tapfer auf KPK zustelzt, als wollte er ihm beweisen, dass er ihm die Anschuldigung nicht übel nimmt. Tiere sind wirklich die besseren Menschen.

»Tut mir leid, Holly«, sagt KPK und schiebt den Kater grob zur Seite, »aber der war's. Ich weiß es einfach. Hier drinnen.« Er legt die Hand auf sein Herz und sieht mich eindringlich an. »Ich muss wissen, dass du mir glaubst, sonst können wir die Zusammenarbeit knicken. Das gilt auch für deine Assistentin. Ich kämpfe doch nicht darum, dass Leute, die von meinem Geld leben, mich ernst nehmen!«

Der Satz hat eine ähnliche Wirkung auf Rita und mich wie der Blick eines Basilisken. Als wir uns aus der Versteinerung lösen, ist es zu spät. KPK ist fort. Aber ich rufe es ihm trotzdem hinterher: »Und ich lege keinen Wert auf ein hypochondrisches Weichei, das ein wehrloses Tier zum Sündenbock macht!«

»Ich glaube, heute Abend genehmige ich mir einen Schnaps«, sagt Rita. »Haben Sie Lust, uns zu besuchen? Mein Heinz würde sich freuen.«

»Mal sehen, was der Doktor sagt«, erwidere ich und nehme Kater supervorsichtig auf den Arm. Wer weiß, welche zarten Knöchelchen dieser Grobian gebrochen hat. Wieder steigen mir Tränen in die Augen.

»Na, na, nicht weinen«, sagt Rita, »Katzen vertragen einen Stiefel. Und der Kleine hier erst recht.«

Dr. Andreesens Tierarztpraxis, eine Stunde später

Ich wollte diesen Mann wirklich bloß trösten und um Verzeihung bitten.

Stattdessen brummt mir der Schädel und ich habe Angst. Ob die Große Katze den bestraft, der anderen Böses tut, auch wenn er es gar nicht gewollt hat? Ich konnte doch nicht ahnen, dass der Mann ausrutscht und aufs Gesicht fällt.

Holly hat auch Angst. Um mich. Und um sich. Sie fürchtet sich davor, morgen kein Futter mehr für uns kaufen zu können.

Und ich bin schuld. Hätte ich den Mann nicht gebissen ...

Ein tiefer Seufzer entringt sich meiner Brust. Vielleicht sollte ich meinen Plan vergessen und einfach nur Hollys Kater sein. Mich nicht einmischen und geschehen lassen, was geschehen soll. Alles der Großen Katze überlassen.

Andererseits: Bin ich jetzt genau da, wo ich hinwollte. Mit Holly bei Oliver.

Mit Holly bei Olli.

Das war in Hollys Kopf! Sie hat mich verstanden! Es geht voran!

»Na und?«

Das war nicht Holly. Wo kam das her?

Hunde. Katzen. Goldfische. Kaninchen. Ratten. Ich lasse meine Blicke über die Patienten und ihre Besitzer wandern. Alle machen sich Sorgen. Die Menschen um die Tiere, die Tiere um ihre Menschen.

»Na und?«

Da war es schon wieder, unterlegt mit einem leisen Knurren. Es kommt von gegenüber. Ein Hund, natürlich. Nicht größer als eine ausgewachsene Katze, ziemlich moppelig um die Mitte, schmutzig weiß mit unregelmäßigen schwarzen Flecken liegt er neben seinem Herrchen, das mir irgendwie bekannt vorkommt, und äugt mich an. »Selbst wenn sie dich verstehen, geben sie keinen Knochen auf deine Meinung. Also wozu die Mühe?«

»Ich habe eine Aufgabe«, erwidere ich.

»Das haben wir alle. Das ist nichts Besonderes.«

»Doch, ich denke schon. Ich rette nämlich viele Tiere.«

»Im Ernst?«

»Ja. Wenn mein Plan gelingt.«

»Kann ich dabei helfen?«

»Vielleicht. Wo wohnst du?«

»Hinter dem großen Hügel bei einem Schloss.«

»Alles klar.«

»Sind wir Freunde? Hey, keine Katze mag mich, aber du, ja? Wir sind jetzt Freunde? Verbündete?« Vor lauter Begeisterung fängt der Hund an zu fiepen, zu bellen und wie verrückt an der Leine zu zerren, um zu mir zu gelangen und das Bündnis zu besiegeln.

Hunde sind ja immer sowas von aufgeregt.

»Er tut nichts«, sagt das Herrchen zu Holly und lächelt sie charmant an, während er die halbe Portion Hund packt, energisch unter seinen Stuhl schiebt und die Leine fest um die Lehne zurrt.

Holly lacht. »Das beruhigt mich.«

»Er gehört meiner Mutter«, sagt der Mann. »Aber sie ist an Grippe erkrankt und Jackie hat es mit dem Magen, sagt sie …« Mit einem Mal niest er und trompetet in ein Taschentuch, seine Augen röten sich und mir fällt ein, dass ich dieses Geräusch schon einmal gehört habe. »Verzeihen Sie, ich habe eine Tierhaarallergie.«

»Dann sind Sie hier ja genau richtig«, erwidert Holly ironisch. »Sind Sie nicht der Anwalt von KPK?«

»Und Sie die PR-Consultant!«

»Ich war es bis eben.«

»Oh, das tut mir leid.«

»Das muss es nicht«, gibt Holly kühl zurück.

»Ich meinte es nicht für Sie, sondern für ihn«, sagt er mit einer Stimme so weich wie Schlagsahne. »Für ihn tut es mir leid.«

Daraufhin entspinnt sich eine alarmierend lange Unterhaltung zwischen Holly und diesem Mann, der vermutlich alles aufweist, was ihn zum perfekten Ernährer kürt. Zumindest in meiner Gattung würde solch ein Exemplar Eindruck machen: Sein Haar ist dicht und voll und seine Kleidung riecht nach dem Kinnhaar tibetischer Kaschmirziegen und spannt sich ganz dezent an entscheidenden Stellen seines Körpers.

Zum Glück kommt jetzt ein Bernhardiner mit seinem Frauchen aus dem Behandlungszimmer und wir sind dran.

»Mach's gut. Ich bin dabei!«, ruft Jackie mir laut fiepend nach und kassiert von dem perfekten Ernährer einen Klaps gegen die Flanke.

Kaum habe ich »Warum zwickst du ihn nicht mal ins Bein?« gesagt, winkt uns der Doktor zu sich, das Zeichen seiner Tapferkeit, das Krokodil, lugt heute unter einem weißen, knielangen, halb zugeknöpften Mantel hervor.

»Nun, was kann ich für Sie tun, oder besser gesagt für ihn, hm?«

Holly erzählt Oliver, was passiert ist, ohne den Namen des Rockmusikers zu erwähnen. Daraufhin werde ich geröntgt und befingert und fiepe ab und an, um die Untersuchung in die Länge zu ziehen.

»Es ist nichts gebrochen«, sagt der Doktor und hält ein schwarzweißdurchsichtiges Bild gegen das Licht. »Hier, sehen Sie«, sagt er zu Holly, »alles ist so, wie es sein soll. Keine Blessuren, keine inneren Blutungen.« *Es ist schön, sie wiederzusehen.*

Ich zwinkere ihm zu. »Ich brauche Ihre Hilfe, Doktor.«

Dann fällt mir ein, dass ich Ein-Wort-Botschaften verwenden wollte, und reduziere auf: »Hilfe.«

»Wunderbar«, sagt Holly, nimmt mich auf den Arm und verabschiedet sich.

Meine Protestrufe gehen in einer Melodie von »Ach mein Kleiner, es ist ja gut, wir sind gleich zu Hause, dann gibt es ein feines Fresschen und eine leckere Vitaminpaste ...«

Wir gehen am Wartezimmer vorüber und ich höre, wie Jackie und der perfekte Ernährer zum Doktor gebeten werden.

Drei Stunden später, Hollysliwing-Bereich

Ich habe mich soeben auf Hollys Schoß niedergelassen und verdaue die Extraportion gedünsteten Seelachs, die sie mir serviert hat, als das Telefon klingelt. Mir schwant Übles und tatsächlich ist es der perfekte Ernährer, der offenkundig jemanden braucht, den er ernähren will: Er lädt meine Holly zum Essen ein.

Das hat eine seltsame Wirkung auf sie:

»Bei Luigi? Morgen? Hm. Lassen Sie mich rasch einen Blick in meine Agenda werfen«, sagt Holly lässig, hält das Telefon zu und guckt einen Moment in die Luft, ehe sie die Hand wegnimmt, eine Zeitschrift heranzieht und dezent darin herumblättert. »Ja ... doch ...«, sagt sie gedehnt. »Das geht.« Pause. »Nein, nein, ich bin vorher bei einem Klienten ... ja, ich würde direkt von der Autobahn ...« Sie lacht und es klingt silberhell. So lacht sie sonst nicht. »Aber nein, ich bin ein praktisches Mädchen, nicht viel Chichi, ganz schlicht ...« Pause. »Bis dahin, ciao ciao.« Die letzten beiden Silben klingen kätzisch.

»Was ziehe ich an?«, fragt sie in die Luft.

Und ich weiß es jetzt schon: Den Mann haben wir am Hals.

Holly im Bergedorfer Gehölz, auf dem Weg nach Reinbek, 5. Oktober

Für den Fall, dass das Wetter umschlägt, habe ich eine Regenjacke dabei. Die Wanderung dauert zwar ungefähr nur drei Stunden, aber für den zweiten möglichen Katastrophenfall, nämlich den, dass wir uns verlaufen, bis in die Nacht hinein im Wald umherirren und wegen Dehydrierung ins Koma fallen, habe ich zwei Energieriegel, zwei Äpfel und zwei Liter Wasser im Rucksack. Als Landkind lernt man, vorbereitet zu sein.

Mark sieht auch richtig zünftig aus. Olivgrün von Kopf bis Fuß, weißes T-Shirt.

»Hallo Prinzessin, bereit für den gemeinsamen Weg?«

Wie er das sagt, klingt sehr, sehr doppeldeutig. Mein Herz will ihm zufliegen, aber ich halte es zurück. Mark und ich haben ein paar Dinge zu klären, deshalb diese Wanderung. Beim Gehen kommen die Worte leichter.

Das Grün rings um uns ist von ersten orangenen und goldenen Tupfern geküsst und ich fühle mich umarmt und beschützt, nicht so ausgeliefert wie an der westlichen Küste, wo es so wenig Wald gibt wie sonst nirgends in Deutschland, und wo dennoch Gemeinden entscheiden, dass Kiesgruben wichtiger sind als Bäume, die unseren Sauerstoff produzieren. Schon seltsam. Manchmal wünsche ich solchen kurzsichtigen, korrupten, dummen Gemeinderäten die Pest an den Hals. Aber das ist auch keine Lösung.

»Sieh mal, wilder Rucola«, reißt Mark mich aus meinen finsteren Gedanken.

»Das ist eine Wegerauke«, sage ich, »hilft gegen Heiserkeit.«

»Tatsächlich«, entgegnet Mark. Sein Interesse für Fauna und Flora ist eher mäßig. Dass er mit mir wandern geht, ist daher ganz eindeutig ein Zeichen seines guten Willens, sich auf mich einzustellen. »Sollte dein Rockstar mal probieren.«

»Die Dosierung ist schwierig«, gebe ich leichthin zurück. »Es kann zu Herzrhythmusstörungen kommen. Außerdem ist er nicht *mein* Rockstar.«

»Dann ist es ja gut.« Mark angelt nach meiner Hand und zieht mich zu sich. »Hey du Waldfee, komm her.« Er küsst meine Nase, streift meine Wange und lässt seine Lippen meinen Hals hinunterwandern, wohl wissend, was diese Berührung in mir auslöst.

»Hm«, mache ich.

»Wir könnten uns ein Lager aus Moos bereiten«, murmelt er an meinem Hals und sein Atem liebkost mich. »Da hinten sieht der Wald dicht genug aus.«

»Sex im Freien klingt romantischer, als es ist«, sage ich. »Es piekt, es krabbelt, Zecken freuen sich auf frisches Blut ...«

»Mach dich locker, Liebes«, sagt Mark.

Prinzessin. Waldfee. Liebes.

Sind wir schon so weit?

Eindeutig ja, jubelt eine Bande wild flatternder Schmetterlinge in mir.

Unsere Liebesgeschichte entwickelt sich wirklich rasant. Und so klassisch, dass man fast konventionell dazu sagen könnte. Nachdem Mark mich drei Mal in drei ausgewählte Restaurants von rustikal bis neon-cool ausgeführt hat, haben wir uns geküsst. Seitdem sind wir ein Paar. Wir spielen Golf und Schach, kochen gemeinsam vegan, asiatisch, timmälzerisch, gucken französische Filme und lieben uns, wann immer es geht. Und genau da liegt das Problem. Es geht nicht so oft, wie unser Hunger es verlangt. Marks Allergie ist nämlich eine echte Lust-Bremse. Er niest zwanzigmal hintereinander in orkanartiger Lautstärke, vernichtet in zwei Stunden ein Dutzend Taschentuchpäckchen und betrachtet Kater mit waidwundem Blick aus geröteten Augen. Jedes Mal sage ich: »Lass uns zu dir gehen, das ist doch kein Zustand.« Und jedes Mal findet er andere Ausflüchte. Mal ist ihm die Fahrt nach Aumühle, wo er wohnt, zu weit, zu umständlich, zu was auch immer. Dann funktioniert der Rollladen-Motor nicht; wir müssten also bei strahlendem Sommerwetter im Dunkeln sein. Ein anderes Mal riecht es angeblich aus dem Abfluss und der Monteur kommt nicht in die Hufe. Irgendetwas ist immer, und deswegen ist bei mir der böse Same des Misstrauens gekeimt: Gibt es eine andere Frau, eine Familie in seinem Leben? Wie blauäugig bin ich?

»Mark«, beginne ich.

»Okay«, sagt er seufzend. »Ich weiß schon. Du hast es satt. Und du hast Recht. Ich wusste nur nicht, wie ich es dir beibringen sollte.«

»Oh.« Mehr fällt mir nicht ein. Selbst die Schmetterlingsbande hält erschrocken inne.

»Ich wohne bei meiner Mutter.«

»Oh.«

Er grinst breit. »Nein, nicht, was du denkst. Ich bin kein Nesthocker mit emotionalem Dachschaden.«

»Das kann ja jeder behaupten«, murmele ich und finde meine Idee mit der Wanderung plötzlich nicht mehr so prickelnd. Weit und breit kein Mensch außer uns.

»Um Himmels Willen«, seufzt Mark, »ich hätte dir von Anfang an die Wahrheit sagen müssen.« Schließlich rückt er mit der Geschichte heraus, dass seine Möbel eingelagert seien, weil sein schönes Aumühler Haus wegen Pilzbefalls kernsaniert würde, sich die Arbeiten seit Monaten hinzögen und er übergangsweise zu seiner Mutter gezogen sei.

»Aber deine Allergie?«

Er winkt ab. »Ich weiß nicht, welcher Teufel mich ritt, darin einzuwilligen. Das einzig Gute an der Situation ist, dass sie und ich noch einmal in Erinnerungen schwelgen können, bevor sie in ein Heim kommt.«

»Ist sie krank?«

»Nein, ein bisschen dement vielleicht. Aber meine Mutter geht auf die 80 zu.«

»Hmhm.«

Mark sieht mir an, dass meine Zweifel noch nicht vollständig ausgeräumt sind. »Was hältst du davon, wenn wir sie besuchen?«

»Wann?«

»Jetzt?«

Ich überlege kurz, ob meine Haare sitzen, dann nicke ich. »Ok.«

Und so wandern wir einträchtig nebeneinander her bis das Reinbeker Schloss zu sehen ist, direkt gegenüber führt eine schmale Sackgasse auf einen sanften Hügel, an den sich eine Apartmentanlage schmiegt. »Hier ist es«, sagt Mark und fügt ironisch hinzu. »Und da ist sie.«

Eine alte Dame mit schlohweißem, onduliertem Haar stürzt Mark entgegen. Sie ist völlig außer sich, Tränen laufen ihr übers Gesicht. »Jackie ist fort«, schluchzt sie.

»Oh, das tut mir sehr leid«, sage ich und werfe Mark einen warnenden Blick zu. Seine Mutter scheint mir im Augenblick nicht in der Verfassung zu sein, die neue Freundin ihres Sohnes kennenzulernen.

»Ist er schon wieder getürmt?«, entgegnet Mark mit kaum verhohlener Ungeduld.

»Wieso schon wieder?« Seine Mutter guckt ihn perplex an.

»Du erinnerst dich also nicht.« Die Bemerkung mag sachlich sein, doch was zwischen den Worten mitschwingt, verunsichert Marks Mutter sichtlich.

»Jackie ist doch noch nie ...« Sie bricht ab. Ihr Blick fällt auf mich. »Hast du schon eine Pflegerin mitgebracht, ja? Sag ihr, sie soll nach Hause fahren. Ich brauche sie nicht. Und hör auf, mich wie eine verrückte Alte zu behandeln.«

Ich öffne den Mund, um die Lage zu klären, doch Mark fällt mir ins Wort. »Ist gut, Mutter. Ich bringe dich jetzt erstmal nach Hause, dann rufe ich die Tierheime an, vielleicht hat jemand den kleinen Streuner schon abgegeben, hm? Und dann mache ich mich auf die Socken und suche die Gegend ab. Bestimmt hat er eine läufige Hündin gewittert und ist ihr auf der Spur.«

»Meinst du?«

»Bestimmt.«

Mark wirft mir einen zerknirschten Blick zu.

»Kann ich irgendetwas tun?«, frage ich.

Mark schüttelt den Kopf und hält seiner Mutter den Arm hin, den sie nach kurzem Zögern ergreift. Ich sehe den beiden nach und denke, dass ich sehr wohl etwas tun kann. Wozu bin ich PR-Profi!

Hollys Bett und Garten, am späten Abend

Wir liegen im Bett und hören Frank Sinatra. Während Holly emsig auf einem kleinen weißen Ding herumorgelt, drehe und wende ich meine Möglichkeiten. Mark ist eine harte Nuss für mich. Vielleicht zu hart. Selbst das viele Niesen, die roten Augen und die tränende Nase halten ihn nicht von Holly fern. Ich habe es mehrfach mit strategisch günstig platzierten weichen Würstchen probiert, ich habe ihn angefaucht, das Futter verweigert, Hollys Kleider heruntergerissen und mich darin gewälzt, aber ganz gleich was ich anstellte, Mark blieb ruhig und gelassen. Sein einziger Kommentar: »Nicht aufregen, Waldfee. Er wird sich schon noch an mich gewöhnen.«

Die Große Katze weiß auch keinen Rat. Jedenfalls hat sie nichts gesagt. Vielleicht muss ich ihn akzeptieren. Vorausgesetzt selbstverständlich, die Frau, mit der ich ihn vorm Rhodos gesehen habe, ist nicht seine Ehefrau. Das werde ich herausfinden, keine Ahnung, wie ich das anfangen soll, aber es wird mir gelingen. Und wenn es nur eine Freundin war ... nun, dann muss ich diesen Mann hinnehmen. Obwohl er meine Pläne durchkreuzt und damit meine Mission vereitelt.

Schön ist das nicht. Ich seufze tief. Wie soll ich den anderen je wieder unter die Augen treten? Ich habe doch versprochen, ihnen zu helfen. Mein Herz wird ganz schwer, als ich an Mama und die indischen Laufenten denke, die Schweine, die immer so vergnügt sind, und die Kühe mit ihren großen braunen Augen, und meine Lieblingskuhfreundin, die ein Kind unterm Herzen trägt. Sie müssen doch alle sterben, wenn ich scheitere! Habe ich vergessen, was ich gesehen habe?

Plötzlich erwacht mein Kampfgeist. Ich gebe nicht auf, es muss einen Weg geben! Wild entschlossen sehe ich Holly an, aber ihr Blick ist auf das weiße Dings geheftet.

»Ein liebendes Herz ... den Lebensabend gemeinsam ... einzige Freude ihres einsamen Daseins ... Liebe Mitmenschen, lieber Gott, bitte helft mir ... meinen ausgebüxten ... ich werde auch nicht mit ihm schimpfen, sondern in meine Arme ... der kleine Streuner ...«

Kann es wirklich sein, dass Holly glaubt, was sie da schreibt? Ich schiebe meine Schnauze unter das weiße Ding, doch Holly zieht mich beiseite, sanft, aber nachdrücklich. Als dieses Manöver auch beim vierten Mal scheitert, maunze ich energisch, wühle mich unter die Bettdecke und jage Hollys nackte Zehen. Sie quiekt und wickelt die Decke wie einen Kokon fest um sich, doch ich gebe nicht auf, zupfe hier, kralle dort, bis sie schließlich nicht länger umhinkann, als mir ihre Aufmerksamkeit zu schenken.

»Hey, du! Kater! Das hier ist wichtig, verstehst du? Marks Mutter ist völlig fertig, weil ihr Hund fortgelaufen ist.«

»Haustiere«, entgegne ich, »selbst die dümmsten Hunde, verlassen ihre Menschen nicht, schon gar nicht, wenn sie ihrer bedürfen. Wir laufen ja nicht mal dann weg, wenn wir schlecht behandelt werden, weil wir in bedingungsloser Liebe bei euch bleiben, in der Hoffnung, dass ihr irgendwann auf euer Herz hört und erkennt, wer ihr wirklich seid. Da machen uns doch ein paar Gedächtnislücken nichts aus!«

Ratlos sieht sie mich an. »Hast du Hunger? Nein, das kann nicht sein, du hast eine Riesenportion gedünstetes Hühnchen mit Gemüse verdrückt.«

»Ich bin satt, vielen Dank«, sage ich und springe vom Bett. War ja klar. Von ein, zwei Erleuchtungen abgesehen tendieren Hollys Fortschritte in Kätzisch gegen Null. Aber mein neu erwachter Kampfgeist sagt: Was unterscheidet die Sieger von den Verlierern? Genau: Das letzte Prozent. Nicht aufgeben, noch mal probieren, dranbleiben, bis das Ziel erreicht ist.

»Wenn deine Absicht klar ist, wird sie Wirklichkeit«, höre ich plötzlich eine Stimme. »Erinnere dich, es gibt zwei Gesetze, an denen kein Mensch, keine Regierung rütteln kann: Das eine ist das Gesetz der Erdanziehung und das andere das Gesetz der Verwirklichung der Absicht. Damit das zweite funktioniert, musst du genauso daran glauben wie an das erste. Erinnere dich stets daran.«

Die Stimme hat Recht. Ich hatte es vergessen.

Also: Was ist meine Absicht? Was interessiert mich eigentlich dieser Hund? Fühle ich mich durch die Unterstellung, ein mir bekannter Hund habe Frauchenflucht begangen, in meiner tierischen Ehre gekränkt und veranlasst, sie, die Ehre, zu retten? Ha! Meine Krallen spielen aufreizend mit den Fasern des Schäbbischick, auf den ich unterdessen zugesteuert bin. Ich schnuppere ausgiebig am Odeur aus Dung und Wüste und Kamel und Schaf, als mir eine Idee in den Sinn kommt. Wollte er nicht unbedingt, dass wir Verbündete werden? Das muss doch einen Grund haben! Hat er es geplant, auszureißen und falls ja, warum? Oder irgendetwas Schlimmes, Namenloses geahnt, weshalb er sich meiner Hilfe so dringend versichern wollte?

Mit einem leisen Klack rastet die Katzenklappe hinter mir zu.

Die Nachtluft ist feucht, der Duft von Kürbis und Kohl steigt mir in die Nase. Ich tauche hinein in den Gürtel des welken Gierschs, überwinde spielend und sehr elegant – schade, dass die weiße Kanaille das nicht sieht – den halbhohen Metallzaun, der die Grenze zwischen Hollys Garten und dem Wald markiert, und laufe auf federnd weichem Tannennadelbett zwischen Gestrüpp, Farnen und Knicks umher, um mich umzusehen und zu hören.

Doch ganz gleich, wen ich anspreche, niemand hat einen kleinen weißen Hund mit schwarzen Flecken gesehen. Selbst die Eichhörnchen nicht, und die Kameraden kommen wirklich viel herum. »Probier's doch mal auf dem anderen Ende«, meint eines und turnt schnell wieder davon.

»Das übernehme ich«, schnarrt es mit einem Mal hinter mir. Ich erschrecke mich so sehr, dass ich mit allen vier Pfoten hochschnelle und auf dem Hintern lande. Der Rabe trippelt zu mir und stupst mich in die Seite. Wie froh ich bin, ihn zu sehen, einen Botschafter von Zuhause! Meine Augen müssen vor Freude wie Scheinwerfer in die Dunkelheit leuchten. »Na, na, nur nicht sentimental werden«, schnarrt er und schwingt sich in die Luft. »Ich mache nur meinen verdammten Brieftauben-Job.«

Ich fühle, dass es nicht so ist, halte aber meine Schnauze. Mensch wie Tier sollte die Geduld eines echten Raben nicht strapazieren. Ihre Schnäbel sind scharf, ihre Lektionen schmerzhaft.

»Hör auf zu philosophieren«, krächzt er und zuckt ebenso wie ich zusammen, als eine Tür geräuschvoll aufgerissen wird und eine ängstliche Stimme laut nach mir ruft.

Rasch mache ich mich auf den Rückweg. »Wir sehen uns um«, schnarrt er mir hinterher und schwingt sich in die Luft.

Hollys Augen schimmern feucht, als sie mich erblickt. »Gott sei Dank«, sagt sie und nimmt mich auf den Arm. »Du darfst nicht auch noch weglaufen, versprochen?«

»Großes Katzen-Ehrenwort«, sage ich und drücke mich an sie, so fest ich kann.

Das verstehen die meisten Menschen richtig, und Holly macht da keine Ausnahme. Sie streichelt mich und murmelt: »Ich hab dich auch lieb.«

Na also. Geht doch.

Hollys Garten, am frühen Abend des nächsten Tages

»Ich habe ein paar Kumpels mitgebracht«, schnarrt der Rabe von zu Hause und aufs Stichwort landen sechs große schwarze Vögel neben ihm. Ihr Gefieder glänzt bläulich-schwarz und ihr Schnabel ist länger und spitzer als der meines Zu-Hause-Raben, und in ihren unergründlichen Augen scheint sich mir nicht ein fünf Monate alter Kater auf wichtiger Mission zu spiegeln, sondern ein Appetithappen für den kleinen Hunger zwischendurch.

Nein, so richtig wohl fühle ich mich in ihrer Gegenwart nicht. Und leider sehen sie mir das an. Darin beneide ich ein wenig die Menschen. Selbst wenn ihr ganzer Körper das Gegenteil ausdrückt, benutzen sie einen Haufen Worte und Wendungen, um zu verschleiern, was sie wirklich denken und fühlen. Das Kuriose daran ist, dass alle Menschen sich auf diese Technik verstehen, sie dauernd einsetzen, und gleichzeitig darauf hereinfallen, wenn jemand *ihnen* auf dieselbe Weise etwas weiszumachen versucht. Bei uns funktioniert das leider nicht. Wir sind offene Bücher und jedes Tier – und theoretisch jeder Mensch – kann darin lesen. Manchmal gibt es kleine Übersetzungsprobleme – zum Beispiel kapieren Hunde partout nicht, dass Schwanzwedeln für uns Angriff und Attacke signalisiert, was wir sofort mit Tatzenhieben vom Feinsten parieren –, aber die grobe Linie stimmt. Wir müssen noch nicht mal laut maunzen, bellen, quieken, muhen, unser Körper und seine unsichtbare Schutzschicht drücken aus, was Sache ist.

Deshalb wissen die sieben Raben sehr genau, wie ich mich fühle.

»Danke«, krächzt der Größte unter ihnen, »wir hatten heute bereits ein Dutzend deinesgleichen und dazu eine große Portion Hyäne aus dem Zoo ...«

Schnarrend-schallendes Gelächter. Doch mit einem Mal fühle ich, wie ein unsichtbares, kraftvolles Band meinen gesenkten Kopf anhebt und meine gebeugten Schultern hochzieht und strafft. Meine Krallen glänzen in der Sonne. Die Raben reagieren sofort, indem sie zwei Millimeter zurückweichen und mir damit einen Hauch Respekt erweisen. Immerhin. Wenn ich erwachsen bin, werden sie nervös hin- und herlaufen. Jetzt tun es zwei Millimeter Abstand. Die kleinen Fortschritte wahrzunehmen gehört zum zweiten Gesetz.

»Hör auf, zu philosophieren«, raunt der Rabe von zu Hause mir zu. »Hör ihnen zu.«

»Nirgendwo haben wir einen kleinen, weißen Hund mit schwarzen Flecken entdeckt«, sagt der größte der sieben Raben. »Falls Jackie wirklich davongelaufen wäre, hätten wir ihn gefunden.«

»Richtig«, pflichtet ihm ein anderer bei. »Im Westen haben wir zwar einige Exemplare ausgemacht, sie waren jedoch ausnahmslos an der Leine und in Begleitung ihres Menschen. Im Süden hingegen nichts.«

»Schade«, sage ich, »aber danke für eure Hilfe.«

»Eins wäre da noch ...«

»Ja?«

»Eine der unsrigen, aber nicht dieser Gruppe angehörig, meinte, den Hund auf einem weiten Areal mit vielen Käfigen und vielen anderen Tieren gesehen zu haben, legt dafür aber keine Feder ins Feuer.«

»Warum nicht?«

Meine Frage zieht sofort einen tadelnden Blick des Zu-Hause-Raben nach sich.

Na schön. Denn nicht. Aber diese Frage wird ja wohl gestattet sein: »Wo denn?«

Der große Rabe spannt einen Flügel aus und tippt damit in die Luft. »In die Richtung, schätzungsweise fünf Flugminuten.«

»Piu i meno«, fügt der kleinste der Raben in einem recht melodischen Krächzen hinzu und klappert mit dem Schnabel.

»Er stammt aus der Emilia Romagna«, schnarrt der große Rabe erklärend. »Er meint damit, es können auch zehn Minuten sein. Oder zwanzig.«

Na super. »Habt ihr vielleicht auch eine Idee, wie ich meinen Menschen dazu bringen kann, dorthin ...« – ich tippe mit meinem Schwanz in dieselbe Richtung – »zu gehen und nach dem Hund zu suchen?«

Sie schütteln die Köpfe, dann schwingen sich sechs von ihnen in die Lüfte.

»Sei ein ekliger, stinkender Kater, der die Wohnung markiert, bis sie es nicht mehr aushält«, tönt es aus dem Giersch und die weiße Kanaille schreitet auf mich zu wie eins dieser Topfmodels aus dem Kasten an der Wand, den Holly Fernseher nennt. »Dann bringt sie dich bestimmt ins Tierheim. Bei dem weiten Areal«, fügt sie gedehnt hinzu und wirft dem Raben einen ironischen Blick zu, »handelt es sich zweifelsohne um ein Tierheim. Was wohl sonst, hm?«

»Unsinn«, zischt mein Zu-Hause-Rabe. »Erstens ist der Kleine noch nicht so weit, dass er markieren kann, und zweitens liebt sie ihn viel zu sehr, um ihn dem Tierheim zu überlassen.«

»Woher willst *du* das denn wissen?«, hält sie ihm entgegen. »Schon mal in menschlicher Obhut gewesen? Schon mal menschlichen Wankelmut am eigenen Leib erfahren?«

Während die zwei sich streiten, wird mir das Herz wieder schwer.

Natürlich. Es gibt einen Weg ins Tierheim und Holly ist bereits dahin unterwegs.

Hollys Wohnung, zur selben Zeit

Während ich wie verrückt putze, um auch das letzte feine Katerhaar zu erwischen, bevor es Marks Immunsystem und damit unser Sexleben lahmlegen kann, schleicht er sich an mich heran, zieht mein Shirt hinunter und küsst mich zwischen die Schulterblätter. »Das bringt doch nichts, Schatz«, flüstert er mir ins Ohr und deutet auf meinen brandneuen Supersauger. Ehe ich mich über soviel Pessimismus ärgern kann, lächelt er versöhnlich und bedeutet mir, sich auf den Weg zum Supermarkt machen zu wollen. Zum Abschied wedelt er mir mit der langen Liste zu. Er trägt die cognacfarbene Wildlederjacke, die man in der Anwalts-Liga bevorzugt, und finde ich sie auch an anderen Männern ziemlich oldschool, so nicht an ihm. Er kann tragen, was er will, er sieht gut aus. Und entspannt. Und er ist charmant. Liebenswürdig. Umsichtig. Hach.

Zwei Stunden später ist alles tipptopp. Mark schleppt Nahrung ins Haus, Gemüse, Couscous, Zimt, Eis, Ingwer, 1000 köstliche Dinge, damit wir gemeinsam eine indische Reisplatte zubereiten. Seine Idee, nicht meine. Im Gegensatz zu mir, die ich über Hamburg nicht hinausgekommen bin, hat Mark die Hotspots dieser Welt bereist und seine Kochleidenschaft mit so ziemlich allem befeuert, was die exotische Küche hergibt. Er bezeichnet sich selbst gern als »globetrottendes Trüffelschwein«. Mir reichen ja Penne all'arrabbiata, aber ein wenig Garam Masala in meinem Leben kann nicht schaden. Also kochen wir nachher.

»Du hast das Katzenfutter vergessen«, bemerke ich, während ich ihm helfe, die Einkäufe auszupacken und zu verstauen. »Oder bist du dagegen auch allergisch?«

Normalerweise springt er sofort auf Geplänkel dieser Art an. Dieses Mal nicht. Seine Stirn ist umwölkt und sorgenvoll gefurcht. »Die Desensibilisierung hat nichts gebracht.«

»Ich weiß. Tut mir leid.« Oh je. Als ob ich nicht wüsste, dass er seit Wochen vergeblich versucht, seine Allergie in den Griff zu bekommen. Spritzen, Tabletten, das volle Programm. »Deswegen habe ich mir ja auch diesen Superdupersauger angeschafft.« Ich bete die Werbeslogans herunter: »Packt jedes Tierhaar. Für tierhaarfreie Zonen. Damit Sie und Ihr Liebling harmonisch zusammenleben.«

Mark sieht mich an, als wäre ich nicht ganz bei Trost. Dann senkt er den Blick und spricht aus, wovor ich mich die ganze Zeit gefürchtet habe. »Das Einzige, was hilft, ist ohne Tier zu leben.«

»Hmhm.«

»Kannst du darüber nachdenken, für Kater ...«

»Nein!«

»... ein neues Zuhause ...«

»Nein. Niemals. Ich habe ihn nicht aufgepäppelt, um ihm dann einen Tritt ...«

»Mach es bitte nicht theatralisch, Holly. Die Sache ist doch ganz einfach. Denk drüber nach, wie und mit wem du dein Leben führen willst. Und jetzt wird gekocht, okay?«

Ich weiß nicht, was ich sagen soll. Mir ist der Appetit vergangen.

Mark sieht mich mit einer seltsamen Mischung aus Mitgefühl und Ungeduld an. »Vielleicht sollte ich dich lieber allein lassen, hm?«

Ich nicke.

Vom Balkon aus sehe ich ihm nach.

Meine Kehle ist wie zugeschnürt.

Es gibt nur einen Menschen, der mir in dieser Lage einen vernünftigen Rat erteilen kann, und fünf Minuten später bin ich auf dem Weg zum Lohbrügger Weg.

Unterdessen im Lohbrügger Weg

Im vierten Stock schimmern die Gesichter von Rita, Matze und den Splittern im milden Schein einer Salzlampe.

»Wie sieht es aus?«, fragt Matze. Er ist eben von seiner Reise zurück und geradewegs zu Rita und Heinz marschiert, um sich auf den neuesten Stand setzen zu lassen.

»Erstmal du«, sagt Rita.

»Es ist alles in die Wege geleitet. Ich habe ein interessantes Gespräch mit einem Redakteur geführt. Er kann sich eine Sendung zu dem Thema durchaus vorstellen.«

»Sehr gut.« Rita macht ein Gesicht, als hätte sie nichts anderes erwartet. Dann schlägt sie ein großes Buch auf und ergänzt eine lange Liste mit einigen Notizen. Das Buch für die Nachwelt, nennt sie es. Zahlen, Daten, Fakten. Beweise.

»Nun zu Holly. Seht euch das an!« Aus dem Nirgendwo holt sie ein abgegriffenes Kartenspiel, mischt in unglaublicher Geschwindigkeit und wirft ein paar Karten auf den Tisch. Die Bilder sind kaum noch zu erkennen. Aber Matze und die Splitter wissen sofort Bescheid.

»Lana hat sich in den Mann verliebt, der die Mastanlage konzipiert hat«, sagt einer der beiden und schafft es nur mit Mühe, kein Gesicht zu ziehen.

»Keine Bewertung, keine Verurteilung ...«, beginnt Rita und die Splitter nölen das Mantra halblaut weiter:

»... reines, unbedingtes Sein, reine, bedingungslose Liebe.«

Matze grinst. »Und was noch?«

Rita wiegt den Kopf. »Ich bin ehrlich gesagt, etwas unschlüssig. Der Hund spielt eine Rolle, ganz klar, aber welche?«

»Ich meinte in Overbüll«, sagt Matze. »Wie weit sind sie mit den Anträgen und diesem ganzen irdischen Kram?«

»Leider ...«, beginnt Rita, ruft sich aber sofort zur Ordnung: »Kein Bewerten, kein Verurteilen, Rita. Also nochmal: Die Pläne sind in trockenen Tüchern, die Finanzierung ist noch wackelig, aber sie haben die ersten Mauern hochgezogen.«

»Wird es ihnen gelingen?«, fragt Matze.

Rita mischt die Karten erneut und wirft drei auf den Tisch. »Ach Gott.«

Die vier starren die Karten an. »Oh Mann, der muss es aber auf die harte Tour haben«, sagt einer der Splitter lakonisch, doch der Ton, den er anschlägt, ist mitfühlend.

Zustimmendes Kopfnicken.

»So läuft das hier«, murmelt Rita und sieht besorgt aus.

Das Schweigen, das in solchen Momenten seinen Trost für sie bereithält, breitet wie erwartet seine weiche, warme Decke aus Achtsamkeit, Vertrauen, Geduld und Liebe aus und die Vier strecken sich einen Moment darauf aus.

»Ich kann mir beim besten Willen nicht vorstellen, wie das weitergehen soll«, sagt Matze.

Rita tätschelt seine Hand und lächelt. »Dafür ist ja auch jemand anderes zuständig.«

»Muss das so duster sein?« klingt es gedämpft vom Flur und ein schmaler Lichtschein schiebt sich unter die Wohnzimmertür. Dann ein zaghaftes Klopfen.

Rita klatscht in die Hände. Alles, was auf LED und Magenta-T hört, illuminiert sich, schaltet sich ein, doch der Schimmer der Salzlampe bleibt auf den Gesichtern und lässt sie auffällig durchscheinend wirken. Heinz ist das gewöhnt. Holly nicht.

Zur selben Zeit am selben Ort

Sie sehen mich an, als müsste ich etwas Außergewöhnliches bemerken. Außer der unglaublichen Schrankwand, nehme ich an. Und dass es nicht nach Katzen riecht. Ich schiebe den Gedanken beiseite, wahrscheinlich ist es umgekehrt: Sie kennen mich top gestylt und getunt und sehen nun ein Häufchen Elend in Casual-Kluft. »Rita, haben Sie einen Moment Zeit für mich?«

»Klar doch«, sagt sie. »Matze und ihr beiden, macht mal rasch die Biege.«

Matze geht einen Schritt auf mich zu, um mir die Hand zu reichen, doch Rita schiebt ihn energisch Richtung Flur.

»Darf mein Heinz dabei sein?«, fragt sie, blickt forschend in mein Gesicht und entscheidet: Nein. »Heinz, bereitest du bitte einen frischen Druidentrank zu? Und einen Schnaps für Mädchen mit Liebeskummer können wir auch gebrauchen.«

Ich verziehe das Gesicht zu einem schiefen Lächeln.

Rita hat die Lage wieder einmal mit einem Blick erfasst. Sie deutet auf ein Plüschsofa, das der Schrankwand an Klasse ebenbürtig ist. Als ich mich bei diesem Gedanken ertappe, schäme ich mich sofort, jedenfalls ein bisschen. Die Nase über die Einrichtung eines Menschen zu rümpfen, dessen Hilfe man erbittet, ist kein guter Start. Andererseits: Muss man alles schön finden, um in den Himmel zu kommen, auch wenn Eiche rustikal und erdbeerroter Plüsch einem Übelkeit verursacht?

Ein Seufzer entfährt mir.

»Nehmen Sie Platz«, sagt Rita und beobachtet mich, wie ich in der Umarmung des Sofas versinke. »Gemütlich, nicht wahr?«, fragt sie und ihre Augen blitzen mich amüsiert an.

»Man möchte gar nicht wieder hoch«, pflichtet Heinz seiner Frau bei. Routiniert deckt er den Couchtisch für uns. Offensichtlich macht er das öfter, was für eine gleichberechtigte Partnerschaft spricht.

»Danke, mein lieber Heinz«, sagt Rita. »Bist du gut untergebracht?«

»Aber sicher. Ich gehe ins Café und schreibe ein wenig.«

»Wunderbar! Bis nachher!« Sie wendet sich mir zu. »Heinz dichtet gern.«

»Oh!«

»Nun zu Ihnen. Ich will alles wissen.«

Ich muss lachen. »Okay. Dann also ... Ich bin verliebt in Mark Feldmann.«

»So, so.«

»Und er liebt mich. Er redet von einer gemeinsamen Zukunft ...«

»Hat er sich so ausgedrückt?«

»So direkt nicht. Er sprach von einem gemeinsamen Weg ...«

»Während einer Wanderung?«, spöttelt Rita. Sie schüttelt unmerklich den Kopf und schenkt Tee in dünnwandige Porzellanschalen eindeutig asiatischer Provenienz, die sich so zerbrechlich anfühlen, als hielte man einen Vogel in Händen. Vorsichtig nippe ich an dem heißen, duftenden Gebräu. Es schmeckt nach Sommer und Heu und magischem Wissen. So spielsalonverdächtig Rita durch ihr gleichbleibendes 80er-Jahre-Gedächtnis-Styling scheinen mag, traue ich ihr mittlerweile ohne weiteres zu, jedes Wildkraut beim Namen zu kennen. Und ein, zwei Druiden gleich dazu. Bei der bunten Gesellschaft, die sie um sich schart, würde es mich nicht wundern.

In dem Moment kommt mir ein Gedanke: »Sagen Sie, lässt sich eine Allergie mit Kräutern behandeln?«

»Aha«, sagt Rita zufrieden. »Wir nähern uns also des Pudels Kern. Der Auserwählte leidet an einer Allergie, und weil Sie mir nicht wegen seiner Pollenallergie so verheult gegenübersitzen, tippe ich mal auf Katzenhaare.«

Tränen schießen mir in die Augen. »Geht da was mit Kräutern?«, flüstere ich erstickt.

Rita wiegt den Kopf hin und her. »Wenn Sie die Ursache nicht bei den Hörnern packen, nützt kein Kraut der Welt auf Dauer, egal, für wie wundertätig es gilt.«

»Da habe ich aber schon anderes gehört«, murmele ich.

»Natürlich haben Sie das. Alle haben das. Das ändert aber nichts daran, dass es falsch ist. Ein Kraut kann die Selbstheilungskräfte eines Menschen nur dann aktivieren, wenn er innerlich aufgeräumt hat. Oder Tabula rasa gemacht hat, je nachdem. Der Diversitäten sind viele.« Rita sieht mich freundlich an, fügt ihrer kryptischen Ausführung aber nichts weiter hinzu, und ich bin einfach zu aufgewühlt, um zu diskutieren.

»Was könnte es denn sein? Ich meine, selbst, wenn Kater draußen ist und mein neuer Vorwerk jeden Winkel meiner Wohnung gesaugt und gewischt hat, nützt es nichts. Manchmal dauert es zwei Stunden, manchmal reagiert Mark sofort, aber er reagiert immer.«

»Juckende Nase, geschwollene Augen?«

»Ja, genau.«

»Tränen, viele, viele ungeweinte Tränen.«

»Bitte?«

»Nun, es gibt Theorien, die besagen, dass eine Tierhaarallergie darauf hindeutet, dass derjenige unter Verlustangst ...«

»Wie jetzt? Verlustangst? Sie meinen, weil ich meinen Kater liebe, glaubt Mark, mich zu verlieren?«

»So pauschal lässt sich das nicht sagen. Aber die Richtung stimmt. Sie schenken Kater Ihre Fürsorge, Ihre Aufmerksamkeit, Ihre Liebe, und ein Mensch, der, aus welchen Gründen auch immer, davon zu wenig erfahren hat, entwickelt Eifersucht und Ängste und das begünstigt ein somatisches Symptom: Ich bin verschnupft. Das Tier ist schuld.«

Ich bin nicht wirklich überzeugt, andererseits bringen Ritas Worte etwas in mir zum Klingen, ganz zart. Nennen wir es Hoffnung. Wenn Mark die Ursache ...

»Es wäre doch am besten«, fällt Rita mir sanft in die Gedanken, »wenn Ihr Mark sich auf die Socken und die Ursache ausfindig macht, nicht wahr? Er scheint mir ein Mann zu sein, der nicht gleich seine Männlichkeit bedroht sieht, wenn er alternative Hilfe in Anspruch nähme. Was meinen Sie?«

»Ich weiß nicht ...« Ich versuche, mir Mark auf einem Rosenblütenbett vorzustellen, sehe ihn und einen wildgeschminkten Schamanen um ihn herum tanzen, eine Adlerfeder schwenkend ...

»Ich könnte Ihnen jemanden empfehlen.«

»Er wird sich auf Trommeln und Rasseln und Knochen und diesen Kram nicht einlassen, niemals.««

»Mit Verlaub, Holly, er kann nicht von Ihnen erwarten, Ihren geliebten Kater ins Tierheim abzuschieben, wenn er nicht von sich aus alles unternommen hat, um sein Problem in den Griff zu bekommen.«

»Sie haben Recht.« Ich fühle, wie eine Welle neuer Zuversicht mich durchströmt. »An wen hatten Sie denn gedacht?«

»In den Vier- und Marschlanden gibt es eine reiche Tradition ausgezeichneter Spezialisten«, sagt Rita und beginnt, in einem schicken Retro-Karteikasten zu blättern. Mit einem Ausdruck höchster Zufriedenheit reicht sie mir eine Visitenkarte. »Der perfekte Mann für Ihr Anliegen. Kein Budenzauber, keine Rasseln. Ein moderner Heiler.«

Ich werfe einen Blick auf die Uhr. Es ist zehn. Ich rufe Mark an. Jetzt. Jetzt werden wir sehen, aus welchem Holz mein Auserwählter ist. Nach dem dritten Klingeln geht er ans Telefon. Der Empfang ist porös, als befände Mark sich weit weg und nicht um die Ecke in Aumühle. Ich brülle in mein Smartphone, was ich auf dem Herzen habe, und bin vorbereitet auf ein Nein. Doch es kommt ein Ja, ein schlichtes, einfaches: »Natürlich Schatz. Das ist eine gute Idee. Schick mir doch gleich mal die Kontaktdaten dieses Mannes, ja?«

So einfach kann es laufen. Ich sehe Mark bereits geheilt, den Kater auf dem Schoß. Alles wird gut.

Nur mal so rein theoretisch und zu meiner Beruhigung frage ich Rita: »Falls alle Stricke reißen, würden Sie Kater bei sich aufnehmen?«

»Nein, tut mir leid«, sagt sie. »Vier Katzen in einer Wohnung von der Größe eines Schuhkartons sind genug.«

Das sehe ich ein. »Was halten Sie von Overbüll? Ich könnte ihn nach Overbüll bringen, falls ...«

Rita zögert einen Moment und hebt den Kopf wie ein witterndes Tier, wie sie es manchmal tut, wenn sie nach Antworten und Lösungen sucht, als lägen die in der Luft. Dann sagt sie: »Prinzipiell eine schöne Idee ... aber er wird nach Hause laufen. Zu Ihnen ...«

Stimmt. Das machen Katzen. Und die vielen Autos ... »Das geht nicht«, sage ich entschlossen und wühle mich aus dem Sofa hoch. »Mark muss da durch. Punkt.«

Rita applaudiert und frohgemut wandere ich durch die samtene Nacht nach Hause.

Bei Rita und Heinz

»Warum nimmst du ihn nicht?«, fragt Heinz. »Unsere vier sind doch längst im Himmel.«
Rita drückt seinen Arm. »Das ist nicht der Sinn der Sache.«
Eine Weile stehen sie schweigend auf dem kleinen Balkon und blicken in die Weite des funkelnden Firmaments.

»Dein Geschäft ist nicht ganz einfach«, beginnt Heinz behutsam. Irgendwann muss es doch zur Sprache kommen.

Aber Rita lacht die Gelegenheit beiseite. »Oh nein, *dein* Geschäft ist schwierig. Du spielst immer die zweite Geige ...«

»Das empfinde ich nicht so. Wenn du nicht wärest, würde ich keine Gedichte schreiben können. Wer sollte mich inspirieren? Deine Geheimnisse ...«

»Heinz! Es gibt keine Geheimnisse. Ich nehme mich einiger Menschen an, jetzt und in der Vergangenheit, die es brauchen. Nicht mehr und nicht weniger. Es ist mein selbst gewähltes Ehrenamt, wenn du so willst.«

»Hm. Und warum redest du so anders – manchmal? Mal wie ein Gassenkind, mal wie eine Professorin.«

Rita lächelt. »Ich besitze die Gabe, mich auf jeden Menschen einstellen zu können. Schön, nicht?«

»Ja, das ist schön«, sagt Heinz und unterdrückt den Impuls, hinzuzufügen, dass er sie neulich sogar in einer ganz fremden Sprache hat reden hören und dass ihm dieses Phänomen am meisten Schwierigkeiten bereitet. Denn sein Engel könnte in Wirklichkeit ja auch einen Sprung in der Schüssel haben. Eine gespaltene Persönlichkeit sein.

Andererseits: Dann hätten sie beide einen Sprung. Er, weil er sie für einen Engel auf Erden hält, sie, weil sie eine Verrückte ist. Aber eigentlich ist es ja auch egal. Sie tut Gutes. Und er schreibt Gedichte. Es gibt Schlimmeres.

Zwei Wochen später, abends im Rhodos

Mein Rockstar betritt das Restaurant und winkt uns fröhlich zu. Zwei wichtig aussehende Typen und eine bildschöne Frau, die man von Magazinen kennt, flankieren ihn und geleiten ihn zu einem Tisch etwas abseits von den anderen. Cool. Zwei Bodyguards und zwei PR-Frauen, das nenne ich einen veritablen Promi-Auftritt. KPK reckt ein V-Zeichen in die Höhe und zwinkert mir mit einem Auge zu wie Helene Fischer. Offensichtlich trägt er mir nichts nach. Dem Himmel sei Dank. Dann wird er hoffentlich auch nichts Blödes über meine Agentur verbreiten.

Ich zwinkere zurück und schiebe ein verschwörerisches Lächeln hinterher.

»*Mein* Rockstar feiert mit seiner Entourage«, sage ich leichthin und recke das Kinn in die Richtung. Mark und KPK wechseln einen kurzen Blick.

Der Wein und die gemischte Vorspeisenplatte werden serviert. Ich werde langsam kribbelig. Die zehn Tage, die vergangen sind, seitdem Mark sich auf ein Treffen mit dem Heiler eingelassen hat, haben wir in stillschweigendem Einvernehmen das Thema ausgespart und uns zur Harmonisierung unseres Hormonpegels drei Nächte im Hotel gegönnt, Whirlpool, Jacuzzi, Champagner, das volle Schlechte-Geschmack-Programm, das bei kurzlebigen Affären eingeschaltet wird. Egal, fanden wir. Hauptsache ohne laufende Nase und Trompetenalarm zum Gipfel des Vergnügens.

Aber jetzt will ich eine Wasserstandsmeldung. »Und?«, sage ich leichthin. Mehr nicht.

Mark verzieht das Gesicht. »Jackie ist nicht wieder aufgetaucht. Und in den Tierheimen absolute Fehlanzeige.«

»In den Netzforen ebenfalls«, sage ich. »Wie geht es deiner Mutter damit?«

»Sie gewöhnt sich dran. Es hat ja auch Vorteile. Nicht bei Wind und Wetter raus, jeden Tag ausschlafen, keine schweren Dosen ins Haus schleppen.«

Und was ist mit der Freude, die das Tier einem schenkt? denke ich, spreche es aber nicht aus. Ein Tierhaarallergiker wird schwerlich Freude an einem Wesen haben, das seine Allergie auslöst – wenn es denn so ist! »Und dein Termin bei dem Heiler?«

Mark nickt und lächelt. »Tja, meine Süße. Was willst du hören?«

»Wie es war? Wie es ist? Prognosen, Diagnosen, Therapien, Handauflegen? Musstest du liegen? Hat er dich besprochen?«

»Wie eine Warze?«

Leider muss ich jetzt loslachen. »Was weiß denn ich?«, pruste ich in die Serviette. Meine Schultern zucken.

Mark nimmt es gelassen hin und wartet, bis ich meine Mascara-schwarzen Lachtränen abgetupft habe. »Ich habe es versucht, wirklich, aber bitte hab Verständnis, dass mir meine Zeit zu kostbar ist, um sie mit einer inkompetenten Woody-Allen-Parodie zu verschwenden«, sagt er weich und leichthin. »Ich bin weder zu spät abgestillt noch zu früh aufs Töpfchen gekommen, sondern habe eine Allergie wie Millionen andere Menschen auch und das einzige Mittel gegen eine Tierhaarallergie ist nun einmal: Keine Katzen, keine Hunde, keinen Hamster. Tut mir leid, Holly.«

Eine entsetzliche Leere breitet sich in meiner Mitte aus, als mir klar wird, was das bedeutet. Das geht nicht. Nein. Aber sich wegen eines Tieres gegen eine Partnerschaft, ein gemeinsames Leben und Kinder zu entscheiden, trägt im Kern auch einen bösen Stempel: Liebt die Tiere mehr als die Menschen. Ein bindungsunfähiges Wrack.

Verdammt.

Drei Tage später, am Nachmittag in Hollys Auto

»Wir werden uns das nur ansehen. Du und ich. Und dann entscheiden wir.«
Ich sitze neben Holly in dem vergitterten Korb und sehe vergitterte Menschen, Häuser, Felder, Kühe, Bäume und Himmel an uns vorüberziehen. Ich habe schreckliche Angst. Und ich bin schrecklich traurig.

Aber ich weiß, dass das hier gut enden wird. Ich glaube an meinen Stern und an die Große Katze. Angst habe ich trotzdem.

Verdammt. So ein verdammter Mist. Ich hasse das. Scheiße.

So geht es in Hollys Kopf in einem fort.

Tränen laufen ihr die Wangen hinunter. Sie hat Angst, genau wie ich.

Von dem philosophischen Besserwisser-Kater, den ich neulich so gut drauf hatte, ist nicht viel geblieben. Ich vermisse die weiße Kanaille. Und den Raben. Und den Schäbbischick.

Ich sehe Holly an und maunze leise.

Sie guckt mich nicht an, nur geradeaus auf die Straße.

Eine halbe Stunde später

Das Tierheim liegt 30 Kilometer östlich von Bergedorf inmitten unberührter Natur.
Ich parke vor dem Haupthaus, stelle den Motor ab, steige aber nicht aus. Nur ansehen lautet die Losung. Auf dem weitläufigen Gelände befinden sich verschieden große und kleine Zwinger und einige Gebäude, in denen vermutlich Katzen, Nager, Vögel und Reptilien auf ein neues Zuhause warten. Es singt und pfeift, tiriliert, bellt und maunzt. Auf einer Koppel mahlt ein Kamel gemütlich vor sich hin und schenkt mir einen gleichmütigen Blick aus sanften, braunen Augen. Eine Schubkarre steht ordentlich an die Wand gelehnt, ein Wasserschlauch hängt säuberlich aufgewickelt daneben, blühende Rabatten säumen die gekieste Auffahrt.

Ja, es ist okay.

Aber es ist nicht richtig.

Ich sehe Kater an und wie er da so geduldig in dem Käfig sitzt und mich mit seinen goldenen Augen erwartungsvoll ansieht, als stünde ich nicht gerade im Begriff, ihn einfach wegzugeben.

Aber mit einem Mal weiß ich: Nein. Das mach' ich nicht.

Es muss einen anderen Weg geben. Vielleicht finden Mark und ich eine alternative Form der Beziehung, vielleicht mit zwei Wohnungen, die nicht weit voneinander entfernt liegen, aber weit genug, um sich frei zu fühlen, das ist sowieso bekömmlicher für eine Partnerschaft, man kann sich aus dem Weg gehen, bevor man sich nervt, man kann sein eigenes Leben führen und bleibt auf diese Weise autark, spannend und attraktiv. Wir könnten auch ein Haus mit zwei Wohnungen mieten, in dem Fall müssten wir das Nähe-Distanz-Verhältnis allerdings noch sorgfältiger und disziplinierter justieren. Das müsste zwei durchschnittlich vernunftbegabten Menschen wie uns doch gelingen!

Das fühlt sich gut an! Ich entriegele den Korb und nehme Kater auf den Schoß. Seine goldenen Augen sehen in meine. Zum Glück hört das, was ich sagen will, niemand, außer ihm und mir.

»Hör mal, Kater, ich möchte mich bei dir entschuldigen. Oder sagen wir, eigentlich kann man sich ja nicht selbst ent-schuldigen, oder doch? Also egal, ich möchte, dass du mir vergibst.«

Er guckt mich an, als verstünde er jedes Wort.

Ein Mann klopft ans Autofenster. Er trägt Gummistiefel, verdreckte Jeans und führt ein kleines, braunes Schwein an der Leine. Ich öffne das Fenster und sage strahlend: »Das war ein Irrtum. Es hat sich erledigt.«

»Alles klar«, sagt er und tippt sich an die Stirn. »Freut mich zu hören.«

Plötzlich schnellt Kater von meinem Schoß und mit einem Satz hinaus ins Freie.

»Mist!«, rufe ich, steige aus dem Auto und renne los.

Der Mann nimmt das Schweinchen auf den Arm und heftet sich an meine Fersen. »Dass einer *ins* Tierheim flieht, habe ich auch noch nicht erlebt«, sagt er trocken. Wir verfolgen Kater, so gut es geht, haben aber keine Chance, er schlägt Haken, überwindet

Zäune, trickst uns aus, kratzt die Kurven wie Nico Rossberg.

Er läuft davon, weil er mir nicht mehr vertraut.

Das habe ich nun davon. Sofort schießen mir die Tränen in die Augen.

»Na, na, den kriegen wir schon«, versucht der Tierpfleger mich zu trösten. »Wenn er nicht in den Wald abhaut.«

Wir laufen an Papageien, zwei Eseln und einem klapperdürren Pferd vorbei.

»Da ist er!«, ruft er.

Wir bleiben stehen. Kater läuft laut maunzend vor einem Zwinger auf und ab. Auf der anderen Seite des Maschendrahtzauns rennt ein kleiner weißer Hund mit braunen Flecken aufgeregt hin und her, bellt und fiept, sein Schwanz rotiert.

»Das nenne ich mal Liebe auf den ersten Blick«, sagt der Tierpfleger und setzt das Schweinchen behutsam ab. Dem ist die Situation offensichtlich zu stressig, es setzt ein Angstpfützchen ab und fängt an zu zittern. Der Tierpfleger nimmt es wieder hoch. »Schsch«, macht er. »Ist ja gut, Caroline.« Zu mir gewandt fragt er: »Kennen die sich?«

»Möglich. Woher kommt der Hund denn?«, frage ich. Ich habe Jackie sofort erkannt. Aber alles in mir hofft, dass es sich um einen Irrtum handelt, ein blödes Missverständnis, irgendwas, was den bösen Verdacht im Keim erstickt.

»Der ist noch nicht so lange bei uns, vielleicht seit drei, vier Wochen.«

»Hm. Und wer …?«

»Das darf ich Ihnen nicht sagen. Schweigepflicht.«

»Okay. Hm. Wenn ich Ihnen einen Menschen beschreiben würde, der dem, der den Hund gebracht hat, ähnlich ist, dürfen sie dann vielleicht wenigstens nicken?«

Der Mann schüttelt den Kopf.

Trotzdem erzähle ich ihm von Jackie, Mark und warum ich hier bin. Und füge einen detaillierten Steckbrief von Mark bei.

Der Mann senkt den Blick. »Er hat gesagt, seine Mutter sei gestorben.«

In Hollys Büro zur selben Zeit

Rita sitzt mit geschlossenen Augen und vor der Brust gefalteten Händen am Schreibtisch. »Das geht Spitz auf Knopf«, murmelt sie und lauscht in die Stille der Büroräume.

Nach einer Weile öffnet sie die Augen und murmelt: »Nicht einmischen, schon klar. Aber gegen ein klein wenig positive Energie auf der Bundestraße wird ja wohl nichts einzuwenden sein, oder?« Kurz darauf ist das coole Ambiente von ambrosischen Düften erfüllt und sich wiederholenden, zugegeben ein wenig leiernden Wortfolgen, die auf sensitive Wesen aller Art sedierende Wirkung haben können. Anders ist es zumindest nicht zu erklären, dass die Hanfpalme im Eingangsbereich plötzlich alle Wedel sinken lässt, was Rita aber entgeht, weil sie hochkonzentriert daran arbeitet, sich nur ein klitzekleines bisschen einzumischen, damit die Dinge sich nicht zu arg zuspitzen. Als es getan ist, löscht sie das Licht, und macht sich auf den Heimweg.

Ob der Budenzauber in der Chrysanderstraße den weiteren Verlauf ursächlich beeinflusst, ist für die einen ein verlockender Gedanke, für andere ein typisches Konstrukt romantischer Spinnerei.

Indes geschieht es, dass ein frisch verheirateter Landwirt, mit seinem Trecker Marke Extrabreit unterwegs auf der Bundestraße, um sein Tagewerk trotz einsetzender Dunkelheit zu vollenden, sich plötzlich von einer heißen Welle der Liebe und des Verlangens erfasst fühlt, laut und freudig erregt »Scheiß drauf!« ruft und bei der nächsten Gelegenheit links abbiegt und wieder heimfährt zu seiner Liebsten.

Indes geschieht es zudem, dass einem LKW-Fahrer aus Drochtersen, unterwegs ins weit entfernte Anklam, der, statt das überbreite, lahmarschige Verkehrshindernis vor ihm platt zu machen, was er am liebsten tun würde, in die Eisen gehen muss, um seinen 14-Tonner-Diesel noch zu stoppen, der Schrecken direkt ins Gedärm fährt und ein existenziell dringendes Bedürfnis auslöst. Zwei Sekunden später nimmt er den Feldweg rechts, völlig egal, Hauptsache raus aus dem Wagen ins nächste Gebüsch.

So kommt es, dass Holly weder in den Traktor noch in den LKW kracht, als sie für einen Moment statt auf die Straße auf ihr Mobiltelefon sieht, um Mark eine saftige Whatsapp zu schicken, plus Selfie von sich, Kater und Jackie, den sie natürlich mitgenommen hat.

Sondern die Kontrolle über ihr Auto verliert, das gegen einen Leitpfosten knallt, durch die Böschung schießt und auf einem Acker unterhalb der Straße zu stehen kommt.

Unbestimmte Zeit später, in Hollys Auto

Holly und Jackie geben keinen Mucks von sich.
Ich stupse den Hund an, erst sanft, dann etwas energischer, aber er rührt sich nicht. Er liegt zwischen Fahrer- und Beifahrersitz und ist übersät mit Glasscherben. Überall sind Glasscherben, sie funkeln, wenn der Mond sich für einen Moment durch den Nebel schiebt und sein Silber auf die Erde gießt. Jackies Herz pocht. Das ist gut. Wenn er so kräftige Krallen hätte wie ich, dann hätte er sich in die Polster krallen können, als wir plötzlich auf dem Kopf standen.

Vorsichtig klettere ich über die Lehne nach vorn. Holly liegt mit dem Gesicht auf dem Lenkrad, es riecht nach Blut. Ein feines Rinnsal läuft von ihrer Schläfe den Hals hinab. Hollys weiße Bluse hat einen großen roten Fleck auf der linken Seite.

Ich maunze laut und kralle mich in Hollys Oberschenkel, damit sie aufwacht. Das nützt aber nichts. Wenigstens schlägt ihr Herz.

Es ist finster.

Aber ich bin ein Kater. Begnadet mit allem, was es braucht, um jetzt das Richtige zu tun. Mit einem eleganten Satz hechte ich durch die geborstene Windschutzscheibe ins Freie. Mein inneres Navi lotst mich durch die Nacht, vorüber an den Feldern und den Tieren, die ich vorhin hinter Gittern gesehen habe. Bis auf ein Lamm, das interessiert auf mich zustakst, als ich seine Koppel überquere, nimmt niemand Notiz von mir. Die Straße lasse ich links liegen.

Es zieht sich hin. Meine Pfoten schmerzen. Nützt nichts. Weiter.

Als ich nach einer gefühlten Ewigkeit die Straße erreiche, in der wir wohnen, sehe ich die weiße Kanaille vor der Tür des Tierarztes sitzen. Die hat mir gerade noch gefehlt.

Sie ist total geladen, warum auch immer, und fängt sofort an, mit mir zu streiten, wir werden beide ziemlich laut und ziemlich giftig. Kein schöner Katzengesang. Sondern eine Kriegserklärung. Ich habe wirklich anderes zu tun, aber sie hört nicht auf, zu kreischen, ich übertöne sie, dann sie mich, schon öffnen sich erste Fenster und ein Stein fliegt in unsere Richtung. Wir können uns gerade noch ducken, da kracht der Stein durch die Milchglasscheibe der Praxistür.

Drinnen geht das Licht an, er poltert die Treppe hinunter.

Die weiße Kanaille rennt davon.

Er reißt die Tür auf und stürmt hinaus. Dabei stolpert er über mich und fällt auf die Nase.

»Was zum Teufel ist hier los?«, ruft er.

»Schließen Sie Ihre Viecher ein, Doc!«, tönt es aus der vornehmen Villa von gegenüber. »Sonst gibt's Zunder vom Ordnungsamt!«

Oliver liegt eine saftige Antwort auf der Zunge, das sehe ich ihm an. Aber er schluckt sie hinunter. Der Schreihals knallt das Fenster zu.

»Du musst Holly und Jackie retten«, sage ich und füge hinzu: »Hilfe! Holly! Retten!« Vielleicht versteht er das besser.

Oliver sieht mich aufmerksam an. Ich spüre, dass er spürt, dass ich nicht mitten in der Nacht hier sitze, um mir ein Leckerchen zu erbetteln.

»Was ist los?« Er sagt es leise und sanft, dass es sich in meine Ohren schmeichelt, so, wie ich und alle Katzen es gernhaben.

Ich hebe meine Pfote, damit er mir seine Hand reicht. Das könnte, so hoffe ich, die Übertragung erleichtern.

Macht er prompt. So sitzen wir Hand in Pfote und sehen uns an. Ich wiederhole: »Holly. Hilfe. Retten.«

»Ist etwas mit deinem Frauchen?«

»Verletzt. Feld. Auto.«

»Hm. Weißt du was? Ich rufe sie ...«

In dem Augenblick fährt ein großer, orangeweißer Wagen durch die Straße und hält vor der Praxis, ein Mann in denselben Farben steigt aus. »Können Sie sich bitte um einen verletzten Hund kümmern?«

»Sicher«, sagt Oliver und geht zu dem Auto. In einigem Abstand folge ich ihm.

»Das ist mein Patient«, sagt Oliver erstaunt. »Der Jack Russell gehört einer alten Dame in Reinbek.«

»Dazu kann ich nichts sagen«, erwidert der Mann. »Wir haben ihn im Wagen Ihrer Nachbarin gefunden, die wir gerade nach Boberg gebracht haben.«

»Was ist passiert?« Oliver wirft mir einen Blick zu.

»Sie muss auf dem Weg vom Tierheim nach Hause gewesen sein. Im Auto haben wir Formulare gefunden, sie muss gerade den Hund abgeholt haben.«

»Aber ...«

»Können Sie das morgen bitte mit der Patientin klären?« Der Mann sieht müde und abgespannt aus. Oliver nickt und nimmt Jackie behutsam hoch.

»Entschuldigen Sie. Geht klar.«

Der Mann tippt sich an die Schläfe und schickt sich an, zum Auto zurückzugehen, als Oliver einfällt, endlich das zu fragen, was ich auch wissen will: »Ist Frau … Ist Holly schwer verletzt?«

»Hm, geht so. Ich schätze mal, Sie können sie morgen selbst fragen.« Er lächelt uns aufmunternd zu.

Wir sehen dem Wagen nach.

»Also das wolltest du mir sagen.«

»Genau«, sage ich, drücke mich an sein Bein und zwinkere ihn an.

Oliver schüttelt den Kopf. *Andreesen, du lernst dazu, langsam, aber sicher. Kümmere dich um deinen Patienten. Morgen besuchst du sie und dann sehen wir weiter.*

Jackie fiept, seine Pfoten zittern. Behutsam legt Oliver ihn auf die Behandlungsliege.

»Na, mein alter Freund«, murmelt Oliver ihm zu. »Was ist das für eine merkwürdige Geschichte, hm?«

»Das kann man wohl sagen«, entgegnet Jackie erschöpft.

Am frühen Morgen im Unfallkrankenhaus Boberg

So weiß, alles weiß. Bin ich tot? Ich sehe nichts als Licht. Ich zwinkere. Es fühlt sich verklebt an.

»Einen wunderschönen guten Morgen«, dröhnt es von rechts. Als ich versuche, mich der Quelle des Frohsinns zuzuwenden, fährt mir ein heftiger Schmerz durch die Glieder. Ich halte die Luft an, so weh tut es.

»Atmen Sie«, sagt die Quelle des Frohsinns und beugt sich über mich. »Wenn Sie die Luft anhalten, verstärken Sie den Schmerz.«

»Was ist los?« Ich taste nach meinem Hals. Er ist in eine Krause verpackt, so fühlt es sich jedenfalls an, soweit ich das mit einer verbundenen Hand erfühlen kann. An der anderen hängt ein Tropf dran.

»Sie haben Glück gehabt.«

»Wieso?«

»Wieso kann ich Ihnen nicht sagen. Sie sind von der Straße abgekommen. Sie haben Schnittwunden im Gesicht und am Arm, ein paar Stauchungen, ein Nackentrauma. Und die Milz hat einen mitgekriegt. Der Doktor wird es Ihnen nachher genauer erklären. Ein Wöchelchen werden Sie wahrscheinlich bei uns aushalten müssen. Aber das schaffen wir, nicht wahr?«

Kater! Und Jackie! Ein glühender Schrecken erfasst mich. »Was ist mit meinem Kater und dem Hund?

Um Himmels Willen, wo sind sie? Sind sie verletzt?« Scheiße, füge ich in Gedanken hinzu. Scheiße, Scheiße, Scheiße. Wenn dieser verdammte Mistkerl von einem Mark Feldmann ... Ich bin so eine Idiotin. Mist.

Ich versuche, die Fäuste zu ballen, was heftig schmerzt.

»Keine Ahnung«, sagt die Quelle des Frohsinns. »Oder Moment mal, doch der Sani hat was gesagt von wegen ein Tierarzt würde sich um den Hund kümmern. Von einem Kater weiß ich aber leider nichts.«

Ich breche in Tränen aus, ein wütender, heißer, wilder Strom aus Reue und Rachsucht. Wenn ihm was zugestoßen ist, du Superarsch von einem Kerl, dann mach ich dich fertig!

»Welcher Tierarzt? Es gibt Dutzende in der Gegend. Ich muss den anrufen«, stoße ich hervor. »Wo ist mein Handy?«

Keine Antwort. Die Quelle des Frohsinns ist fort, hat aber, dem Geräuschpegel nach zu urteilen, die Tür sperrangelweit offen gelassen.

Vorsichtig schubbere ich mich einen Hauch nach rechts. Das Bett neben mir ist frei. Neben der Tür hängt ein Fotodruck in mindestens 80 mal 80, der ein wunderschönes Mohnfeld zeigt, daneben prangt ein Wandtattoo, das mich mahnt, jeden Tag mit einem Lächeln willkommen zu heißen, dann hätte ich ihn nämlich schon fast gewonnen. Ob Sprüche dieser Güteklasse wirklich so glücklich gewählt sind, wenn man hier aufgeschnitten und zusammengenäht herumliegt? Von wegen: Kopf unterm Arm? Egal. Lächle und der Tag ist dein. Versuchsweise ziehe ich die Mundwinkel hoch, und betrachte das geschäftige

Treiben vor meinem Zimmer mit aufgesetztem Lächeln. Bettpfannen, Essenstabletts, Rollatoren, Infusionsträger wandern von links nach rechts, von rechts nach links, viel Weiß strömt hierhin und dahin, allein und im Pulk. Die Szenerie übt einen besänftigenden Einfluss auf mich aus.

Benutze deinen Verstand, Holly. 1. Schnittwunden bedeuten: Scheibe kaputt. Vermutlich: Windschutzscheibe. 2. Der Hund ist beim Tierarzt. Wenn Kater verletzt wäre, wäre er ebenfalls beim Doktor. 3. Kater ist durch die Scheibe raus und dann nach Hause gelaufen. Dort wird Rita sich um ihn kümmern. Ich werde sie sogleich benachrichtigen.

So wird es sein. So muss es sein. Ich bin ganz sicher.

Doch eine hässliche Stimme flüstert mir zu, dass es ein hässliches 4. gibt. Tapfer lächle ich dagegen an.

»Hallo Holly.«

Dr. Andreesen steht in der Tür und lächelt mir zu. »Beide sind bei mir. Es geht ihnen gut.«

Gott sei Dank, denke ich und wieder strömen die Tränen, dieses Mal vor Erleichterung. Der Tag gehört mir. »Erzählen Sie«, sage ich und deute auf einen Stuhl. »Ich will alles wissen.«

»Ich auch«, entgegnet er prompt. »Es geht mich zwar nichts an, aber ich muss zugeben, dass ich doch etwas neugierig bin, wie das alles zusammenhängt.«

»Sie zuerst.«

Während er die Ereignisse der Nacht schildert, komme ich nicht umhin, den Doktor genauer zu betrachten. Zwar liege ich hier marode und schmerzerfüllt herum, dennoch registriere ich mit einem Mal, was ich bislang übersehen habe. Einen richtig guten Typen. Humorvoll und freundlich, ja, herzlich, gleichzeitig auf angenehme Weise professionell distanziert. Ein männliches Oxymoron – die Vereinigung der Gegensätze in attraktiver Verpackung. Als mir gewahr wird, was und wie ich es gerade ventiliere, verziehe ich unwillkürlich das Gesicht. Die Sache mit Mark, dem Mann, den ich angeblich liebe, ist noch nicht geklärt, und schon nimmst du den nächsten ins Visier? Nennt man das Konfliktscheu? Oberflächlichkeit? Mannstollheit? Oder haben meine Gefühle mir einen Streich gespielt? Nun, vielleicht habe ich mir so sehr gewünscht, endlich jemanden zu lieben, dass ich das eine mit dem anderen verwechselt habe. Vielleicht.

»Ich hatte wirklich den Eindruck, Ihr Kater wollte mich um Hilfe bitten.« Abwartend sieht Dr. Andreesen mich an.

»Das würde mich nicht wundern«, entgegne ich, »der Kleine ist nämlich definitiv klüger als ich. Diese Lektion habe ich gerade hinter mir.« Ich verziehe das Gesicht.

»Haben Sie Schmerzen?«

Ich schüttle den Kopf, woraufhin ein stechender Schmerz mich durchzuckt. »Ja.«

»Okay, passen Sie auf. Ihre Tiere bleiben bei mir, bis Sie wieder fit sind. Ihrer Assistentin sage ich Bescheid. Und was Kater, Jackie und Sie anbelangt, erzählen Sie mir ein andermal. Einverstanden?«

»Danke, Doc«, flüstere ich so ausweichend wie unverbindlich. Nein, nein, wenn sich hinter einem so wunderbar wirkenden Mann wie Mark ein Abgrund aus Rücksichtslosigkeit und Lüge auftun kann, wer weiß, wie schräg *dieser* Vogel drauf ist, egal, wie gepflegt sein Gefieder aussehen mag. Deshalb: Keine Gespräche, keine Vertraulichkeiten, nur ein paar nackte Infos, mehr nicht. »Grüßen Sie Rita ...«

Er nickt und winkt zum Abschied. »Gute Besserung.«

Kurz darauf taucht der Rettungssanitäter in meinem Zimmer auf und hält mir mein Mobiltelefon hin. »Es lag auf Ihrem Schoß.«

»Super«, sage ich und rufe als Erstes meine Mutter an, nicht dass es am Ende heißt, ich hätte ja wenigstens Bescheid sagen können, dass ich einen Unfall hatte. Außerdem möchte ich ein kleines bisschen gepampert werden. Nach dem ersten Klingeln ist sie dran. »Hallo Mam.«

»Kind, wie schön!« Ihre Stimme klingt so fröhlich.

»Wie geht es dir, Mam?«, sage ich.

Pause. »Ehrlich gesagt, liebes Kind, geht es mir wunderbar.«

Wunderbar? Wann hat meine Mutter dieses Wort zuletzt benutzt? »Wunderbar?«

Sie lacht leise, als ihr wie mir die gleichen Bilder vor Augen ziehen. Overbüll vor vielen Jahren. Sie und Papa und Rolf und ich. Das Leben ist eine Wunder-Bar, hat sie uns Kindern erklärt. Du bekommst Zitronen und manche schaffen es, Limonade draus zu machen, aber wenn du es richtig geschickt anstellst, kannst du Tonic Water, Gin Fizz, Zitronencreme, Zitronenpudding, Zitronenkuchen, eingelegte Zitronen und vieles mehr entstehen lassen. Versteht ihr?

Als mein Vater starb, hat sie die Wunder-Bar geschlossen und das Wort gelöscht.

»Ich fliege nach Goa.« Pause. »Für ein halbes Jahr.«

»Oh, Mam! Was du immer wolltest! Hey, wie cool ist das denn! Allein?« füge ich einer Eingebung folgend hinzu.

»Das ist noch nicht ganz raus«, antwortet sie ausweichend. »Aber mit ziemlicher Wahrscheinlichkeit werde ich begleitet.«

»Von wem?«

Pause. »Das erzähle ich dir dann.«

Schon gut. »Wann soll es denn losgehen?«

»In vier Wochen«, sagt sie mit dieser neuen, klingenden Stimme. »Bis dahin ist auf dem Hof alles in trockenen Tüchern. Die Finanzierung ist soweit okay und der Gemeinderat hat auch zugestimmt. Und ein paar Mauern stehen bereits.«

»Na, dann steht dem Projekt Massentierhaltung plus Mast nichts weiter entgegen«, unterbreche ich sie mit gebührender Ironie. »Ist doch auch schön, wenn man den Trend verpennt. Ich meine, alles geht in Richtung Nachhaltigkeit, ja? Extensive Landwirtschaft, Bio, ja? Halb Deutschland ernährt sich inzwischen vegan und mein Bruder und seine doofe ...«

»Rolf leidet sehr unter der Vorstellung, mehr, als er sich eingesteht, ganz zu schweigen von Pia oder mir.« Mam seufzt leise. »Ich mache mir Sorgen, Holly. Dein Bruder neigt dazu, Anspannungen zu kompensieren.«

»So kann man es auch nennen«, versetze ich trocken. »Hat er sich wieder eingeschlossen, eine Prise Marihuana eingeworfen und weigert sich, das Zimmer zu verlassen?«

»Nein, noch nicht, aber Pia sieht es kommen und sie haben sich deswegen ziemlich gestritten.«

»Oh.« Das ist ja wunderbar, denke ich, Immenhof ade! und schiebe den Gedanken sofort beiseite. Von wegen Karma. What comes around goes around.

»Ach, das wird sich schon wieder einrenken. Wie geht es dir denn, mein Kind?«

»Ich wollte nur kurz sagen, dass ich in der Klinik ...«

»Was!?«

»... bin, ist aber nicht schlimm. Nur ein kleiner Autounfall. Blechschaden.«

»Wenn es nur ein Blechschaden wäre, wärst du nicht im Krankenhaus«, entgegnet sie mit mütterlicher Schärfe und einem Unterton, den ich nicht so recht deuten kann.

»Ich habe nur ein paar Stauchungen und ein Schleudertrauma und ein paar Schnittwunden.«

»Damit wird man heute sofort nach Hause entlassen«, beharrt sie. »Also, was noch?«

»Die Milz ist wohl etwas lädiert.«

Pause. »Soll ich kommen, Holly? Ich könnte bei dir wohnen und ...«

»Das ist lieb, Mam, aber nein. Kümmere du dich mal schön um deine Reisevorbereitungen, okay?«

»Okay.« Meine Mutter klingt erleichtert.

Als ein Mann in Weiß auf mich zusteuert, beende ich das Gespräch.

Nachdem der Arzt mit erklärt hat, dass ich eine Milzruptur ersten Grades erlitten habe, erkläre ich ihm, dass »die unter engmaschiger Kontrolle des sonografischen Befundes, der Kreislaufparameter und des Blutbildes konservativ behandelt werden kann, da diese Läsionen sich im Rahmen der körpereigenen Blutstillung verschließen und abheilen können«, und strahle ihn an. »Das heißt, ich muss nicht operiert werden. Die Milz bleibt drin.«, was er mit steinernem Gesichtsausdruck quittiert. Vermutlich gehört er zur Kategorie der Weißkittel, die nichts so sehr scheuen wie Patienten mit einer Vorliebe für Selbstbestimmung und die Unversehrtheit ihres Körpers.

Ich öffne den Mund, um ihn darüber zu belehren, dass ein Mensch ohne Milz aggressiven Erregern mindestens zwei Jahre lang schutzlos ausgesetzt ist, weshalb ihnen empfohlen wird, sich gegen Grippe und Meningitis und Allesmögliche impfen zu lassen, was mir vorkommt wie ein wohlgemeinter Rat von Medusa, ihr vertrauensvoll in die Augen zu schauen. Wenn ich daran denke, dass ich nach der letzten einer Mexikoreise wegen angesagten Fünffach-Impfung original eine Woche halb komatös im Bett lag und meinen linken Arm vor Schmerzen kaum rühren konnte, werde ich intravenös verabreichten Cocktails, deren Zutaten man mir nicht en detail und wahrheitsgetreu nennt, weiträumig aus dem Weg gehen.

Ich mache den Mund aber wieder zu. Muss ja jeder selbst wissen.

»Splenektomien erfolgen erst bei Schweregrad fünf«, sagt er milde und als ich ihn überrascht ansehe, weil er offensichtlich Gedanken lesen kann, fügt er mit feiner Ironie hinzu: »Davor tun es mitunter auch ein kräftiger Kleber und ein resorbierbares Kunststoffnetz und, wie in Ihrem Fall, Bettruhe.«

»Ah ja.«

Er nickt mir zu und verlässt mit wehendem Kittel mein Zimmer.

Als die Ernährungsberaterin mich nach meinen Speisewünschen befragt, bin ich mit der Vorstellung, eine Woche hier zu verbringen, nicht nur versöhnt, sondern dazu inspiriert, dieser Zeit eine besondere Aufgabe zuzusprechen: Mein persönliches Holly-Männerdiät-Retreat. Die einzigen männlichen Wesen, die ich in diesen sieben Tagen an mein Bett lassen will, sind Ritas Heinz und die Splitter und vielleicht noch Matze Michaelsen.

Rita lacht sich scheckig, als sie das hört.

»Wenn Mark im Büro aufschlägt, sagen Sie ihm, ich sei auf Recherche, alles klar?«

Bergedorf, eine Woche später, inzwischen schreiben wir den 9. November

Ich habe es tatsächlich geschafft, nicht dauernd an Mark zu denken. Mich nicht mit der Frage zu quälen, ob ich ihn vielleicht voreilig verurteilt habe. Und nicht enttäuscht zu sein, dass er sich weder im Büro hat blicken lassen, noch versucht hat, mich telefonisch zu erreichen. Offensichtlich hat meine Whatsapp gesessen. Andererseits lässt sich ein liebender Mann doch nicht gleich von ein paar unflätigen Wörtern vergraulen, oder doch?

Sei's drum. Meine Milz ist soweit wieder okay, meine Knochen schmerzen nicht mehr bei jeder Bewegung, ich bin so gesund und ausgewogen ernährt wie lange nicht, Rita hat zwei neue Kunden aufgetan, die mir finanziell den Hintern retten. Es könnte schlimmer sein, wirklich. Später an diesem Tag werde ich mir die Frage stellen, ob allein der Gedanke, es könnte schlimmer kommen, dazu angetan ist, es tatsächlich schlimmer kommen zu lassen. Aber der Reihe nach:

Nach meiner Entlassung gehe ich sofort hinüber in die Praxis. Vor mir sind ein Goldfisch, ein Kaninchen, eine Bulldogge und ein nervös dreinblickender Mann dran, der, wie sich kurz darauf herausstellt, zu einem Zirkus gehört, der seines Tierarztes verlustig gegangen ist und bis zur Ankunft des Neuen veterinärärztlicher Unterstützung bedarf.

»Meine Kenntnisse über Wildtiere sind gewiss nicht ausreichend«, weist Dr. Andreesen das Angebot zurück.

»Eins der Ponys fühlt sich nicht wohl«, entgegnet der Mann. »Und wie die ticken, wissen Sie doch bestimmt.«

»Na schön«, sagt Dr. Andreesen. »Um die Mittagszeit bin ich bei Ihnen. Solange ich nicht zu einem Löwen in den Ring steigen muss.«

Erleichtert ergreift der Mann die Hand des Tierarztes und schüttelt sie kräftig.

»Ich möchte nur kurz meine Tiere abholen«, fahre ich dazwischen und ernte wachsame Besitzer-Blicke. Wehe, wenn die sich vordrängelt!

»Das geht schnell«, bescheidet Dr. Andreesen den Wartenden. »Warten Sie bitte einen Moment. Jackie ist in meiner Wohnung, weil er mir sonst die ganze Praxis zusammenbellt. Der Kater dürfte allerdings jetzt unterwegs sein.«

»Klar«. Ich bedanke mich artig und setze mich wieder hin.

Der Zirkusmann zückt mit einem breiten Lächeln ein Bündel Eintrittskarten aus seiner Jackentasche und hält sie uns hin.

»Was für'n Zirkus iss'n das?«, fragt der Goldfisch-Besitzer, ein schmaler junger Mann mit Nerd-Brille und Michael-Jackson-Tolle, misstrauisch. Sein Blick klebt auf dem Smartphone, der Zeigefinger kreist, bereit, eine politisch nicht korrekte Antwort sofort zu posten.

»Ein kleines Familienunternehmen«, antwortet der Zirkus-Mann. »Meine Eltern haben ihn vor vielen

Jahren erworben, alle Wildtiere zurück nach Afrika schiffen lassen und sich auf Trapezkunst, Jonglage und Zauberei konzentriert.«

»Cool«, sagt der Nerd. »Und die Ponys?«

»Für die Kinder. Auf die Weise leisten wir einen Beitrag, wie unsere Kleinsten lernen, freundlich mit beseelten Mitgeschöpfen umzugehen.«

»Donnerwetter!« Der Kaninchen-Mann lacht. »Na, Tula, hast du das gehört? Sie sind wohl beim Doktor in die Lehre gegangen, was?« Er kriegt sich vor Lachen kaum ein. »Hat er Ihnen schon von der ... wie war das?« Er schaut das Kaninchen fragend an. »...emotionalen Befindlichkeit erzählt?«

»Das Konzept ist okay«, sagt der Nerd blasiert. »Im Hologramm ist alles okay, wenn es für dich okay ist.«

»Wie meinen Sie'n das?«

Der Nerd zuckt die Achseln. »Is bloß Quantenphysik. Das emotionale Feld des Menschen überlappt sich mit dem des Tieres. Is also bloß logisch, wenn das Tier irgendeinen Emotionalscheiß aufschnappt und ausbrütet, oder?«

»So gesehen ...« Der Kaninchen-Mann wird schlagartig maulfaul.

Der Nerd grinst listig. »Mein Goldfisch hatte zum Beispiel Schuppenflechte. Können Se mal sehen.«

»Und was?« schalte ich mich ein.

»Soziale Phobie. War voll krass. Als Scottie ...«, er nickt seinem Fisch zu, »erkrankte, dachte ich, ich guck mir das mal an, so therapiemäßig.«

»Und?«

»Alles gut. Ich geh seitdem einmal am Tag raus, um mich unter Menschen zu mischen. Seitdem geht es Scottie besser. Mein Ziel ist es, im Toulouse beim Kuscheltanzen mitzumachen. Wenn ich das hinbekomme, ohne zu kotzen, bin ich geheilt.«

»Was ist das Toulouse?« fragt der Kaninchen-Mann.

»Ein buddhistischer Tanzschuppen in Hamburg.«

»Ah ja.« Dem Kaninchen-Mann reicht es jetzt. Entschlossen greift er zur nächstbesten Zeitschrift.

Ich hätte gern noch mehr erfahren. Dieser Tierarzt scheint mehr als die Summe seiner sichtbaren Teile zu sein. Mein Interesse ist erwacht.

»Sind Sie auch *Tierpsychologe*?«, frage ich geradeheraus, als die Tür aufgeht und Jackie mich schüchtern wedelnd begrüßt.

»Nein«, erwidert er lächelnd. »Ich traktiere Herrchens und Frauchens bloß gelegentlich mit Ratschlägen aus der Psycho-Ecke.«

Der Kaninchen-Mann nickt, der Nerd ist im Netz verschwunden, nur sein Körper und sein Fisch sind noch im Hier und Jetzt.

»Es war sehr nett mit den beiden«, sagt Dr. Andreesen. »Ich glaube, ich sollte mir doch wieder ein Haustier anschaffen.«

»Ein Tierarzt ohne Tier ist ja auch irgendwie schräg«, entgegne ich.

»Warum? Ich bin den ganzen Tag mit Tieren beschäftigt. Mit ihrem Leid, den vielen Geschichten, die in ihren Augen stehen«, fügt er mit gesenkter Stimme hinzu, »da schien es mir für eine Weile ratsam, meine Freizeit allein zu verbringen.«

Allein.

So, so. Ein Wink mit der Holzhandlung könnte nicht subtiler sein.

Er grinst mich an. »Ich bin immer noch gespannt, wie das alles zusammenhängt. Mit Jackie. Und dem Tierheim.«

Der Kaninchen-Besitzer räuspert sich. Seine wachsende Ungeduld hört man heraus.

Ich bedanke mich bei Dr. Andreesen, bitte ihn, mir die Rechnung per Mail zuzuschicken, und mache mich auf den Weg zu Marks Mutter. Ich will es hinter mich bringen.

Eine halbe Stunde später, Reinbeker Weg, gegenüber vom Reinbeker Schloss

Frau Feldmann öffnet die Tür. Dann passiert alles gleichzeitig. Jackie stürmt auf sie zu, Mark stürmt auf mich zu. Ein entzücktes »Wo warst du bloß, mein kleiner Liebling?« und ein verärgertes »Wo um Himmels Willen hast du gesteckt, Holly?« übertönen sich.

»Unterwegs«, sage ich leichthin, was beide Fragen so zutreffend wie unverbindlich beantwortet.

»Treten Sie näher«, sagt Frau Feldmann höflich. »Mein Sohn und ich sind gerade beim Frühstück. Darf ich Ihnen einen Kaffee anbieten?«

Der Esstisch und die Stühle sind das Einzige nicht Verpackte in dieser Wohnung; alles andere, was an Nippes und Accessoires normalerweise eine Art Ambiente schaffen mag, ist in Kisten verstaut. Frau Feldmann zieht um.

»Wo geht es denn hin?« frage ich freundlich. »Es geht mich zwar nichts an ...«

»Erst müssen *Sie* erzählen«, meint Frau Feldmann mit einem neckischen Unterton, wie ihn alte Damen mit weißen Löckchen gelegentlich drauf haben, und der an Zeiten der Galanterie, weißen Handschuhe und handgeschriebenen Liebesbriefe erinnert. Plötzlich erkennt sie mich wieder. »Sind Sie nicht die Pflegerin von neulich?« Sie wirft ihrem Sohn einen ängstlichen Blick zu. »Mark?«

»Nein und ja«, sage ich wahrheitsgemäß.

Frau Feldmann sieht von mir zu ihrem Sohn. Manche Dinge müssen nicht ausgesprochen werden, um verstanden zu werden.

Mark blickt von ihr zu mir. Andere Dinge hingegen sollten ausgesprochen werden, aber die Worte wollen nicht über die Lippen. Kann man einen Menschen lieben und trotzdem wissen, dass *ein Vorfall* ein Zusammenleben ausschließt?

Jackie blickt sein Frauchen an. Dann legt er sich unter meinen Stuhl.

»Wo war Jackie denn nun?«, fragt Frau Feldmann schließlich.

»Er …« Ich bringe es nicht übers Herz. »Er ist mir gestern im Wald zugelaufen und kam mir gleich so bekannt vor.«

»Woher?« Ihre Augenbrauen schießen in die Höhe.

»Von Dr. Andreesen«, sage ich schnell. »Mein Kater …«

»Wir sind damals ins Gespräch gekommen«, fügt Mark hinzu und sieht mich dankbar an. Die Situation ist ihm genauso unangenehm wie mir. Jetzt fängt er auch noch an zu niesen. »Entschuldigt mich«, sagt er und verschwindet Richtung Flur.

Frau Feldmann sieht ihm nach, dann wendet sie sich mir zu. »Würden Sie Jackie zu sich nehmen?«

»Nein, ich meine, wieso? Freuen Sie sich denn nicht?«

»Doch, sicher. Es ist nur so … Sehen Sie, als Jackie fort war, habe ich mich entschlossen, in eine Einrichtung zu wechseln, die in der Nähe von Aumühle liegt. Ein sehr hübsches Gebäude mit geräumigen Apartments. Nicht ganz billig. Aber Mark und Audrey werden mich unterstützen.«

Audrey.

Wer ist Audrey?

Und muss es ausgerechnet *dieser* Name sein?

»Falls ich wirklich an Demenz erkranke«, fährt Frau Feldmann mit vertraulich gesenkter Stimme fort und lächelt spitzbübisch, »bekomme ich zwar kaum noch mit, ob ich in einem Stall oder einem Palast lebe, nicht wahr, aber falls nicht, verbringe ich meinen Lebensabend in perfektem Ambiente und angenehmster Gesellschaft.« Sie betrachtet Jackie, ihr vormaliges Ein-und-Alles. »Bloß Haustiere sind nicht gestattet. Wegen der Hygiene.«

Wer ist Audrey?

Mark kommt zurück, drei Päckchen Taschentücher in der Hand.

Ich springe auf. »Ich muss mich verabschieden. Bin spät dran. Komm, Jackie.« Der Hund lässt sich folgsam an die Leine nehmen, ich reiche Frau Feldmann die Hand und wünsche ihr alles Gute. Mark nicke ich freundlich zu.

Ich muss nicht von ihm erfahren, wer Audrey ist. Ist doch ohnehin klar.

Mit Jackie an der Leine überquere ich die Straße Richtung Schloss. Was ich jetzt brauche, ist Bewegung. Auspowern. Endorphine rein, Frust raus.

Als ich lossprinten will, ist Mark an meiner Seite. Ich kümmere mich nicht darum und laufe in den Wald.

»Bleib doch bitte mal stehen!«

Okay. »Okay, also wer ist Audrey?«

»Meine Frau.«

Natürlich. Was sonst? Ich sehe ihn an, wie Calamity Jane ihre Opfer angesehen haben mag.

»Hey, hör zu. Sie hatte mich verlassen, und ist nach L.A. gezogen, aber dann wollte sie unbedingt neu anfangen und stand plötzlich vor der Tür. Das war an dem Abend, als du mir das Foto von Jackie und ...«

»Die Info hätte ich gern gehabt, bevor ich mit dir ins Bett gegangen bin«, ätze ich ihn an, »weil ich es mir möglicherweise dann anders überlegt hätte. Ich habe Prinzipien, weißt du? Keine verheirateten Männer.« Eigentlich. Bis auf Stefan Rohde. »Keine getrennt lebenden Männer.«

»Da bleibt aber nicht mehr soviel nach«, versetzt er trocken. »Wie wäre es mit einem Avatar?«

Leider fällt mir nichts Vernichtendes dazu ein. Schlagfertigkeit gehörte noch nie zu meinen Stärken. Genauso wenig wie Menschenkenntnis. Oder sagen wir: Männerkenntnis. Ich bleibe stehen. »Pass auf, Mark. Ich bin verletzt. Und traurig. Du hast mich belogen. Ich möchte dich nicht wiedersehen und am liebsten nie wieder an dich denken, was nicht funktionieren wird, weil ich dich gern hatte. Weil ich anfing, dich zu lieben. Also halt die Klappe.« Sei Audreys Avatar, füge ich in Gedanken hinzu, spreche es aber nicht aus.

Er nickt. »Tut mir leid, Holly. Ich muss es versuchen, Audrey und ich waren 15 Jahre zusammen ...« Er bleibt stehen, die Hände in die Seiten gestemmt, den Blick auf den Boden geheftet. »Es ist so eine Scheißsituation. Tut mir echt leid.«

»Mir auch«, sage ich und laufe davon. Jackie sprintet voran. »Und das mit dem Hund«, brülle ich, ohne mich umzudrehen, »war echt das Letzte!«

Außer Atem und schweißgebadet komme ich daheim an; ich werde nur kurz Rita begrüßen und ihr mitteilen, dass ich schnell duschen und dann arbeiten will.

Jackie wedelt mir zu.

Meine Augen fangen an zu brennen, und ich weiß mit einem Mal: Ich kann das nicht. Auch wenn das bedeutet, dass ich mich genauso mies verhalte wie Mark.

Ehe ich es mir anders überlegen kann, klingle ich nebenan und drücke dem überraschten Dr. Andreesen die Leine in die Hand.

»Frau Feldmann geht ins Heim«, sage ich kurzangebunden, bemüht, mein zitterndes Kinn unter Kontrolle zu behalten. »Suchen Sie bitte ein neues Zuhause für ihn und zwar möglichst weit weg.«

»Wie wäre es mit Ihnen? Der Kleine steht Ihnen gut und Kater hat sich prima mit ihm verstanden ...«

»Auf keinen Fall.« Ich wende mich ab und gehe rasch davon.

»Ach, Kindchen«, sagt Rita, als ich wenig später frisch geduscht und gestylt und rotäugig im Büro aufschlage.

Mich in die Arbeit zu stürzen war schon immer ein probates Mittel, um blöde Gefühle zu betäuben. Eiserne Disziplin als mentales Pestizid gegen wuchernde Wut, Selbstzweifel und Traurigkeit. Wirkt garantiert. Ist wahrscheinlich genauso schädlich für meine innere Verfassung wie das Zeugs für die Felder, aber davon will ich im Moment nichts wissen. Nicht einmal mein Kater hat sich bequemt, mich zu begrüßen, sich über meine Genesung und Rückkehr zu freuen und mich zu trösten.

»Schon gut«, bemerke ich kurzangebunden.

»Wenn Sie mich fragen, würde ich unsere Geschäftsräume und Ihre Wohnung gründlich reinigen.«

»Sonnabend wollte ich was machen«, erwidere ich schlechtgelaunt. Andere PR-Leute können sich Reinigungskräfte leisten. Ironisch füge ich hinzu: »Verzeihen Sie, dass ich eine Woche lang keinen Wischmop schwingen konnte.«

»Oh, oh, da ist aber jemand sehr verstimmt«, flötet Rita. »Dem Tod gerade noch einmal von der Schippe gesprungen, schneller wieder fit als der Durchschnittsmensch nach einem Milzriss ...«

»Fruktur ersten Grades«, murmele ich und rufe meine Mails auf. »Nicht so dramatisch.«

»... und statt dankbar darüber zu sein und den Tag zu preisen ...«

Ich schieße Rita einen Blick zu. Bitte keine Belehrungen.

Sie erwidert ihn furchtlos. »Ihr Auto hat Totalschaden. Es ist ein Wunder, dass Sie und die Tiere einigermaßen heil geblieben sind.«

Ich zucke die Achseln.

Eine Weile arbeiten wir schweigend vor uns hin. Die Dossiers, die Rita über die zwei neuen Kunden angelegt hat, sind tadellos. Ein Start-up für vegane Mode aus Glinde, und ein Spielwaren-Unternehmen aus dem Lauenburgischen. Noch zwei, drei lukrative Deals und eine Putzfrau wäre möglicherweise drin.

»Salbei«, sagt Rita in die Stille.

»Wie bitte?«

»Machen Sie heute Abend eine Räucherung mit Salbei, wenn Sie diesen Anwaltsfritzen aus Ihrem Kopf und Ihrem Herzen bekommen wollen. Das hilft.« Kurze Kunstpause. Dann: »Und ich kann nichts dafür, dass Sie zum wievielten Mal ein leidlich attraktives, aber nicht austherapiertes, noch nicht einmal ansatzweise therapiertes Exemplar der ansonsten himmlischen Y-Chromosomen-Träger erwischt haben.« Sie sieht mich mit leisem Triumph an, weil ihr der Satz so hübsch zynisch geraten ist. Weich fügt sie hinzu: »Sie bekommen auch noch Ihren Heinz, da bin ich ganz sicher. Es gibt wunderbare Männer da draußen. Echte Schätze.«

Die Art, wie sie das sagt, löst mein emotionales Vakuum, ich muss lachen und breche zugleich in Tränen aus, das eine geht in das andere über und wieder retour, wir lachen beide und Rita weint ein bisschen mit mir. Etwas später habe ich ihr die ganze unglückliche Geschichte erzählt, ich habe von meinem Ex erzählt, von Vaters Tod und von Rolfs Eskapaden, sie hat Kaffee gekocht und Heinz hat Apfelkuchen, Prosecco und zwei dicke Bündel Salbei vorbeigebracht, dann haben wir Türglocke und Telefon tot gestellt und eine richtig coole hexische Sause veranstaltet. Jetzt ist es 21 Uhr, wir haben einen sitzen und es riecht wie in einem holländischen Coffeeshop.

Um das Reinigungsritual perfekt zu machen, gelobe ich feierlich, Mark zu vergeben, meinem Ex zu vergeben, allen zu vergeben, die meinten, mich verletzen zu dürfen und mir selbst zu vergeben und überhaupt mal ein wenig loszulassen.

Eine halbe Stunde später in Hollys Wohnung

Holly betritt die Wohnung und sieht sich besorgt um. Als sie mich auf meinem Lieblingsplätzchen auf der Fensterbank liegend und dösend erblickt, hellt sich ihre Miene auf. Eigentlich bin ich nach einem Kampf mit der weißen Kanaille ziemlich erledigt, diese Katze ist kaum größer als ich, aber jedes Mal, wenn sie ihre Pfoten in mein Revier setzt, bläht sie sich irgendwie mächtig auf, und den Trick will sie mir natürlich nicht verraten. Eins ist mir jedoch bei aller Streiterei mit ihr in Fell und Blut übergegangen: Die Große Katze will nicht, dass eine der ihren alleine sei, sie möchte uns zu zweit und mit vielen Nachkommen durch die schönste aller Welten spazieren sehen. Bei Menschen ist es wohl nicht anders, und das erklärt, warum mein Frauchen einem Männchen nach dem anderen eine Chance gibt. Um ihr eine Freude zu machen, gehe ich ihr entgegen und maunze freundlich.

»Hey, du«, sagt sie zärtlich und ein bisschen undeutlich. »Danke für deine Hilfe. Ohne dich …«

Sie lässt den Satz in der Luft hängen, aber ich weiß, was sie meint und gebe ihr zum Zeichen, dass ich verstanden habe, Köpfchen. »Wo ist der Hund?« frage ich, bekomme aber keine Antwort, weder jetzt noch in den Tagen, die darauffolgen. Aber per Buschfunk hat sich die bestürzende Neuigkeit bis zum nächsten

Morgen im Wald und in allen Gärten herumgesprochen. Ich bin sehr traurig. Ich mochte den Hund und er mochte mich, wir hatten Freude, wir haben gespielt, ich habe ihm beigebracht, wie er sich so in einen Baum verkrallt, dass er ein Stück hochklettern kann. Das mit dem Runterkommen ging nicht so gut, der Doktor musste Jackie abpflücken wie einen unreifen Apfel, was etwas Demütigendes hatte, aber er hat es mir nicht übel genommen. Nur die weiße Kanaille hat ihn natürlich ausgelacht. Um ihr zu zeigen, wo der Hammer hängt, wollten wir ihr demnächst einen super ausgeklügelten Streich spielen. Jackie hat nämlich ein paar interessante Tricks drauf, was die Weibchen-Welt betrifft. Doch daraus wird ja nun nichts.

Manchmal sehe ich ihn auf der Fensterbank sitzen und zu mir in den Garten hinunterblicken. Er ist genauso unglücklich wie ich und er hat Angst, weil er kein richtiges Zuhause mehr hat, nur ein Zuhause auf Zeit beim Doktor, weil der ihn auch nicht will, obwohl er gesagt hat, dass er bald wieder ein Haustier zu sich nehmen möchte.

Nichts läuft so, wie ich es mir wünsche. Gar nichts.

Holly ist unglücklich, Jackie ist unglücklich, mein Plan ist nichts als ein Plan, die Tiere daheim hoffen vergeblich, ich bin, tja, wie nennt es der Mensch?, voll der Loser. Große Schnauze und nix dahinter. Ein aufgeblasenes Stück Fell.

Vor Kummer vergeht mir sogar der Appetit.

Zwei Tage lang verweigere ich das Futter. Am dritten Tag packt mich indes ein Mordskohldampf und als ich mich gerade auf meinen frisch gefüllten Napf stürzen will, sagt Holly mit besorgtem Blick: »Wenn du jetzt nicht ordentlich isst, müssen wir wohl zum Tierarzt, wer weiß, was du dir aufgesackt hast.« In ihrem Kopf kreisen unschöne Worte. Spätfolgen des Unfalls. Traumatische Störung. Blutgerinnsel.

Ich bleibe wie angewurzelt stehen. Auf die Idee hätte ich selbst kommen können!

Mein Magen rumort und aus dem Napf steigt mir der Duft des oberleckersten Ententerrinenhappens ever in die Nase, aber, wie sagt der Mensch in so einem Moment? Dienst ist Dienst und Schnaps ist Schnaps.

Mit einem mitleiderregenden Maunzer lasse ich mich auf die Seite fallen.

»Oh Gott, Kater!« Holly ist so erschrocken, dass ich mich ein bisschen schäme, aber der Zweck heiligt nun mal die Mittel. Ich bleibe liegen und reagiere nicht auf Hollys Versuche, mich wiederzubeleben. Am liebsten, das spüre ich, möchte sie mich schütteln, so, wie Menschen es im Fernsehen mit Menschen machen, deren Bewusstsein woanders unterwegs ist, aber Holly ist nicht so dumm, ein Tier von drei Kilo Lebendgewicht wie einen Sack loser Knochen zu behandeln. Behutsam wickelt sie mich in eine Wolldecke und trägt mich hinüber in die Praxis. Ich pliere unter einem Lid hervor, um die Lage zu sondieren. Das Wartezimmer ist bis auf das unglückliche Kaninchen und seinen mürrischen Besitzer leer.

»Es handelt sich um einen Notfall, er ist wie vom Blitz getroffen umgefallen und rührt sich seitdem nicht mehr«, erklärt Holly dem Mann mit erstickter Stimme, der daraufhin misstrauisch einen Blick auf mich wirft, dann aber mitfühlend nickt.

»Gehen Se man vor, das sieht ja nicht so gut aus.«

»Was ist mit dir?«, fragt das Kaninchen. Tiere lassen sich nicht so leicht täuschen.

Vorsichtshalber spiele ich die Rolle des Bewusstlosen weiter; wäre ja blöd, wenn Holly ausgerechnet jetzt einen ihrer lichten Momente hätte und mein Schauspiel durchschauen würde.

Dr. Andreesen untersucht mich gründlich. Horcht mein Herz ab, zieht mir die Augenlider in die Höhe, guckt mit einem schrecklich kalten Dings in meine Ohren, misst meine Temperatur auf entwürdigende Weise, und schüttelt immer wieder den Kopf. »Er scheint mir völlig in Ordnung zu sein.«

»Aber er frisst nicht und ist einfach umgefallen! Das ist doch nicht normal!«

Der Doktor zieht meine Lider erneut hoch und sieht mir forschend in die Augen. Jetzt ist der richtige Moment. Ich sage nur ein Wort: »Jackie.«

»Es mag etwas ungewohnt klingen, aber ich glaube, Ihr Kater ist unglücklich.«

Holly wirft erst mir, dann ihm einen Blick zu. »Sie meinen, er hat was Psychosomatisches?«

»Könnte sein.«

Sie verzieht den Mund zu einem schiefen Lächeln. »Und nun, Dr. Psycho? Wie kurieren Sie sowas?«

»Ich glaube, ich habe eine Idee«, sagt Dr. Andreesen und geht hinaus.

Ich weiß, was er vorhat, und ich muss mich wirklich zusammenreißen, um nicht begeistert aufzuspringen. Aber der Erfolg dieser Aktion hängt vom richtigen Timing ab. Als der Doktor mit Jackie zurückkommt, schlage ich die Augen auf und maunze schwach.

»Was ist los, Kumpel?« fragt Jackie aufgeregt.

»Rate«, sage ich. Manchmal sind Hunde echt schwer von Kapee.

»Ach so, alles klar.« Jackie hechelt vor Begeisterung. »Du bist echt ein Freund!«

Ich blinzele den Arzt an, der mich mit gerunzelter Stirn betrachtet.

»Sie glauben, Kater vermisst den Hund?«

»Ja, ich denke schon ...«

»Aber das erklärt doch nicht, dass er bewusstlos wird!«, sagt Holly. »Ich weiß von früher, wie Tiere leiden, wenn sie unglücklich sind, ich weiß, dass sie krank vor Unglück werden können, deshalb bin ich ja auch weg ...« Sie bricht ab, als hätte sie sich den Mund verbrannt.

»Da ist noch mehr.«

»Und was genau?«

»Ich versuche gerade, es herauszufinden.«

»Indem Sie meinen Kater anstarren?«

»Ich übe mich in Tierkommunikation. Das heißt, ich fühle mich in das emotionale Feld des Tieres ein und erfahre auf diese Weise, ob es eine Krankheit oder psychische Auffälligkeit für seinen Besitzer austrägt. Manchmal findet eine Übertragung vom Menschen aufs Tier statt, verstehen Sie?«

»Sie interviewen also mein Tier und gucken dabei ungefragt in mein Innenleben?«

»So ähnlich. Also nicht ganz. Ich meine, ich übe noch.«

»Na, besten Dank«, sagt Holly bissig. »Wenn ich irgendwann zu der Meinung gelange, eine Therapie zu benötigen, wende ich mich vertrauensvoll an Sie.«

»Ich kümmere mich um Tiere, okay?« Jetzt wird der Doktor auch bissig. Jackie und ich gucken von einem zum anderen. »Und wer heilt, hat recht.«

»Erzählen Sie doch mal«, meint Holly mit leiser Ironie, »welches Tier haben Sie unlängst so vollgetextet, dass es lieber ganz schnell gesund geworden ist, statt zu riskieren, noch einmal bei Ihnen aufschlagen zu müssen, hmm?«

»Sie haben das Prinzip nicht verstanden«, gibt der Doktor im selben Tonfall zurück. »Ich texte das Tier nicht voll. Das Tier erzählt mir, warum es krank ist.«

Pause. Ich spüre, dass Holly hin- und hergerissen ist, tief in ihrem Inneren hat der Doktor eine Saite angeschlagen, deren Klang sie lange nicht mehr gehört hat.

Holly überlegt einen Moment. »Also gut. Was sagt er?«

Ehe ich etwas sagen kann, antwortet der Doktor: »Er ist überzeugt, dass ich Sie zum Essen einladen sollte …«

Das ist zwar glatt erfunden, aber besser hätte ich es nicht ausdrücken können!

Jackie wedelt mir zu, ich zwinkere zurück. Erwartungsvoll ruhen drei Augenpaare auf Holly.

»Das ist wirklich die perfideste Anmache, die mir je einer geboten hat. Die Krankheit eines Tieres auszunutzen, um sich an das Frauchen heranzumachen …«

Jetzt reicht es mir. Ich springe auf, ein klarer Fall von Spontanheilung, ich gähne, recke mich, setze mich hin, schnurre laut und lasse meine goldenen Augen so hypnotisierend wie unmissverständlich von ihm zu ihr wandern. Jackie macht es genauso und wedelt so heftig, dass er beinahe abhebt.

Holly starrt mich an, hin- und hergerissen zwischen der Erleichterung, mich gesund zu sehen, und dem unbestimmten Gefühl, dem eigenen Haustier auf den Leim gegangen zu sein. Ich weiß, was sie denkt, und beeile mich, ihr Köpfchen zu geben, um sie mit meinem kleinen Manöver zu versöhnen. Es funktioniert. Sie krault mich hinterm Ohr und unterm Kinn. »Schlawiner«, murmelt sie so leise, dass nur ich es höre.

»Was halten Sie vom Rhodos?«

»Nein, danke«, sagt Holly mit leiser Ironie, »die Location ist gefährlich für die Gesundheit meiner männlichen Begleiter.«

»Salmonellen? Gepantschter Wein?«

»Nein, die Sache ist irgendwie, nun ... rätselhaft.« Holly sieht den Doktor forschend an. »Um acht bei mir. Klassisches Abendbrot, nichts Besonderes. Ich möchte wissen, was Ihnen aus tierkommunikationspsychologischer Perspektive dazu einfällt.«

»Ich werde mich bemühen«, sagt der Doktor amüsiert. Seine Augen funkeln und Holly funkelt zurück.

Als Jackie und ich fröhlich und in bester Verfassung aus dem Behandlungszimmer traben, macht der Kaninchen-Mann große Augen.

»Der war doch eben noch halbtot«, sagt er und zeigt auf mich.

»Tja«, entgegnet Holly gutgelaunt, »alles eine Frage der emotionalen Befindlichkeit.«

»Echt jetzt?«

»Total«, sagt Holly mit ernster Miene. »Sollten Sie wirklich mal probieren.«

Während Holly, Jackie und ich vom Doktor begleitet zur Tür gehen, beginnt es, in dem Mann zu arbeiten, man sieht es ihm an, sein Unterkiefer mahlt, sein Blick scannt das Kaninchen ab, als sähe er es zum ersten Mal.

»Solche Wunder sind natürlich nicht die Regel, Herr Kaluppke«, bremst der Doktor die hoffnungsvolle Erwartung, die sich in der Miene des Kaninchen-Manns abzeichnet.

»Schon klar«, nuschelt der und streichelt das Kaninchen. »Tulalein, wat meinste?«

»Danke«, zirpt das Kaninchen uns zu.

»Viel Glück«, antworten Jackie und ich.

Drei Wochen später, in Hollys Küche, gegen Abend

Aus dem einen Essen ist mittlerweile eine regelmäßige Speisung geworden. Wir treffen uns mal bei ihm, mal bei mir, mal kauft er ein, mal ich, wir lieben ganz normales Abendbrot, Brot und Käse und Tomaten und Gürkchen, ab und an ergänzt ein Salat die Gaumenfreuden oder ein Süppchen, wir probieren aus und tasten uns vor, in jeglicher Hinsicht. Und das fühlt sich so gut an, dass manchmal, wenn ich Oliver verstohlen von der Seite betrachte, viele kleine Glückswellen nach mir greifen und mich necken und kitzeln, nicht die große Welle, die alles mitreißt, nein, die kleinen, zärtlichen, frechen sind es, die mir gefallen, ich genieße sie, schnappe nach ihnen und kann mich jederzeit wieder an meinen Strand retten. Es ist ein sicheres Abenteuer, was eigentlich paradox ist und nicht geht, aber in diesem Fall geht es eben doch.

»Guck mal«, sagt Oliver und zeigt aus dem Fenster.

Kater und Jackie liegen im Schutz eines Gebüschs, das meinen Garten von Olivers trennt und beobachten die weiße Katze, die langsam Richtung Wald trottet. Plötzlich sprintet der Hund los, jagt die Katze auf einen Baum und bellt, bis Kater heranstürmt, buckelt und faucht und sein Fell sträubt, bis der Schwanz wie eine Riesenflaschenbürste aussieht, was Jackie so einschüchtert, dass er laut jaulend davonrennt. Woraufhin die Katze majestätisch herunterklettert und meinem Kater tief in die Augen sieht.

»Na, die sind ja durchtrieben«, rufe ich aus. »Hast du jemals davon gehört, dass ein Hund und ein Kater gemeinsame Sache machen?«

»Nein. Am meisten wundere ich mich, dass die Katze darauf hereinfällt.«

Plötzlich dreht die Katze sich zu uns um. Sie sieht mich unverwandt an. *Männer ticken alle gleich, ob sie auf zwei Beinen gehen oder schwarzes Fell tragen.*

Ich erzähle Oliver, was ich gehört habe, und füge hinzu: »Bei allem Respekt für diesen Tierkommunikationskram, aber mal ehrlich, wie kann ich sicher sein, dass es wirklich das Tier ist, das ich höre? Das eben waren ja wohl ganz eindeutig *meine* Gedanken. Obwohl es sich anders angefühlt hat.«

Oliver grinst mich an. »Schlimm, dass du so über uns Männer denkst.«

Ich knuffe ihn in die Seite. »Die eine oder andere Ausnahme wird's geben.«

»Um deine Frage zu beantworten, Holly: Ich glaube, darin liegt genau die Kunst. Zu lernen, beides voneinander zu unterscheiden.« Er macht eine Pause, dann traut er sich: »Wie war es denn früher? Ich habe doch gesehen, wie du bei Matze Michaelsen instinktiv auf das Tier reagiert hast.«

Ich winke ab. »Klar, ich bin damit großgeworden. Aber ich habe nicht mit Kühen *gesprochen*.«

Wir müssen lachen. Der Gedanke ist zu verrückt.

Ein paar zauberhafte Stunden später liege ich im Bett, allein. Es ist weit nach Mitternacht, wir haben gegessen und geredet und gelacht und die Vorfreude auf das Ziel, das wir beide im Kopf und im Herzen haben, genossen. Morgen sehen wir uns wieder, wir werden den Weg dahin noch etwas in die Länge ziehen.

Seitdem ich mich mit Oliver treffe, denke ich nur noch selten an Mark, und wenn, dann zwei, drei Nanosekunden lang, es ist, als hätte das angebliche Wir durch die Erkenntnis, dass es sich um eine Täuschung handelte, sofort und – von wenigen Erinnerungsblitzen abgesehen – komplett sämtliche Konturen verloren, einer Luftspiegelung gleich, die sich einfach so ins Nichts verabschiedet.

Ich mag den Gedanken, Wand an Wand mit Oliver zu liegen.

Oliver.

Olli und Holly. Das geht ja gar nicht! Niemals darf ich anfangen, Olli zu ihm zu sagen. Ich muss kichern, und scheuche damit den Schlaf, der sich langsam heranschleichen wollte, davon. Meine Hand sucht das seidige Fell, ein leises Schnurren antwortet mir.

Wäre es nicht fantastisch, zu verstehen, was er sagt?

Super, mosert eine Stimme in mir, bei solch weitreichenden Erkenntnissen wie der Binse von vorhin, dass Männer alle gleich ticken, ist das gewiss lohnend.

Nein! Energisch schmeiße ich mich auf die andere Seite. Keine Katze der Welt sagt so etwas. Schlaf jetzt, Holly. Du bist überarbeitet. Morgen früh gehst du in die Apotheke und holst dir etwas für die Nerven.

Aber ich habe doch ganz deutlich ...

Nein!

Aber ...

Nein!

Es nützt nichts. Die Stimme in mir gibt keine Ruhe.

Zehn bei Google verbrachte Minuten später habe ich reichlich Stoff, um der Sache halb wissenschaftlich nachzugehen.

»So, mein Kater«, sage ich und zeige auf zwei Zettel, auf einen habe ich ein dickes JA, auf den anderen ein fettes NEIN geschrieben. »Wenn du mich verstehen kannst, dann gehe bitte zu dem Zettel, wo Ja draufsteht.«

Er äugt mich an, kommt zu mir und gibt Köpfchen.

»Na? Komm, zeig Frauchen, dass du sie verstehen kannst.«

Stille. Ein Hauch von Ewigkeit vergeht, bis Kater langsam, forschend auf die Zettel zugeht, sie beschnuppert und sich schließlich auf dem NEIN niederlässt.

Gleich nochmal. Er bleibt liegen, macht sich schwer. Ich ziehe den Zettel unter ihm heraus und platziere ihn neben das JA. »Kannst du meine Worte verstehen?« Ich artikuliere jede einzelne Silbe so laut und deutlich, als hätte ich einen schwerhörigen Kantonesen vor mir. Das Spiel wiederholt sich: Kater drückt seinen Kopf mit dieser eleganten Drehung an meine Wade, wie sie nur Katzen hinbekommen, dann folgt er meinem Fingerzeig, beschnuppert die beiden Zettel und legt sich drauf. Dieses Mal auf das JA.

Danach verliert er das Interesse an meinem Experiment, springt aufs Bett und rollt sich anmutig zusammen.

Am nächsten Morgen sorgt meine Schilderung des nächtlichen Geschehens für größte Heiterkeit bei Rita. »Ihre Versuchsanordnung«, bemerkt sie glucksend, »setzt natürlich voraus, dass *Ihr* Kater *lesen* kann.«

Für einen Moment bin ich sprachlos.

»Sie müssen lernen, Ihren Verstand beiseite zu lassen und auf die erste Eingebung hören. Lernen Sie, darauf zu vertrauen«, fährt Rita leichthin fort. »Das ist die ganze Kunst.«

»Woher wollen Sie das wissen?«

»Ich komme viel herum«, erwidert sie leichthin. »Matze hat so etwas auch einmal erwähnt.«

»Aha«, sage ich und die Art, wie ich es sage lässt keinen Zweifel daran, dass ich den lustigen Landwirt nicht für eine tiermedizinische Koryphäe halte, ganz gleich, wie kuschelig er den Stall für seine Tiere hergerichtet hat.

»Don't judge a book by its cover«, summt Rita vor sich hin.

»Mach ich«, erwidere ich verdrossen und lasse es dabei bewenden. Wenn das Leben gewollt hätte, dass ich mit Tieren spreche, hätte es mich Doolittle genannt und mich Biologie und Verhaltensforschung studieren lassen statt Marketing.

Ist ja auch nicht so wichtig. Ich liebe meinen Kater und das ist es, was zählt.

Eine Weile arbeiten wir schweigend vor uns hin, bis das Telefon die Stille zerreißt.

»Ihre Mutter«, sagt Rita und stellt das Gespräch zu mir durch.

»Hallo Mam«, begrüße ich sie. »Alles gut?«

»Alles gut ist das neue LmaA«, versetzt meine Mutter trocken, doch der Unterton ist spröde, porös.

»Was ist los?«

»Du musst nach Hause kommen, Holly.«

Sofort überfällt mich das schlechte Gewissen. »Wegen Weihnachten ... weißt du, da ist jemand ...«

Sie unterbricht mich. »Wir brauchen dich.«

Oha. Meine Mutter fährt große Geschütze auf. Plötzlich fällt mir ein, warum. »Ich komme in jedem Fall, bevor du nach Goa aufbrichst. Versprochen.«

»Ich kann nicht nach Goa fliegen, Holly. Rolf ist krank. Er wird nicht mehr lange bei uns bleiben. Wir müssen entscheiden, wie es weitergehen soll.«

Lohbrügger Weg, am Abend

»Es gibt Neuigkeiten.« Rita schaut in die Runde. Matze und die Splitter sehen sie erwartungsvoll an. Nach einer Kunstpause fährt sie fort: »Sie hat mich gefragt, ob ich ihren Kater über Weihnachten zu mir nehmen kann.«

»Und?«

»Ich habe natürlich abgelehnt. Und sämtliche Tierpensionen – Gott möge mir verzeihen – schlecht gemacht.«

»Und?«

»Sie fährt in drei Tagen nach Overbüll und wird ihn mitnehmen. Hat ihm eine rosa Katzenleine gekauft, damit er ihr am Deich nicht stiften geht oder dasselbe Schicksal erleidet wie ihr erster Kater. Wie unser Kleiner das findet, könnt ihr euch denken. Aber Hauptsache ist, dass er wieder nach Hause kommt. Mit drei Geschenken im Gepäck. Einem gescheiten Tierarzt, einem aufgeweckten Hund und Holly, auf der die Hoffnungen aller ruhen.«

Matze runzelt die Stirn. »Das ist ja alles gut und schön, aber meine Informationen lauten, der Hof soll verkauft werden.«

»Dann wäre der Plan gescheitert«, sagt der Splitter, dessen fleischfarbenes Retro-Hemd das Bekenntnis »Words don't come easy« ziert, düster.

Rita lächelt. »Immer schön im Vertrauen bleiben, Jungs! In der Tat steht der Verkauf im Raum, aber ...«

Erneute Kunstpause. Ihre kräftigen Hände mit den rosa lackierten Nägeln, deren Spitzen mit silbernen Monden und Sternen verziert sind, greifen nach dem Kartendeck, mischmischmisch, und mit einem Mal liegt ein Strauß bunter Bilder auf dem Tisch. Rita sieht höchst zufrieden drein. »Schaut doch mal, wie überaus interessant!«

Die anderen nicken.

»An der Stelle«, meint Matze und weist mit dem Kopf auf eine Karte, »könnte der Panzer zum Einsatz kommen, nicht?«

Erwartungsvoll sehen die Splitter Rita an.

»Ich denke auch«, meint sie versonnen, ihre Augen liebkosen die Karten. »Das, meine Lieben, nennt man eine glückliche Fügung. Sie werden es Baby Jane nennen.«

Overbüll, kurz vor Weihnachten

Ein kalter, sonniger Tag mit Ostwind, die Küste zeigt sich von ihrer winterlich kargen Seite, die man je nach Veranlagung schön oder depressionsfördernd finden kann. Der mattblaue Himmel küsst den schmutzig schneeweiß gesprenkelten Deich, die Melodie der Nordsee klingt rau, als hätten die Wellen sich erkältet.

Zum ersten Mal seit langer Zeit bringe ich einen Mann mit auf den Hof. Als ich unseren Besuch ankündigte, ließ meine Mutter erwartungsgemäß ein langgezogenes »Ach jaaaa? Wer ist es denn?« hören. Ex-Hippie oder nicht, darin sind sich alle Mütter gleich. Alle glauben, dass es nur EINS bedeuten kann, wenn einem Wesen im partnerschaftsfähigen Alter die Stätte der Kindheit, noch dazu an Weihnachten!, vorgeführt wird, nämlich, dass das Kind allen Erziehungsmissständen zum Trotz, von denen man ahnt, sich ihrer schuldig gemacht zu haben, eine Bindung einzugehen nicht nur willens, sondern auch fähig ist, bzw. sein könnte. Für ein »ist« ist die Sache ja noch nicht weit genug gediehen. Aber Hoffnung darf keimen, dass man nicht aus Versehen einen Massenmörder oder eine Psychopathin aufgezogen hat.

Ich weiß das und Oliver weiß das auch.

»Sie werden es als Signal empfinden«, bemerkt er während der Fahrt.

»Ja, du bist heute die fleischgewordene elterliche Absolution«, entgegne ich leichthin und füge ganz nebenbei hinzu, »Hat deine Familie das auch so empfunden, wenn du mal ...« Ich breche ab, könnte mir auf die Zunge beißen. Sowas Blödes.

»Die Andreesens warten seit Jahr und Tag darauf«, sagt er. Er wirft mir einen dieser Oliver-Blicke zu: klar, geradlinig, aufrichtig. »Ich möchte, dass du es bist. Vorausgesetzt«, jetzt schmeichelt sich ein leises Lächeln in seine Züge, »du gibst mir eine Chance.«

Ja, ich will. »Ich denke drüber nach«, gebe ich zurück und erwidere sein Lächeln. »Wir müssten uns dann vielleicht mal küssen.«

»Gute Idee.«

»Ja, weil wenn du nicht so gut ... also ich meine, küssen ist ganz wichtig. Für mich jedenfalls.«

Es gibt Unbegabte, das weiß jede Frau. So seltsame Lutscher. Oder die mit den ganz schmalen Lippen, die sie nicht auseinanderbekommen. Oder die Fütterer.

»Für mich auch«, entgegnet er. »Wenn eine nicht küssen kann, ist bei mir der Ofen aus.«

Das geht mir denn doch zu weit. »Meinst du das ernst?«

»Ja, ich glaube, dass man küsst, wie man küsst. Entweder es passt oder es passt nicht. Vielleicht kann man voneinander lernen, sich ein wenig anpassen. Aber aus einem Saugnapf wird niemals eine sexy Versace-Tasse. Du weißt schon, die mit den goldenen Flügelchen ...«

Jetzt endlich merke ich, dass er mich veräppelt. Ich knuffe ihn in den Oberarm und wende mich dem auf dem Rücksitz angeschnallten Team zu, das friedlich aneinandergeschmiegt döst. Meinen Blick quittiert

Kater mit einem kaum wahrnehmbaren Blinzeln. Jackie wedelt matt.

Ich werde Oliver küssen. Ich will, dass er mich küsst.

Ich fürchte, ich will ihn. Ganz.

Egal, welches Gelübde ich in der Klinik abgelegt habe, schließlich stand ich unter Schock, unter Milzriss-Schock.

So soll es sein.

»Wie meinst du das, so soll es sein?«

»Ich habe nichts gesagt.« Oliver guckt auf die Straße. »Der Kater vielleicht?«

Genau!

Ich will davon nichts mehr hören und gucke schweigend auf die Straße.

Wir passieren das Ortsschild von Overbüll am frühen Nachmittag. Am Ende der Dorfstraße führt ein schnurgerader Weg zu unserem Hof und unserem Land. Ich ignoriere die halbfertige Mastanlage. Die Äcker ziert eine dünne weiße Decke, aus unserem Schornstein steigt Rauch auf, der Hausbaum ist mit rotgrünkarierten Schleifen, Strohsternen und allerlei exotischem Zeugs, das Lana gern dazwischen streut, geschmückt, jedes Fenster ist erleuchtet und mit Kerzen-Äpfel-Kugeln-Zimtstangen-Engelshaar-Arrangements dekoriert. Mir geht das Herz auf.

Die fleischgewordene elterliche Absolution und ich leinen Hund und Kater an und steigen aus. Mag sein, dass eine rosa Leine für einen schwarzen Kater gewöhnungsbedürftig ist, aber erstens waren die anderen Farben ausverkauft und zweitens denke ich nicht daran, mein geliebtes Tier den Jägern zu überlassen.

Lana kommt uns entgegen. »Herein mit euch! Es gibt Punsch und Backapfel und Weihnachtsplätzchen.« Sie betrachtet Oliver wohlwollend. »Hallo Oliver. Ich bin Lana, Hollys Mutter. Herzlich willkommen.«

»Danke«, sagt Oliver. »Ich freue mich, Sie kennenzulernen.«

»Gleichfalls.« Lana wendet sich den Tieren zu. »Und für euch gibt es natürlich ein paar saftige Leckerchen.« Mit einem Blick zu mir setzt sie hinzu: »Du hättest das Trauma von damals therapeutisch behandeln lassen sollen, Kind. Eine Katze anzuleinen ist sowas von ... nun ja.«

»Es ist ein Kater, Mam, und ob therapiert oder nicht, niemals werde ich ihn dem Schlächter mit der Hose aus Katzenfellen überlassen.«

Im Haus duftet es nach Frischgebackenem, nach Apfelsinen und Tannengrün. Ich liebe es. Mit einem Mal überfällt mich eine tiefe Traurigkeit und ein Sehnen nach denen, die nicht mehr sind. Die Großeltern, mein Vater.

Wir setzen uns an den Küchentisch.

»Erzähl, was ist mit Rolf?«

»Mit dem Burn-out fing es an.«

Ich verdrehe die Augen. »Ich bitte dich, eine Mode-Erkrankung!«

»Das kann nur jemand sagen, der das noch nie erlebt hat«, weist Lana mich zurecht. »Nur daliegen können und unfähig sein, irgendetwas zu tun! Kannst nicht aufstehen, nicht sprechen, gar nichts. Als ob dir jemand den Stecker rausgezogen hätte. Was glaubst du, wie sich das anfühlt?«

»Ist das bei ihm so?«, frage ich.

»Ja, er hat sich wieder eingeschlossen und ist tagelang nicht aufgestanden und hat nichts gegessen ...«

Ich bin mitleidlos. »Also wie früher.«

»Ja, wie früher.« Rolf steht in der Tür, und ich erkenne meinen Bruder kaum wieder. Er ist schmal geworden, trägt die Haare zu einem Pferdeschwanz gebunden. Er nickt Oliver zu und reicht ihm die Hand ohne ihn anzusehen. Mit einem Mal hat sich die Atmosphäre verändert, die Anspannung ist fast greifbar.

»Ich glaube, ich vertrete mir mal ein bisschen die Beine«, meint Oliver und steht auf.

»Nett gemeint«, sagt Rolf, »aber ich habe nichts zu verbergen, und als Hollys Zukünftiger sollten Sie wissen, auf welchem Minenfeld Sie sich bewegen, wenn Sie hier einheiraten.«

»Rolf!« Lana ist entsetzt.

»Rolf!« Ich bin mordswütend.

»Rolf!« Pia ist halb genervt, halb nachsichtig. Sie schlurft in die Küche, schenkt sich Punsch ein und berichtet von Rolfs erster Therapiesitzung und wie wichtig es für ihn in diesem Stadium sei, alles rauszulassen.

»Alles und jederzeit? Ungeachtet dessen, ob es der Wahrheit entspricht oder nicht?« frage ich mit einem Unterton, der keinen Zweifel daran lässt, was ich davon halte.

»Wahrheit ist relativ«, gibt Pia zurück. »Es ist eine Frage der persönlichen Wahrnehmung. Was für ihn ein Minenfeld ist, mag für dich ein blühender Garten gewesen sein.«

»Danke, Frau Doktor«, halte ich dagegen, »aber umgekehrt wird ein Schuh daraus. Weil er sich verpflichtet fühlte, den Hof zu übernehmen statt die Courage aufzubringen, sein eigenes Ding zu machen, ist aus dem blühenden Garten ein Minenfeld geworden.« Ich wende mich Rolf zu. »Tut mir leid, Bruderherz.«

Eine Weile schweigen wir uns an. Ich suche Olivers Blick und lese in seinen Augen Verständnis und Mitgefühl. Er ist den Weg gegangen, den Rolf sich nicht getraut hat zu gehen.

»Es war unser Traum«, sagt Lana, »unser Ding. Aber dein Vater und ich haben nie von dir erwartet, dass du …«

»Ach, nein?« Rolf schüttelt ungläubig den Kopf. »Wie war das denn, nachdem Vater …«

»Mein Mann ist in eine Strohballen-Maschine geraten«, sagt Lana an Oliver gewandt.

»Oh, wie furchtbar«, murmelt Oliver.

»Du machst es doch schon wieder!«, empört sich Rolf. »Verdammt, Vater ist an einem durch den Schock ausgelösten Herzinfarkt gestorben, nicht so, wie du Oliver gerade weismachen wolltest, von tausend Messern zerstückelt zu einem blutigen Strohballen gepresst!«

»Du hättest mich ausreden lassen sollen«, hält Lana ihm vor. Pause. »Aber wenn es dir hilft, mein Junge, gebe ich gern zu, dass ich es nicht ertragen hätte, den Hof verkaufen zu müssen.« Pause. »Tja, und vielleicht ist mir damals die eine oder andere suggestive Bemerkung herausgerutscht …«

Schweigen.

Ich finde es erbärmlich, wie mein Bruder die Verantwortung für sein Leben meiner Mutter in die Schuhe schiebt. »Wenn ich für jede suggestive Bemerkung, die in diesem Haus gefallen ist, zwei Euro ins Sparschwein gesteckt hätte, könnte ich mir davon heute ein neues Auto kaufen.« An Rolf gerichtet, füge ich hinzu: »Man muss sich ja nicht alles reinziehen.«

Oliver räuspert sich. »Wie ist es denn eigentlich weitergegangen?«

»Was jetzt?« fragt Rolf.

»Wann sind Sie denn wieder aus Ihrem Zimmer ... Es geht mich ja nichts an...«

»Ich habe mit Engelszungen auf ihn eingeredet«, fällt Pia ihm ins Wort, »dass wir gemeinsam in eine Klinik fahren. Wollte er aber nicht. Immerhin hat er dann den Hausarzt rangelassen. Na, und jetzt ist der Bescheid gekommen, dass er in Kur kann. Ich geh aber mit.«

»Hmhm«, mache ich. »Und wo?«

»Bad Mergentheim. Mitte Januar.«

»Na ja«, sage ich, »in der Zeit ist auf dem Hof ja ohnehin nicht so viel zu tun.«

Pia sieht mich ruhig an. »Wir werden weggehen, Holly. Rolf und ich.«

»Super Idee. Gerade jetzt, wo die erste Mauer eures Zukunftstraums steht, der für alle Tiere ein Alptraum sein wird, schmeißt ihr die Klamotten hin. Nee, macht Sinn.«

»Holly, bitte«, mahnt Lana. »So kommen wir nicht weiter.«

»Wusstest du das, Mam?«

Rolf verzieht das Gesicht zu einem schiefen Lächeln. »Ja, sicher. Was hat sie *dir* denn erzählt?«

Ich werfe meiner Mutter einen vernichtenden Blick zu. »Du hast am Telefon gesagt, Rolf würde nicht mehr lange bei uns bleiben ...«

»Das stimmt ja auch«, gibt meine Mutter achselzuckend zurück.

Rolf lacht. »Aber sie hat es so klingen lassen, als ob ich Krebs im Endstadium hätte.«

»Genau!«

»Um dich dazu zu bringen, herzukommen und dich um den Hof zu kümmern, damit sie in Ruhe auf Reisen gehen kann.«

In geschwisterlicher Solidarität richten wir unsere Geschütze auf unsere Mutter.

Lana strafft sich und erwidert kühl unseren Blick. »Macht doch, was ihr wollt. Ich übersiedle nach Gomera. Ende der Diskussion. Habt erst mal selbst Kinder, bevor ihr auf mich einprügelt.«

»Wieso Gomera?«, frage ich. »Ich dachte, Goa ...«

»Zu weit weg für ihren Lover«, wirft Pia mir lässig hin.

»Halt den Mund, Pia«, raunzt Rolf sie an.

»Es stimmt«, sagt Lana würdevoll, »ich habe mich in den Architekten verliebt, der diese Alpträume industrieller Massentierhaltung baut. Ideologisch und moralisch betrachtet, geht das natürlich *gar* nicht, aber ... nun ja.« Sie lässt den Satz in der Luft hängen.

»Vielleicht bringst du ihn ja dazu, umzusatteln und künftig schicke schamanische Schwitzhütten zu entwerfen«, sage ich heiter, ernte aber – mit Ausnahme von Oliver – nur genervte Blicke. Okay, die Lage ist ernst, ich ergebe mich. »Was schlagt ihr vor?«

»Ich bin für verkaufen«, sagt Pia sofort. »Ein konsequenter Schnitt ist für uns alle am besten.«

Pia guckt Rolf an, Rolf guckt Lana an, Lana guckt mich an.

Sie haben sich abgesprochen, soviel steht fest. Offensichtlich wollten sie mir nur die Illusion vermitteln, nicht übergangen worden zu sein. Wie albern, ich habe doch ohnehin keine Aktien mehr in dem Ganzen. Gleichzeitig drängt es mich, ihnen vorzuwerfen, ein Paradies, oder sagen wir: einen Ort, der das Paradies sein könnte, leichtfertig zu verhökern, an den Küsten explodieren die Immobilienpreise, wir werden uns nie wieder so etwas leisten können, direkt hinterm Deich, mit so viel Land, dass man eine Kleinstadt unterbringen könnte, mit so vielen Erinnerungen in jedem Stein, jedem Baum, jedem ... Nein. Stop, Holly. Lass es. Von deiner Familie zu verlangen, etwas am Leben zu halten, damit du noch an der Nabelschnur deiner Kindheit hängen bleiben kannst, ist unfair.

Ich zucke mit den Achseln. »Gut, dann ist es beschlossen. Wir verkaufen.«

Kurz darauf im Stall

Ein Kater, der sich von einem Stück rosa Leder in Gefangenschaft halten lässt, ist unserer Gattung nicht würdig. Ich warte nur auf den richtigen Moment. Holly und der Doktor führen uns Tiere übers Gelände, der Rabe sitzt im Geäst des Hausbaums und krächzt mir ein heiseres Willkommen! zu, als ich diesen Moment für gekommen erachte. Ein kleiner Dreh, zweimal den Kopf kräftig geschüttelt und ich bin das rosa Dings los und stürme in den Stall.

Sie sind alle da! Die Kühe, die Ziegen, die indischen Laufenten. Und Mama! Sofort werde ich mit Liebe und Freude überschüttet und natürlich mit Fragen, vielen, vielen Fragen. Doch ehe ich ausführlich berichten kann, packt Holly mich und hält mich so umklammert, dass meine Krallen reagieren.

»Autsch!«, schreit Holly, lässt mich los und betrachtet erschrocken eine blutige Schramme, die ich ihr zugefügt habe. Ich verschwinde hinter einigen frischen Strohballen, dort, wo ich früher mit Mama gewohnt habe.

»Das war zu erwarten«, sagt der Doktor.

»Weiß ich«, gibt Holly verdrossen zurück. »Ich hätte ihn drei Tage mit einer Futtermaschine einsperren sollen, so einem Ding, das alle vier Stunden eine Portion Fleisch ausspuckt.«

Der Doktor wirft ihr einen fragenden Blick zu. »Ich traue diesen Dingern nicht«, bekennt Holly, »ich hatte

Angst, nach Hause zu kommen und meinen verhungerten Kater vor der defekten Maschine vorzufinden.«

Jackie bellt und zerrt an der Leine, er will zu mir.

Mama legt die Ohren an, bereit, sich und mich gegen den Hund zu verteidigen.

»Der ist mein Freund«, erkläre ich ihr und ducke mich tief ins Stroh.

»Pscht«, macht der Doktor, aber Jackie ist zu aufgeregt, um die Klappe zu halten. Die vielen Tiere, die verlockenden Düfte, kein Wunder, dass ein Stadthund verrückt spielt. »Der macht den ganzen Stall rebellisch«, sagt der Doktor und zerrt Jackie hinaus. Entschlossen kommt Holly mit der rosa Leine in der Hand auf den Strohballen zu, aber ich entwische ihr mit einem Riesensatz hinüber zu den Kühen, und krieche fast geräuschlos unter dem Futtertrog entlang bis zum Ende des Stalls, wo meine liebste Kuh-Freundin im Stroh liegt. Ihr riesiger Körper bietet mir ein sicheres Versteck, vorsichtig luge ich um ihre Hinterhufe herum zu Holly, die besorgt nach mir Ausschau hält. Ich gebe keinen Mucks von mir.

Als sich schließlich ihre Schritte entfernen, begrüße ich meine Freundin, klettere auf ihren Bauch und beginne, weil ich wie ein Kuhfladen rieche, mich ausführlich zu putzen. Nach und nach werde ich umringt von vertrauten Gesichtern.

Ehrfürchtig sehen die indischen Laufenten mich an. »Kleiner, du bist jetzt ein Held. Du hast es geschafft.«

»Nein«, erwidere ich traurig und schlucke eine Pfote voller Haare herunter, »leider nicht. Holly ist nur wegen ihres kranken Bruders hier. Sie wollen den Hof verkaufen.«

»Oh.«

»Du hast dich ihr also nicht verständlich machen können«, stellt Mama fest. »Das war zu erwarten. Menschen haben kein Ohr für uns.«

Ich öffne das Maul, um ihr zu widersprechen, um ihr zu schildern, dass der Durchbruch unmittelbar bevorsteht, mache es aber wieder zu. Im Grunde hat Mama ja recht.

Weiche Mäuler beginnen, mich tröstend zu kosen, nur eines nicht.

»Was ist mit dir?«, frage ich meine Lieblingskuhfreundin und stupse sie kameradschaftlich in die Seite. Aber sie reagiert nicht.

»Es geht ihr nicht gut, weil Rolf ihr gestern ihr Kalb weggenommen hat«, sagt eine andere Kuh.

»Wieso hat er ihr das Kalb weggenommen?«, frage ich.

»Ach, Junge«, sagt eine andere Kuh nur bekümmert.

Mehr nicht. Doch es genügt, um den Samen einer Idee in mein Herz zu senken.

Als ich hungrig werde, gehe ich hinüber ins Haus. Die Familie sitzt am Küchentisch und isst Abendbrot. Sie machen lange Gesichter. Holly sieht bedrückt aus, aber kaum hat sie mich erblickt, beginnt sie, von innen zu leuchten.

»Aha«, sagt sie und ich spüre ihre Erleichterung, »der Hunger treibt dich zurück.« Mit einem satten Schmatz gleitet eine Portion köstlich duftender Fleischstückchen aus der Dose in meinen Napf, den Holly mitgenommen hat, damit ich mich in der angeblich fremden Umgebung nicht ganz so fremd fühle. Wie gern hätte ich ihr erklärt, dass ich hier genauso Zuhause bin wie sie! Dass meine Familie in dem alten Stall lebt und alle mich liebhaben, und dass jetzt so viel Kummer in ihren Herzen ist, weil das Kind von der Kuh weg ist.

Jackie beschnüffelt mich ausgiebig, während ich mein Essen manierlich zu mir nehme. Kauend sehe ich mich um. Im Ofen brennt ein Feuer und wärmt die Küche, deshalb sind alle Fenster geschlossen. In Ruhe leere ich meinen Napf und gebe Jackie mit einem leisen Wink zu verstehen, dass ich ihm etwas Wichtiges sagen will. Hollys wachsamer Blick folgt uns, bis ich es mir in der Diele auf einer Decke gemütlich mache und mit einer ausgiebigen Reinigung beginne. Jackie sitzt gespannt neben mir und hört mir zu.

»Wir sollen also herausfinden, wo sich das Kind von deiner Kuhfreundin aufhält?«

»Genau.«

»Nichts leichter als das. Ich nehme seine Witterung auf, und dann kann ich die Spur verfolgen.«

»Das wollte ich hören, Kumpel«, sage ich und rolle mich zur Tarnung zu einem Kringel zusammen, damit Holly denkt, ich halte ein Verdauungsnickerchen. »Guck mal, ob irgendwo ein Fenster oder eine Tür aufsteht.«

»Okidoki.« Jackie reckt und streckt sich, gähnt ausgiebig und beginnt, bedächtig umherzustreifen, als würde er auf der Suche nach dem perfekten Schlafplatz sein. Holly sieht kurz herüber und lächelt, als sie mich angeblich schlafend erblickt.

»Das Fenster im Bad ist nicht richtig zu«, wispert Jackie mir von der Treppe zu.

Aber wie gelange ich unbemerkt nach oben? Hm. Ich bitte die Große Katze um eine Eingebung und warte.

Pia geht an mir vorüber, verschwindet im Gästeklo, nach einer Weile höre ich Wasser rauschen, sie geht zurück in die Küche – und zieht die Tür hinter sich zu. Mit einem Satz bin ich auf der Treppe, mit zwei Sätzen sind wir zum Haus hinaus und auf dem Dach. Zum Glück bietet der Hausbaum exzellente Klettermöglichkeiten, im Handumdrehen bin ich unten, als es oben jämmerlich fiept.

»Was ist? Worauf wartest du?«

»Sehe ich aus wie 'ne Katze, oder was?«

»Ich hab dir doch gezeigt, wie's geht! Benutze deine Krallen! Trau dich halt! Es ist nicht so schwierig, wie es aussieht!«

»Was das anbelangt, sind Hunde echte Weicheier«, schnarrt eine bekannte Stimme neben mir. Ich war noch nie so froh, den Raben zu sehen.

»Kannst du ihn nicht herunterfliegen?«

Der Rabe guckt bedauernd. »Auch wenn es sich nur um einen Pinscher handelt ...«

»Das habe ich gehört!« kreischt Jackie zu uns herunter.

»... ist das zu viel Gewicht für einen Vogel allein.«

»Und nun?«

In dem Moment fliegt die Haustür auf. »Kater? Jackie!« Hollys Stimme klingt hoch und angespannt und instinktiv ducke ich mich, obwohl die Farben der Nacht die beste Tarnung für einen schwarzen Kater sind. Es tut mir weh, Holly so in Aufruhr zu versetzen, ihr solche Sorgen zu bereiten. Ich spüre ihre Angst, als ob es meine eigene wäre. Aber ich möchte nicht, dass dieser Plan auch noch schiefgeht. Wenn mein erster Plan schon ein Satz mit X war, dann will ich nicht, dass auch dieser misslingt. Nein, dieses Mal muss es klappen! Meine Ahnen und die Große Katze sollen stolz auf mich sein können, ich möchte eine Zierde meiner Gattung sein und in einer Reihe stehen mit dem Gestiefelten Kater.

Von Jackie auf dem Dach ist nichts mehr zu sehen, bis auf eine weiße Schwanzspitze, die verrät, dass der Feigling so schlau war, sich in die Dachrinne zu quetschen, um nicht entdeckt zu werden.

»Hoffentlich bleibt er nicht stecken«, schnarrt es leise neben mir. »Er ist etwas dicklich um die Mitte.«

»Das habe ich *auch* gehört!« zischt es leise zu uns herunter, doch nicht leise genug.

Mit einem Mal tastet sich ein greller Lichtkegel Meter für Meter über das Dach. Holly hat eine Taschenlampe in der Hand und blickt angestrengt nach oben.

Der Doktor kommt aus dem Haus und geht zu ihr. Er wirkt ein wenig amüsiert. »Hast du die Ausreißer gefunden, Sherlock?«

»Mach dich nur lustig«, gibt Holly verdrossen zurück. »Ich werde es nicht zulassen, dass meine Tiere mit einer Schrotladung im Leib irgendwo aufgefunden werden. Ich werde es nicht zulassen, dass ein perverser Mordlustiger Hosen aus dem Fell meiner Tiere trägt. Eher schneide ich ihm die Eier ab und fertige meinen Tieren daraus ...« Holly stockt, ihr scheint nichts einzufallen.

»Ja?« Der Doktor kann sich kaum halten vor Lachen.

»Ach, lass mich doch in Ruhe«, schimpft Holly, meint es aber nicht ernst. Ihre Stimme zittert.

»Komm her«, sagt der Doktor und zieht Holly an sich. Ich spüre ihren Widerstand, aber mit einem Mal gibt sie nach, ihr Körper wird weich, mein Körper wird auch weich, meine Liebe fließt zu ihr, und so verlasse ich mein Versteck hinterm Baum und gehe hinüber zu den beiden. Holly hat ihr Gesicht in seiner Halsbeuge vergraben.

»Guck mal, wer da ist«, murmelt der Doktor und Holly löst sich von ihm.

»Dummer Kater«, pflaumt sie mich zärtlich an und beugt sich zu mir hinunter. Sanft streichelt sie mir über den Kopf. »Wo ist dein Freund, hm?«

Ich stelle mich doof und tue so, als wüsste ich nicht, wen sie meint.

»Ich habe das Gefühl, er will uns seine Geheimnisse nicht verraten«, sagt Holly.

»Den Eindruck habe ich auch«, stimmt der Doktor ihr zu.

Oha! Das haben sie also verstanden! Ausgerechnet jetzt. Vor Kurzem hätte ich mich darüber gefreut, jetzt muss ich darauf achten, mich nicht zu verraten. Das ist widernatürlich. Tiere taktieren nicht.

»Aber sie geben auch nicht stets und ständig alles preis.« Schnurrend taucht Mama aus der Dunkelheit auf und gesellt sich zu uns. Sie, die ihren Namen nicht deshalb verdient hat, weil sie so schmusig ist, macht auf ganz liebe Katze, reibt sich an Hollys Bein, am Bein des Doktors und beschnüffelt mich ausgiebig, als wäre ich ein besonders wohlriechendes Exemplar. »Spiel das Spiel mit, Sohn«, schnurrt sie. »Wir lenken sie von diesem Hund ab.«

Ich pliere kurz nach oben. Jackie nutzt die Gunst des Moments und stemmt sich in der Dachrinne Stück für Stück weiter, um außer Sichtweite zu gelangen. Die Schwanzspitze ist jedenfalls nicht mehr zu sehen.

»Du hast zwei Möglichkeiten«, sagt der Doktor, »entweder du leinst ihn wieder an oder du vertraust deinem Tier und lässt ihm ein Stück Freiheit.«

Mama und ich fangen an, uns herumzukugeln, wir geben uns Köpfchen und tatzen freundlich nacheinander. Zwei Katzen, unschuldig und verspielt.

»Er hat Freude, siehst du?«

»Von mir aus«, schnappt Holly, »Zuhause darf er herumstromern, wie er möchte, aber doch nicht hier! Jeder Experte sagt, eine Katze braucht etliche Tage, um sich einzugewöhnen, deshalb sei es am sichersten ...«

Den Rest höre ich nicht mehr. In drei Sprüngen bin ich dem Lichtkegel aus Hollys Taschenlampe entwischt und in die Nacht geflüchtet. Mama ist bei mir, wir laufen Richtung Stall, um dort auf Jackie zu warten, der ja noch Witterung aufnehmen muss. Über uns nimmt der Rabe Kurs aufs Dach. Ein leises Klatschen, ein unterdrücktes Jaulen, dann ist wieder Ruhe. Mama und ich spekulieren um die Ecke. Holly sieht angestrengt in die Dunkelheit, der Doktor nimmt ihre Hand, sie stehen sehr, sehr eng zusammen, da passt keine Maus mehr dazwischen.

Na endlich. Hollys Herz ist im Hafen.

Plötzlich taucht Jackie hinter uns auf, er riecht sehr streng. Eine Mischung aus Silage und Urin.

»Ich möchte nicht darüber reden«, versetzt er knapp. »Wir müssen Richtung Eider.«

»Wieso?«

»Hat mir ein Igel erzählt, nachdem ich mich aus dem stinkenden Haufen, in den dieser unverschämte Vogel mich hat fallen lassen, herausgekämpft habe.«

»Was ist das? Eider?«

Wir schmecken dem Wort nach, es löst aber nichts aus. Ratlos sehen wir uns an.

»Das ist hier irgendwo in der Gegend, wo genau klärt ihr später«, sagt Mama. »Ab in den Stall. Das Stroh, auf dem Baby Jane gelegen hat, ist noch da.«

»Baby Jane?«, frage ich.

»Lana hat das in letzter Zeit immer vor sich hingesungen, wenn sie im Stall war, und wir glauben, sie wollte dem Kalb einen guten Namen mit auf den Weg geben. Deshalb sind wir dabei geblieben. Vielleicht bringt es ihm ja Glück.« Sie sieht mich halb streng, halb anerkennend an. »Einen entschlossenen Retter gibt es ja schon.«

Mama kann ich nichts vormachen.

»Nein, kannst du nicht«, sagt sie heiter. »Ich bin eine alte Katze, ich kenne jede Nuance, jede Silbe, jede Vokabel anderer Tiere, und die meiner Kinder natürlich ganz besonders.«

Mittlerweile sind wir im Stall angekommen, alle sind wach. Meine Lieblingskuhfreundin äugt mich an, sie weiß nicht, ob sie mich aufhalten oder anspornen soll, deshalb sagt sie nichts und guckt nur. Schließlich entscheidet sie sich doch dafür, mich aufzuhalten und beginnt, wild zu brüllen und herumzustampfen. Aber Jackie hat bereits eine Nase voll Baby Jane genommen und stürmt hinaus, ich hinterher.

Unser Abenteuer beginnt.

Drei Stunden später

Abenteuer! Das klingt nach den Vier Muskekatzen, nach Baghira, nach Thomas O'Malley und den schönen Aristocats, alle gehen heldenherzig größte Risiken ein, singen und tanzen, während sie mit links jeden Gegner ausschalten und jede Herausforderung meistern. Die Vorbilder funkeln und glänzen, und wenngleich sie keinen Hehl daraus machen, wie hart, karg und mühevoll sich die Sache mitunter gestalten kann, so weiß ich doch erst jetzt, worauf ich mich eingelassen habe.

Ich habe Hunger. Ich bin klitschnass vom Schneeregen. Ich bin müde. Ich sehne mich nach meinem Zuhause, nach der Wärme von Hollys Liebe, nach meinem Lieblingsplatz und – auch – nach der weißen Kanaille. Jackies Zuversicht scheint ebenfalls zu schwinden. Anfangs ist er wie ein Gummiball hierhin und dorthin gefedert, die Nase am Boden, den Schwanz hoch, aber als sich nirgendwo ein Hauch von Baby Jane ausmachen ließ, sank sein Mut. Während wir also nur auf gut Glück Richtung Eider am Deich entlangtappen und hoffen, eine Seele zu treffen, die uns weiterhilft, beschleicht mich das ungute Gefühl, mal wieder ohne einen richtigen Plan losgestürzt zu sein. Baby Jane kann überall und nirgends sein! Und wir irren in der eisigen Kälte umher.

»Der Igel hat aber gesagt, das Kalb ist auf der Geest an der Eider«, ruft Jackie mir zu. »Woher weiß er das denn?«

»Er meinte, er hätte gesehen, wie Rolf das Kalb frühmorgens auf einen großen Wagen gebracht hätte, er hätte sich mit dem Fahrer kurz unterhalten und dabei sei der Name Hof Eiderglück gefallen. Wir müssen also nur am Ufer der Eider entlanglaufen. Irgendwann wird der Hof schon auftauchen.«

»Aber wo ist die Eider?«

»Tja.«

Nach wenigen Schritten auf dem harten, kalten Deichgras wechseln wir einen Blick und streben in stillem Einvernehmen auf eine Holzhütte zu. Kuschelig ist was anderes, aber wenigstens sind wir eine Weile vor dem schneidenden Wind geschützt, der den sanften Schneeregen abgelöst hat und von See übers Land fegt. Mein nasses Fell ist nun steifgefroren. Jackie zittert wie Espenlaub.

»Früher bekam ich im Winter immer einen warmen Mantel an«, sagt er und es klingt wehmütig.

»Vermisst du sie noch?«

»Nein, nicht mehr. Es ist schön mit dem Doktor und den vielen Tieren. Und mit dir und Holly.«

»Möchtest du umkehren?«

»Nein.« Es klingt wie Ja, aber ich frage nicht nach. Auf der Bank liegt eine vergessene Zeitung. Wir kuscheln uns darauf so eng zusammen, wie es irgend geht und schlafen erschöpft ein. Das Papier wärmt ein bisschen von unten.

Mit einem Mal wird mir heiß. Ich fühle feinen, weichen Sand unter meinen Pfoten, in der Ferne schiebt sich ein diamanten glitzernder Strom gemächlich durch die flirrende Hitze, vorbei an der größten schwarzen Katze, die ich je gesehen habe. Meine Barthaare beben vor Aufregung. Das muss sie sein. Sie rührt sich nicht vom Fleck, als ich mich so schüchtern wie von einer unstillbaren Neugier getrieben näher herantraue. Der Blick aus großen schwarzen Augen verfolgt mich, halb amüsiert, halb nachsichtig.

»Du bist also die Große Ägyptische Katze«, wispere ich demütig und senke den Kopf.

»So ist es, Sohn des goldenen Kriegers«, hallt es zurück. »Und du darfst ruhig Bastet zu mir sagen, wie man mich hier in meinem Reich nennt.«

»Du kennst meinen Vater!«, rufe ich begeistert. »Wie ist er? Wo ist er?«

Sie zwinkert heftig mit beiden Augen und vor Scham schlage ich die Augen nieder. Natürlich kennt sie meinen Vater. Sie kennt jede Katze seit Anbeginn der Zeiten.

»Tadele dich nicht, Kleiner«, sagt sie tröstend. »Dein Vater ist ein tapferer Kater, der die Kunde von mir in alle Lande trägt, ganz gleich, ob ihm Verfolgung und Gewalt drohen.«

»Mama spricht nicht über ihn.«

»Tiere leben im Kairos, Kater ohne Namen.«

»Was ist Kairos? Und äh, Verzeihung, aber ich habe einen Namen. Ich heiße Kater.«

»Kater ist ein Sammelbegriff. Am Ende dieser Geschichte wirst du dir einen richtigen Namen gemacht haben.« Sie lässt mir einige Atemzüge Zeit, um diese Neuigkeit zu verdauen, dann fährt sie fort: »Und Kairos ist das Hier und Jetzt, die einzige Zeit, in der Leben möglich ist. Alles andere ist *nicht mehr* oder *noch nicht.*«

»Ich verstehe.«

Bastets Lächeln umfängt mich. »Im Kairos zu sein bedeutet, sich den mannigfaltigen Möglichkeiten zu öffnen, die die Zukunft für dich bereithält. Machst du dir hingegen Sorgen, wie die meisten Menschen es tun, verengst du dich. Wie soll der Strom des Glücks, der Liebe und der Fülle durch dich fließen, dich mitnehmen und tragen, wenn du auf ein Rinnsal wartest?«

Ein beunruhigender Gedanke schießt mir durch den Kopf. Können die Menschen, mit denen wir unser Leben teilen, auf uns abfärben? Nehmen wir das Verhalten unserer Menschen an? Denken wir womöglich ihre Gedanken? Und verlernen das mit dem Kairos?

»Ja und nein«, sagt Bastet. »Du kannst zwar nicht verlernen, was du bist. Aber du lädst die Sorgen und Ängste deiner menschlichen Lieben in dein Sein ein. Dadurch hilfst du ihnen, ihre Lasten zu tragen und machst es dir selbst zugleich schwerer. Das ist der Liebesdienst, den ihr freiwillig leistet.«

»Bei mir ist das anders«, widerspreche ich. »Ich will nicht Holly retten, obwohl ich sie natürlich sehr lieb habe, nein, ich will Mama und meine Freunde vor einem schrecklichen Schicksal bewahren, aber das hat nicht geklappt, und jetzt suche ich nach dem Kind meiner Lieblingskuhfreundin.«

Bastet lächelt fein. »Und fürchtest dich, auch dies nicht zu schaffen.«

»Stimmt«, bekenne ich leise.

»Und das hat nichts mit deiner Holly zu tun?«

»Nei ...in. Ich glaube nicht.«

»Nun, kleiner Kater, lass dir sagen, dass sich schon einmal ein Kater aufgemacht hatte, Holly zu unterstützen. Nach seinem Tod hat sie nie wieder ein Tier an ihr

Herz gelassen, bis jetzt. Du hast einen Zugang zu ihr gefunden und hast die Aufgabe übernommen, das Werk deines Vorgängers zu vollenden. Jetzt ist es an der Zeit.«

»Das Werk meines Vorgängers? Was war das denn?«

»Dasselbe, was es heute ist.« Die unergründlich schwarzen Augen kommen näher, ganz nah. »Jeder Schritt auf deinem Weg, wie klein er auch sein mag, führt zu diesem Ziel. Es ist dein Ziel und es ist ihres, sie weiß es nur noch nicht.«

»Dann gehe ich jetzt einfach so weiter?«

»Ganz genau.«

Ich blicke mich um. Nichts als goldene Wüste liegt vor mir. Gut, mag sein, dass ich mich vor Morgen nicht fürchten muss, aber im Moment fühlt sich das anders an.

Bastet lächelt fein. »Achte auf die schwarzen Boten.«

Plötzlicher Lärm reißt mich zurück in die Kälte. Die Große Ägyptische Katze ist fort, und mit ihr die Sonne und der Sand. Jackie jault, weil er sich so erschrocken hat. Die Hütte vibriert, ein schwarzer Schatten donnert vorüber, er zieht einen fliegenden Teppich ohrenbetäubender stampfender Rhythmen hinter sich her. Kurz darauf kämpft sich ein aufgebrachter Maulwurf durch die harte Erde nach oben. »Das ist mein Winterschlafplatz«, fährt er uns an. »Hört gefälligst auf, solchen Krach zu machen!«

Jackie knurrt ihn an, ich fauche, aber beides klingt matt, ausgehungert.

Seine Wut verraucht sofort. »Na, ihr zwei zieht ja wohl gerade keine Wurst vom Teller, was? Dann war es wohl wieder so ein SUV. Verzeiht mir.«

SUV?

»Sehr unnützes Vehikel.« Der Maulwurf feixt vergnügt und macht Anstalten, zurück in seinen Bau zu kriechen.

»Weißt du, wo die Eider fließt?«, frage ich schnell, um ihn aufzuhalten.

»Da lang«, sagt er und ruckt mit dem Kopf nach Nordost. »Beim Sperrwerk links ab.«

»Sperrwerk?« Was soll das denn sein?

»Mann, das trennt die Eider von der Nordsee, damit das Meer nur ins Land kann, wenn der Mensch es will.«

»Aha«, sage ich beeindruckt. Der kennt sich aus. »Weißt du auch, wo sich Hof Eiderglück befindet?«

»Nee, nie was von gehört.« Der Maulwurf plirrt uns aus schlitzschmalen Augen an. »Ich könnte mal herumfragen, aber wenn ich alle aufwecke, gibt's Ärger. Kommt doch im Frühjahr wieder, wenn es warm wird! Dann sind wir alle wach und können euch helfen, den Weg zu finden.«

»Nein, dann ist es zu spät. Wir sind unterwegs, um ein Kalb zu befreien und zu seiner Mutter zurückzubringen.«

»Oh.« Kurze Pause. »Hm. Nun, ich glaube, das ist Grund genug ... Wartet mal.« Mit einer kurzen zackigen Drehung verschwindet er in der Erde. Jackie und ich sehen uns an. Erstes Morgenlicht fällt in die Hütte. Wir strecken uns den Schlaf aus den Knochen und wagen einen Blick nach draußen. Der Schnee ist so gut wie weggetaut, wir befinden uns in der Nähe eines gigantisch großen Bauwerks und eines langgestreckten Gebäudes, von dem ein unwiderstehlicher Duft ausgeht. Jackie sabbert bereits und auch mir läuft das

Wasser im Maul zusammen, aber ich will die Rückkehr des Maulwurfs nicht verpassen und bleibe standhaft. Jackie hält es nicht aus, er sprintet los.

Geraume Zeit vergeht. Die Sonne kriecht am Himmel hoch, sie hat auch keine rechte Lust, diesen trüben Wintermorgen zu erleuchten. Jackie kehrt zurück, ein angefressenes Fischbrötchen im Maul. Er legt es vor mich hin und plinkert mir zu. »Greif zu. Wenn du noch mehr Hunger hast, ist's auch kein Problem. Die Mülltonnen sind voll mit Futter. Ich habe mich schon an einer Currywurst, einem Fleischklops und einer gebackenen Kartoffel gütlich getan.« Sein Bauch ist unübersehbar gerundet.

Der Geruch von geräuchertem Aal steigt mir in die Nase und ich beiße hungrig in Jackies Geschenk. Als ich glücklich vor mich hin kaue, taucht mit einem Mal der Maulwurf wieder auf. »Hat etwas länger gedauert, aber die Sache geht klar. Ein dithmarscher Migrant weiß, wo der Hof liegt, den ihr sucht. Bevor er von dem Bauern zwangsausgesiedelt wurde, hat er eine Weile dort gelebt.«

»Das ist ja ... super!«, rufe ich begeistert. »Und wie ...?«

»Folgt einfach den Erdhügeln nach Osten. Wenn das Tauwetter anhält, bilden wir eine Kette von hier bis zum Eiderglück. Alles Gute!« Und weg ist er.

Cool. Eine Kette aus Maulwurfshügeln vom Eidersperrwerk bis zu Baby Jane! Voller Zuversicht blicke ich nach Osten, dort, wo der Fluss verläuft, dem wir ab sofort unser Geschick anvertrauen, und schon ploppt ein erster brauner Haufen aus dem angetauten Schnee. Und noch einer, weiter weg. Und noch einer. Wie genial ist das denn! Jackie und ich laufen los.

Am selben Tag in Overbüll

Sie sind fort.
Okay, Katzen gehen nun mal auf Trebe, das entspricht ihrer Natur. Dass mein Kater dabei von einem Hund begleitet wird, der gelernt hat, wie eine Katze zu klettern ist indes eher ungewöhnlich. Ob es Persönlichkeitsspaltungen bei Hunden gibt? Oder Komplett-Transformationen? Walk-Ins? Trans-Racing oder so was?

Ein überspannter Gedanke, ich weiß, aber er lenkt mich ein bisschen von der Angst ab, meinen geliebten Kater und diesen unglaublich liebenswerten Hund zu verlieren.

Ausgerechnet jetzt muss ich mich verlieben.

Gestern Abend haben wir mit dem Küssen erst dann aufgehört, als Rolf, besorgt über unseren Verbleib, nach uns Ausschau hielt und im strömenden Regen stehend und knutschend fand. Was folgte, könnte zukünftig so WOW! wie Olivers Küsse sein, man muss sich ja ein bisschen gewöhnen, so rhythmisch und so, und diese Angst um die Tiere ist auch nicht gerade lustfördernd. Bei mir jedenfalls nicht. Oliver scheint meine eher verhaltene Performance nichts auszumachen. Als das erste Morgenlicht ins Zimmer fällt, schlüpft er in Jeans und Pulli, haucht mir einen Kuss auf den Mund und murmelt, er sei gleich zurück. Zehn Minuten später habe ich einen frischgebrühten Kaffee vor der Nase. Oliver riecht nach draußen, nach Kälte und Schnee. »Wie wär's mit einem Spaziergang?«, sagt er und fügt so beiläufig wie liebevoll hinzu: »Man sieht ihre Spuren noch.«

Kurz darauf stapfen wir am Deich entlang. Kater und Jackie sind offensichtlich geradeaus Richtung Süden gelaufen. Nach einer halben Stunde verlieren sich die Pfotenabdrücke im angetauten Schnee. Oliver und ich stehen auf der Deichkrone und sehen uns um. Einige Höfe, schmale Straßen, ganz entfernt und nur zu erahnen die Umrisse des Eidersperrwerks, nirgendwo ein schwarzer Tupfer im schmutzigen Braunweiß der Felder.

»Sie kommen wieder.« Aus Olivers Stimme klingt Gewissheit.

»Wir hätten besser auf sie Acht geben müssen«, sage ich trotzdem.

»Meinst du damit«, fragt er grinsend, »dass wir ihre Gespräche hätten belauschen sollen?«

»Ganz genau«, gebe ich zurück, bemüht, ein wenig Sorglosigkeit zu verbreiten, um diesen Mann nicht mit meiner Weinerlichkeit, meiner Verzagtheit in die Flucht zu schlagen. Aber auch das ist eigentlich ein blöder Gedanke. Entweder er mag mich oder nicht. Punkt.

Ohne ein weiteres Wort legt er seinen Arm um meine Schulter. Langsam gehen wir zurück zum Hof. Zwischenzeitlich haben ein Kombi, ein Kastenwagen, zwei Land Rover und ein BMW die Auffahrt zugeparkt. Menschen in dicken Daunenjacken mäandern über unseren Hof. Lana ist in ihr Waldschrat-Ensemble geschlüpft, eine dunkel- bis flaschengrüne Woll- und Walk-Kombination, die jedem Wetter trotzt. Pia hat die Moderation übernommen, ihr Immenhof blondes Haar leuchtet. Mit weit ausholenden Gesten präsentiert sie die Koppel, den Hausbaum, den Stall.

»Dies hier ist unser Streichelzoo, sozusagen«, hören wir sie sagen, als wir uns zu dem Trupp gesellen. »Ist bei den Touristen immer gut angekommen.«

Höflich nicken Oliver und ich den Daunenjackenträgern zu.

»Meine Schwägerin«, stellt Pia mich vor, »und Dr. Andreesen.« Sie betont Olivers Titel und fügt mit Blick auf mich hinzu: »Holly ist PR-Consultant in Hamburg. Falls Sie sich für den Erwerb des Hofes erwärmen und zukünftig professionelle Unterstützung zur Vermarktung Ihrer hier produzierten Waren benötigen, ist das sicher zu machen, nicht wahr, meine Liebe?«

»Hmhm«, mache ich, lächle aber so charmant, dass niemand den ausgestreckten Mittelfinger heraushört.

»War aber wohl nicht so lukrativ«, stellt einer der Kaufinteressenten fest.

»Was jetzt?« Pia guckt ihn irritiert an.

»Na, der Streichelzoo, wie Sie dieses marode Teil hier nennen.« Mit spitzen Fingern zieht er die Stalltür weiter auf. Der Geruch von Mist und warmen, dampfenden Leibern schlägt uns entgegen. Eine Kuh wendet sich um und schenkt uns einen neugierigen, zugleich gelassenen Blick aus großen braunen, dichtbewimperten Augen.

Und plötzlich bricht sich etwas Bahn in mir, durchflutet mich, reißt mich mit und stürzt von meinen Lippen. »Der Hof steht nicht mehr zum Verkauf. Es tut mir leid, dass Sie den Weg hierher unternommen haben. Aber soeben haben wir ein Angebot erhalten, dass wir nicht ausschlagen können.«

Zur selben Stunde, etliche Kilometer weiter südlich

Wir laufen so weit die Pfoten tragen. Vorbei an Gehöften, die wie ausgestorben wirken und solchen mit erleuchteten, üppig geschmückten Fenstern und Türen. Über regennasse Straßen und schlammige Felder folgen wir den braunen Hügeln, die sich zunächst am Lauf des immer schmaler werdenden Flusses orientieren. Als in der Ferne eine Ansammlung von Häusern sichtbar wird und rauchende Schornsteine Wärme, Schutz und die eine oder andere Mülltonne mit Essensresten versprechen, biegen die Maulwürfe ab und führen uns nach Norden in die Weite einer unwirtlichen Gegend. Kein Baum, kein Strauch, kein Haus.

Richtig wohl ist mir nicht dabei. Jackie sieht mich beklommen an.

»Wenn wir wenigstens wüssten, wann die Reise ein Ende hat«, meint er.

»Wir müssen vertrauen«, sage ich. »Die Große Katze führt uns nicht hierher, damit wir einen elenden Tod erleiden.«

»Was habe ich mit einer großen Katze zu tun? Vielleicht lässt sie mich sterben, weil sie für Hunde nicht zuständig ist.«

»Für Hunde ist der Große Hund zuständig«, sage ich aufs Geratewohl, um Jackie zu beruhigen.

»Der Große Hund?« Jackie wirft mir einen spöttischen Blick zu.

»Sicher«, sage ich. »Jede Gattung hat ihre Gottheit. Glaube ich jedenfalls.«

»Warum?«

»Na ja, ich würde dem Großen Hund ja auch nicht so vorbehaltlos Vertrauen schenken.«

»Warum?«

»Weil die meisten Hunde uns Katzen hetzen und jagen. Wie könnte ich also sicher sein, dass der Große Hund es gut mit mir meint?«

»Da ist was dran«, sagt Jackie.

Schweigend laufen wir weiter. Ein Maulwurfshügel nach dem anderen ploppt auf, aber als die Dämmerung einsetzt, hört es plötzlich auf. Wir warten. Nichts passiert. Nach einer Weile hören wir ein leises Schnaufen. »Hey ihr«, tönt es verschlafen aus dem letzten Hügel, »macht mal 'ne Pause, okay? Ab hier ist der Grund so hart gefroren, dass wir nicht durchkommen. Wir müssen auf Tauwetter warten. Gute Nacht.«

»Hey, warte!«, rufe ich. »Hier ist weit und breit kein Unterschlupf!«

»Wozu tragt ihr denn Fell?«, fragt der Maulwurf überrascht.

Jackie und ich sehen uns an. »Stimmt«, sagt er und ich weiß, dass er an den Mantel denkt, den ihm sein früheres Frauchen geschenkt hatte.

Mit einem verächtlichen »Pf« verschwindet der Maulwurf unter der Erde.

»Dem zeigen wir's«, sagt Jackie. »Komm, keine Müdigkeit vorschützen. Die Sterne werden uns leiten, sagt der Große Hund.«

»Ha, ha.«

»Hast du eine bessere Idee?«

»Nein.«

Wir laufen gegen den Hunger an und gegen unsere Angst und unsere Zweifel, und irgendwann müssen wir ihnen entkommen sein, denn plötzlich ist da nichts mehr. Nichts.

Unterdessen in Overbüll

Wir haben gegessen und das Thema, deswegen wir uns den ganzen Tag gestritten haben, ausgeklammert. Lana steht auf. »Wer möchte einen Kaffee?«
Alle wollen. Lana schüttet Wasser und Kaffee in die Maschine und arrangiert ihre selbstgebackenen Weihnachtsplätzchen auf einem Kuchenteller. Kipferl zu Kipferl, Printen zu Printen, Pfeffernüsse zu Pfeffernüssen. Die sind in diesem Jahr so steinhart geraten, dass man damit Fenster einschmeißen kann. Müsst ihr sie halt erst weich lutschen, meinte Lana lapidar, als Pia sich darüber mokierte.

Als jeder eine Tasse dampfenden Kaffees vor sich hat, ist der Zeitpunkt gekommen.

»Also?«, fordert Pia mich auf. »Möchtest du uns jetzt erklären, wie das sensationelle Angebot aussieht und von wem es stammt?«

»Nein, im Moment noch nicht«, sage ich und hoffe, damit Zeit zu gewinnen. Ich weiß es nämlich nicht. Habe keinen blassen Schimmer. Finde es ein wenig verunsichernd, wie ich mich benommen habe. Als hätte eine andere Wesenheit durch mich gesprochen. Gleichzeitig fürchte ich, dass es mein Herz war.

»Du bist genauso gaga wie dein Bruder«, platzt es aus Pia heraus. Sie sieht in die Runde, als ginge ihr in diesem Moment auf, dass die ganze Familie einschließlich des potentiellen neuen Familienmitgliedes gaga wäre.

»Und deine Haarfarbe«, kontert Lana wie aus der Pistole geschossen, »sieht aus, als wäre ein Goldhamster auf deinem Kopf explodiert«.

Ich fange an zu kichern. Rolf stimmt mit ein. Verschworene Geschwister.

Lana lächelt feinsinnig wie Mona Lisa.

Oliver schafft es gerade noch, ein breites Grinsen zu unterdrücken.

Pia ist blass vor Wut.

»Ein Vorschlag zur Güte«, nimmt Lana den Faden wieder auf, »in zwei Tagen ist Weihnachten, wir lassen das Thema ruhen, machen uns eine schöne Zeit, wir spielen Scrabble, schmausen, trinken, rauchen das eine oder andere Friedenspfeifchen und warten ab, bis sich eine Lösung abzeichnet. Wer ist dafür?«

Alle sind dafür.

Grappa kommt auf den Tisch, und in kürzester Zeit sind Pia, Rolf und Lana reichlich angeschickert, bei meinem Bruder zeigt die Mischung aus Alkohol und Psychopharmaka, warum die Packungsbeilage davor warnt. Als er anfängt, Tierlaute nachzumachen, finden Oliver und ich es an der Zeit, uns abzusetzen.

»Hältst du sie noch eine Weile aus?«

»Sie sind nicht halb so exzentrisch wie die Meinen«, antwortet er. »Die Andreesens sind ein ziemlich ambivalenter Haufen, aber auch so ... sagen wir: interessant, dass sogar Bücher über sie geschrieben wurden. Wenn du willst, leihe ich sie dir aus.«

»Gern.« Wie spannend ist das denn! Ein Mann mit Tradition.

In meinem Zimmer ist es eiskalt, die Heizung hat es noch nie so recht geschafft, den ersten Stock im

Winter zu erwärmen. Die Daunendecke fühlt sich klamm an, aber das Feuer unseres Verlangens brennt widrige Umstände einfach nieder.

Lange danach sind wir immer noch wach, liegen Arm in Arm und lassen unsere Gedanken ineinanderfließen, ahnend, dass jeder an einem sehr besonderen Punkt seines Lebens angekommen ist, *dem* Punkt, auf den man gewartet hat, *dem* Punkt, an dem Fragen Antworten finden und Entscheidungen getroffen werden wollen, *dem* Punkt, an dem anfängt, alles gut zu sein, auch wenn ein Berg an Problemen sich türmt und deine geliebten Tiere dich verlassen haben, *dem* Punkt, der einem gefühlten Lichtstrahl gleicht, dem du von nun an folgen wirst.

In der Weite der verschneiten Eiderstedter Landschaft, in derselben Nacht

Ein schwarzer Panzer asiatischer Provenienz pflügt sich durch die schneeschweren Äcker. Der Xenon-Lichtstrahl, gewöhnlich ein Ärgernis für jeden entgegenkommenden Kleinwagenfahrer, erfasst den schwarzen und den weißen Leib, beider Bewusstsein ist bereits in anderen Sphären unterwegs, es sieht nicht gut aus. Der Panzer hält an. Vier Hände greifen zu, retten, wärmen, legen Infusionen mit Astronauten-Nahrung.

»Na denn«, sagt der Splitter, der auf dem Fahrersitz Platz genommen hat, während der andere die bewusstlosen Tiere im Fond versorgt, und legt den ersten Gang ein. Langsam nimmt der Panzer Fahrt Richtung Osten auf.

Zweihundert Kilometer weiter südlich, in Hamburg-Lohbrügge, huscht ein Lächeln über Ritas Züge, sie seufzt im Schlaf, und Heinz, gerührt von einem Zauber, den er nun schon so viele Jahre erleben durfte, legt behutsam den Arm um sie.

In der Dämmerung des nächsten Morgens, etliche Kilometer östlich von Overbüll

Als ich die Augen aufschlage, finde ich mich und Jackie in der Dunkelheit einer Art Bau wieder. Es duftet nach Tannenzweigen, Lehm und Laub, ein dünner Lichtstrahl weist den Weg hinaus. Es ist so schön warm hier drinnen, dass ich nicht die geringste Neigung verspüre, eine Pfote in die Kälte zu setzen. Jackie scheint das genauso zu sehen, er schnuppert an der Öffnung herum, dann legt er sich neben mich. Neben dem Lichtstrahl befindet sich ein Haufen wohlriechender Nahrung, Getreide, Gemüse, Fleisch, zu maulgerechten Happen gepresst. Zu meiner Überraschung habe ich keinen Hunger und fühle mich kräftig, unternehmenslustig und zuversichtlich.

Nach einer Weile sind wir des Abwartens und Nichtstuns müde und futtern als erste Maßnahme einfachheitshalber alles auf. Kann ja nicht schaden.

Satt und zufrieden halten wir ein kurzes Nickerchen, ehe wir uns schließlich hinaustrauen, um uns umzusehen. Unser neuer Bau liegt im Schutz einer ausgehöhlten Eiche, die am Ufer eines schmalen, schnurgeraden Wasserlaufs steht. Die Eisdecke weist erste Risse auf. Das Tauwetter scheint nicht mehr lange auf sich warten zu lassen, und dann können die Maulwürfe ihren Lotsenjob fortsetzen.

Falls sie uns hier finden!

Wo um Himmels Willen sind wir eigentlich? Was ist mit uns geschehen?

Vorsichtig lugen wir über die Uferkante. Ein betäubender Geruch weht herüber und verschlägt uns fast den Atem. Wir blicken auf den Schlund einer gewaltigen Anlage. Zwei Männer kommen heraus und gehen hinüber in den Windschatten eines Transporters, wo sie sich Zigaretten anzünden und dem Rauch schweigend nachsehen. Dann fangen sie eine Unterhaltung an, einer lacht laut, der andere klopft sich auf den Schenkel.

Jackie und ich blicken auf das Tor.

Die Männer haben es nicht ordentlich zugezogen.

Ein ohrenbetäubender Motorlärm lässt mich zusammenzucken. Ein schwarzes Geschoss mit einem gewaltigen Anhänger donnert auf den Hof, zwei sehr dünne Menschen steigen aus, die von weitem nach Rita riechen. Wer nach Rita riecht, ist vertrauenswürdig. Die dünnen Menschen verwickeln die beiden Männer in ein Gespräch. Einer der dünnen Menschen geht hinüber zur Halle, stellt sich etwas abseits und nestelt an seiner Hose herum. Er tut aber nur so.

»Jetzt!« Ich schleiche auf das Tor zu, gefolgt von Jackie, der sich trotz seines Bauches erstaunlich flach machen kann.

Im Innern der Halle ist es feucht und dumpfig, eine fahle Beleuchtung taucht alles in ein kränklichgrünes Licht. Es riecht nach Kälberkacke. Links und rechts vom Mittelgang schnobern weiche Schnauzen durch Gitterstäbe, suchen Zitzen und finden Plastikersatz. Die Laute klingen nach Angst und ungläubigem Erstaunen.

Ich springe auf das Geländer. »Alle mal herhören! Wir sind auf der Suche nach Baby Jane. Wer von euch hört auf den Namen Baby Jane?«

Ängstliches Schweigen. Ein Kalb fasst sich ein Herz. »Warum willst du das wissen?«

»Ich will Baby Jane nach Hause bringen, zu seiner Mama.«

Schweigen. Dann ein zaghaftes: »Echt?« Das kam von ganz hinten.

»So wahr ich ein schwarzer Kater bin.« Mir schwillt die Brust.

»Hör auf zu posieren, wir müssen uns beeilen«, mahnt Jackie und macht sich daran, den Schließmechanismus der Boxen zu untersuchen. »Es ist ganz einfach«, sagt er, »du drückst den Haken hoch und entriegelst ihn.«

»Wenn es so einfach ist, könnt ihr uns doch alle befreien!«, meint das Kalb, das zuerst das Wort ergriffen hatte. »Wir möchten auch gerne nach Hause.«

Ich blicke mich um. Sind es 100 Boxen? 200? Oder noch mehr? In jedem Fall so viele, dass wir viel zu lange brauchen, um alle zu öffnen und rechtzeitig zu entkommen.

»Tja, da braucht ihr wohl mal wieder unsere Hilfe«, schnarrt eine vertraute Stimme hinter mir. Ich blicke mich um und sehe meinen Freund, den Raben, seine sechs Kumpels sowie mehrere Elsternpaare zum Tor hereinfliegen. »Die Elstern kennen jeden Trick«, ergänzt er und zum Beweis stößt einer der wunderschönen blauschwarzweißen Vögel herab und lässt mit einem gezielten Hieb den Riegel aufschnappen, woraufhin das befreite Kalb schnurstracks zum Ausgang drängt.

»Halt! Stehenbleiben!« Jackie stellt sich dem Kalb mutig entgegen. »Wir gehen alle zusammen oder keiner, verstanden?«

Das Kalb äugt ihn unsicher an und tut, wie ihm geheißen.

Wie aufs Kommando stoßen die Krähen und Elstern herab und haken blitzschnell, elegant und leise die Riegel auf.

Ich spekuliere um die Ecke. Ein dünner Mensch sitzt hinterm Steuer, der andere und die Männer sind immer noch im Gespräch, aber es neigt sich dem Ende zu, Ungeduld und schlechtes Gewissen der Mitarbeiter wehen zu mir herüber. Mit einem Mal springt die Motorhaube auf und die drei beugen sich über das Innenleben des Wagens, der ohrenbetäubend vor sich hin röhrt. Perfekt. »Beeilung«, sage ich, »wir müssen hier raus. Aber leise und geordnet in einer Reihe. Einer nach dem anderen! Keiner drängelt sich vor! Und links herum!«

»Links?« Die Kälber sehen mich fragend an.

»Folgt mir!«, ruft der Rabe und fliegt voraus. »Ihr anderen fliegt im Pulk auf die Leute zu, um sie abzulenken. Aber nicht angreifen, nur drüberfliegen, klar?«

Der Tross setzt sich in Bewegung. Ein Kalb nach dem anderen verlässt die Halle und wendet sich nach links, das Geräusch unzähliger Hufe geht im Motorenlärm unter.

Baby Jane, Jackie und ich laufen Richtung Norden. Die anderen stürmen westwärts, in den Süden oder nach Osten, zu zweit, zu dritt, zu viert.

Heim.

Fünf Stunden später zuckelt ein beiger Mercedes älteren Baujahrs auf den Hof. Ein olivfarben gekleideter stattlicher Mann steigt aus und ist im Begriff, ins Haupthaus zu gehen, als er plötzlich stutzt. Und horcht. Und zögernd hinübergeht. Und das Tor öffnet. Kurz darauf stürmt der nun sehr wütende Mann, ein Gewehr aus dem Hause Winchester und den Schäferhund Ajax an der Seite vom Hof, 200 Kälbern und zwei Idioten hinterher, die zu dämlich sind, um eine Stalltür zu schließen.

Kaum ist der Mann unterwegs, lassen die Splitter die Ferngläser sinken und machen sich an ihren Tablets zu schaffen. Ein wenig Instagram hier, eine Prise Facebook dort, für die Privaten ein gezielter Insider-Schocker mit wackeliger Kamera. 200 mit Hormoncocktails und genmanipuliertem Sojaschrott gemästete Kälber, die in die Kamera blicken, als könnten sie es immer noch nicht glauben, wozu der Mensch fähig ist. »So, wenn das keine Lawine wird, heiße ich nicht länger Siegfried.«

»Und ich nicht Roy!«

Sie sehen sich an und schütteln die Köpfe. »Was hat sich Mam damals bloß dabei gedacht?«

Siegfried startet den Motor. Langsam rollt der schwarze Panzer dem aufgebrachten Landwirt hinterher.

Zur selben Zeit in Overbüll, wir schreiben den 23. Dezember

Wir haben alle Tierheime im Umkreis von 200 Kilometern abtelefoniert, wir haben Plakate aufgehängt und unsere Suche über Regionalforen publik gemacht. Bislang ohne Erfolg. Rita ruft an und versucht, mich zu beruhigen.

»Nehmen Sie energetisch Kontakt mit ihm auf, dann werden Sie ja sehen, wo er steckt und warum.«

»Energetisch?«

»Na ja, über die Ferne. Ihr Doktor macht doch den Tierflüsterer, oder nicht?«

»Erstens würde ich das nicht so nennen. Zweitens sind die Tiere in solchen Fällen *anwesend*. Und drittens kann ich das sowieso nicht.

Ein silberhelles Lachen. »Aber wieso denn nicht? Wir sind Energie, Worte sind Energie und die kann man empfangen, ganz gleich, wo man und tier sich befinden. Das weiß doch inzwischen jedes Kind!« Als ich nichts erwidere, fügt sie mit ironischem Unterton hinzu: »Aber von Quantenphysik haben Sie durchaus schon mal gehört, oder?«

»Durchaus, ja«, gebe ich zurück, wieder einmal beeindruckt von Ritas profunder Allgemeinbildung, und heute, anders als sonst, nur ein *klitzekleines* bisschen angefressen, dass die um Klassen besser ist als meine.

»Ich schicke Ihnen per Kurier ein Paket mit entsprechender Lektüre.«

»Danke.« Wir plaudern noch ein wenig. Im Büro herrscht Flaute. Der Politiker hat ein Weihnachtspräsent geschickt. Rita druckst ein bisschen herum.

»Was ist los?«

Pause. Dann: »Mein Heinz will mich heiraten.«

»Uuups. Ich hatte angenommen, Sie wären schon ...«

»Hmhm. Mir fehlen dazu leider ein, zwei Papiere.«

»Welche denn? Die lassen sich doch wiederbeschaffen?«

Stille.

»Ich verstehe«, sage ich. Ich verstehe zwar gar nichts, aber das wird sich finden. »Sie hören von mir.«

Drei Stunden später hält ein Kurier auf dem Hof. Zehn Bücher unterschiedlicher Dicke und unterschiedlichen Niveaus, dazu eine Dose selbstgebackener Plätzchen. Es ist elf Uhr an diesem trüben Vormittag. Lana ist auf einem Benefiz-Weihnachtsmarkt, Pia ist nach Husum gefahren, um Weihnachtsgeschenke einzukaufen und Rolf hat einen Termin beim Psychiater. Das Haus gehört Oliver und mir. Ich koche einen alkfreien Punsch, bereite einen Snack aus Olivenbrot, Käse, eingelegten Tomaten und Pilzen, der Ofen bollert, und wir vertiefen uns in die Bücher. Ab und an blicken wir hoch und lächeln uns an, hingerissen von uns und fasziniert von dem, was wir lesen.

Am späten Nachmittag, die anderen sind inzwischen zurückgekehrt, finden wir es an der Zeit, uns etwas Bewegung zu verschaffen, und beschließen deshalb, einen Baum kaufen zu gehen. Pia mault mich an, das sei ihre und Rolfs Angelegenheit, aber

Mam ignoriert sie und nimmt mich in den Arm: »Schöne Idee, mein Kind. Fahrt vorsichtig.«

Weihnachten ohne Baum geht nicht. Es muss aber einer mit Ballen sein, damit man das teure Stück nach dem Fest einpflanzen, im nächsten Jahr wieder ausbuddeln und erneut schmücken kann. Wir haben das früher so lange mit einem Baum gemacht, bis er für die Tenne zu groß geworden war und hinfort unsere Allee ergänzte. Die Weihnachtsbaum-Industrie indes schläft nicht.

Als wir im Baumarkt zu Husum die Blautannen mit Ballen begutachten, lesen wir auf den Etiketten: Nicht zur Weiterkultur geeignet.

»Was soll das heißen?«, frage ich eine vorübereilende Mitarbeiterin. Sie weiß es leider auch nicht, weil sie nicht für die Tannenbäume zuständig ist.

Der nächste Mitarbeiter ist auch nicht dafür zuständig, findet aber telefonisch heraus, dass mit »Weiterkultur« das Einpflanzen gemeint ist.

»Sie meinen, dieser Baum mit Ballen überlebt nicht in der Erde, wenn ich ihn einpflanze, was doch eigentlich der Sinn eines Baums mit Ballen ist?«

Der Mitarbeiter nickt. »Ganz genau.«

»Das ist pervers«, sage ich. »Bäume gentechnisch so zu manipulieren, dass sie in der Erde, ihrem originären Element, nicht überleben, ist der Ausdruck einer pervertierten Industrie, mithin einer pervertierten Gesellschaft, die Heiligabend Frieden auf Erden verspricht und zum selben Zeitpunkt Millionen von Enten, Gänsen, Puten und Karpfen das Leben nimmt. Und Bäumen. Pfui Teufel.« Ich bin supersauer.

Der Mitarbeiter bleibt ungerührt. »Kann ich sonst noch was für Sie tun?«

»Nein, danke. Sie können ja nichts dafür, aber finden Sie nicht auch …«

Er neigt sich ein Stück zu mir und senkt vertraulich die Stimme. »Wir haben Plastikbäume, die echt was her machen. Täuschend echt. Mit eingebautem Tannenduftzerstäuber. Brauchen sich bloß die App dazu runterladen fürs Timing.«

»Mein Handy steuert den Zerstäuber?«

»So sieht's aus.«

Ich sehe Oliver an. Er hebt die Hände. »Mich darfst du nicht fragen. Ich halte von diesem ganzen Zinnober überhaupt nichts.«

»Gut, dann sind wir uns einig.« Wir bedanken uns artig bei dem Mitarbeiter und schlendern Richtung Ausgang, vorbei am Baumschmuck und den Lichterketten in grün, lila, bunt, weiß. Weihnachten war früher famos, vor allem, als mein Vater noch lebte. Nachdem meine Eltern sich gegen Goa und für den konventionellen Landbau entschieden hatten, bekamen Rolf und ich, vielleicht als verqueren Rechtfertigungsversuch, für was es gut sein kann, die eigenen Ideale zu verraten, tonnenweise Geschenke. »Warum magst du Weihnachten nicht?«

»Ich mag den Spirit, aber nicht die Ausführung«, gibt er trocken zurück.

»Keine Geschenke, kein Baum?«

»So ähnlich.«

»Hm.«

»Mir fällt nie etwas Gescheites ein, wenn ich jemanden beschenken soll. Dann lass' ich es lieber.«

Hm, denke ich. Heiligabend unterm Plastikbaum mag ja noch angehen, aber so ganz ohne Geschenke? Wenigstens eine Kleinigkeit und supergünstig, man kann sich ja auf einen Betrag einigen. Vielleicht lässt sich auf diese Weise an Olivers Einstellung noch ein wenig schrauben. Beziehung ist schließlich immer auch Arbeit und Entwicklung. Als mir bewusst wird, was mir da gerade durch den Kopf geht, muss ich unwillkürlich schmunzeln. Wir sind noch nicht einmal offiziell ein Paar und schon ist die verlässlichste weibliche Eigenschaft aktiviert, einen Mann in die Flucht zu schlagen: der unbedingte Wille, ihn zu verändern bei gleichzeitiger Ansage, ihn so zu lieben, wie er ist.

Künstlicher Schnee rieselt auf die Plastikbäume. An der Decke hängt ein Riesenflachbildschirm und zeigt Bilder aus der weiten Weihnachtswelt vom New Yorker Times Square bis zum römischen Peters-Platz. »Modell Griswold«, lese ich vor, »Turbo-Snow-Injection mit integr. Eichhörnchen.«

Der Mitarbeiter unseres Vertrauens segelt strahlend auf uns zu. »Sie kennen das Kult-Movie?«

»Klar.«

»Sie können das ebenfalls per App steuern oder einfach manuell arbeiten. Immer wenn wer vorbeigeht, drücken Sie auf den Knopf und schwupps ...«

Mir springt ein rotbraunes Plüschtier auf die Brust und krallt sich in meinen Mantel. Ich zucke zusammen. »Hey!«

»Wenn es genug ist, lösen Sie mit der Taste Release ...« Der Mitarbeiter hält mir die Bedienleiste vor die Nase. »... die Krallfunktion des Tierchens.« Er drückt die Taste und das Plastikeichhörnchen fluppt zurück in den Plastikbaum. »Cool, oder?«

»Sehr«, sage ich freundlich. »Wir überlegen noch.«

»Vielleicht lieber dieses Modell? Das ist Ebenezer, auch ein Retro-Modell, sehr schlicht gehalten ...«

»Wir überlegen noch«, wiederhole ich, greife nach Olivers Hand und ziehe ihn fort, zurück zu den echten Bäumen. Meine Familie bringt mich um, wenn wir mit so einem Teil ankommen, nicht, dass mir Pias und Rolfs Meinung etwas bedeuten würde, aber dennoch. Weihnachten soll es gemütlich sein bei uns. Ist ja zum letzten Mal.

»Lass uns einen echten Baum nehmen«, schlägt Oliver vor. »Ist ja zum letzten Mal auf dem Hof.«

Ich strahle ihn an.

Unterdessen in der Plastikbaum-Abteilung

Der Mitarbeiter starrt auf den Fernseher. »Krass«, sagt er und orgelt, ein Auge auf dem Display, das andere beim Live-Bericht eines Privatsenders, auf seinem Handy herum. Ein Schuss zerreißt den Satz des Reporters, die Kamera zoomt den Acker näher, auf dem sich das Geschehen abspielt – der aufgebrachte Landwirt wirft die Winchester von sich, zwei Polizeiwagen haben sich in der Schneeschmelze festgefahren, ein Transporter mit Rendsburger Kennzeichen und dem Aufdruck »Tiere in Not« parkt in einiger Entfernung – bis der kleine Körper mit dem blutgetränkten weißen Fell den ganzen Bildschirm ausfüllt.

»Scheiße, so ein Mordsidiot«, postet der Mitarbeiter und ist damit Teil der Netz-Lawine, die Siegfried und Roy angezettelt haben und die sie zur Stunde auf ihren Tablets verfolgen.

»Scheiße«, sagt Siegfried und fängt an, auf seiner Nagelhaut herumzukauen, »der macht ernst, der Idiot.«

Die Polizei nimmt den Landwirt in Gewahrsam. Währenddessen versucht der Reporter, sich den Tieren zu nähern, woraufhin Jackie leise fiept und Kater und Baby Jane davonlaufen.

Die Splitter wechseln einen besorgten Blick.

»Wann kommt Matze ins Spiel?«, fragt Siegfried.

»Um 22.15 auf RTL.«

Am selben Abend auf dem Hof

»Dein Handy hat sich ’nen Wolf gewhatsappt«, sagt Pia statt einer Begrüßung, als Oliver und ich mit dem Baum wieder daheim sind.

»Ich habe es hiergelassen, damit ich nicht andauernd draufgucke, ob irgendeine Nachricht wegen Kater und Jackie angekommen ist. Das wäre eine Form von Anhaftung, die sich kontraproduktiv auf das erwünschte Ergebnis auswirkt. Quantenphysik, Kapitel drei. Kannst du nachlesen.«

»Wozu hast du die Pferde gesattelt, wenn du sie dann nicht reitest?«, gibt Pia zurück. »Facebook ist wie ein Haus mit einer Türglocke. Man darf klingeln und wird dann hineingelassen. Wenn du deine Tür nicht öffnest, wird die Netzgemeinde denken, du verarschst sie mit deiner tränenreichen Kater-Suche. Und *den* Shitstorm, der daraufhin einsetzen wird, willst du nicht erleben.«

Pia hat ausnahmsweise Recht. Soll ich eingestehen, dass ich das Handy in Wahrheit deswegen nicht mitgenommen habe, weil ich mich davor fürchte, überhaupt keine Nachricht zu erhalten? Pia wirft mir einen Blick zu, dann zuckt sie die Achseln.

»Der weltschönste Weihnachtsbaum!«, ruft Lana uns vom Treppenabsatz zu. »Mit Ballen. Sehr gut. Der kommt zur Hausallee, bevor wir diese unsere Stätte endgültig verlassen.«

»Du kannst ihn ja auch mit nach Gomera nehmen«, feixt Pia.

»Goa«, berichtigt Lana und kommt herunter. »Es bleibt bei Goa. Keine halben Sachen mehr. Und übrigens, wir erwarten Heiligabend noch einen Gast.«

»Lass mich raten«, meint Rolf gutmütig. »Fängt sein Beruf mit A an?«

»Nicht doch«, fange ich den Ball auf, »von Arschloch kann keine Rede sein. Ich glaube eher an ein M.«

»M?«, fragt Pia.

»Massenstalldesigner«, antworte ich. »Oder auch Mastanlagendesigner, kurz MAD.«

Rolf lacht. Pia schnappt sich die zahlreichen Tüten mit den vielversprechenden Logos, die in der Tenne herumstehen. »Ich geh mal 'ne Runde einpacken.«

»Ich mach Essen«, sagt Lana und an mich gewandt. »Hilfst du mir?«

»Was gibt es?«

»Ratatouille.«

Das heißt Gemüse schnippeln ohne Ende. Och nö. »Klar«, sage ich, »lass mich nur kurz aufs Handy gucken.«

»Ich bin gut im Gemüse schnippeln«, sagt Oliver mit einem amüsierten Blick zu mir, ehe er sich meiner Mutter zuwendet. »Darf ich?«

»Sehr gerne«, entgegnet Lana.

Die beiden verschwinden plaudernd in der Küche. Ich höre sie lachen.

Ich atme drei Mal tief durch. Okay, Holly. Trau dich.

1000 Whatsapps. Drei zu lesen genügt, um mich in tiefe Verwirrung zu stürzen. Auf Facebook und Instagram das gleiche. Demnach stehen mein Kater und mein Jackie im Verdacht, 200 Kälber befreit zu haben. Augenzeugen berichten von einer Herde, die von einem schwarzen Kater und einem weißen Hund angeführt wurde, andere behaupten gesehen zu haben, dass die Herde sich kurz hinter Friedrichstadt teilte.

Die haben doch nicht alle Tassen im Schrank, denke ich. Das gibt's doch gar nicht!

KPK kündigt an, dass er dem coolen Kater einen Song widmen will. Timo Claussen fragt süffisant an, ob es sich bei dem mutmaßlichen Kälberentführer um das Tier handelt, von dem ich behauptete, es hätte seine, Timos, Autoschlüssel im Klo versenkt, und falls ja, würde er mich um Verzeihung bitten, der Kater sei ja tatsächlich und buchstäblich eine Intelligenzbestie. Auch *der* Politiker meldet sich: »Handelt es sich etwa um *den* Kater, der meinen Mantel auf dem Gewissen hat? Du solltest ein Buch über seine Abenteuer schreiben!«

Ich schicke ihm einen Smiley und lese weiter. Viele Jäger haben mir geschrieben und sich von der Wildwest-Manier ihres Kollegen distanziert, ein Forensiker erklärt mir, warum die Flugbahn der Kugel keine Rückschlüsse auf eine tödliche Verletzung des Hundes erlaube.

Tödliche Verletzung. Ich beginne, am ganzen Leib zu zittern.

Oliver steckt den Kopf herein. »Alles in Ordnung?«, fragt er sanft.

»Nein, nichts ist in Ordnung.« Er nimmt mich in den Arm.

»Essen ist fertig!«, ruft Lana von unten. »Kommt ihr?«

»Ja, glei-eich!« antworten wir im Chor und überfliegen rasch die restlichen Nachrichten. Demnach befindet sich Jackie in veterinärmedizinischer Obhut. Mehr Informationen gibt die Polizei nicht preis. Was den festgesetzten Landwirt anbelangt, hält man sich ebenfalls bedeckt, um laufende Ermittlungen nicht zu gefährden. Die flüchtigen Mitarbeiter hätten sich indes gestellt und zeigten sich kooperativ. Auch hier keine weiteren Details.

Zum Schluss eine Anfrage von RTL. Stern TV habe vor, heute Abend über das »tierische Ausreißer-Drama, das die Herzen der Nation bewegt«, zu berichten, und ich, als eine der mutmaßlichen Besitzerinnen beider Tiere, solle live vor Publikum interviewt werden. »Das gibt's ja gar nicht«, sage ich tonlos und sehe auf die Uhr. Noch zwei Stunden bis »Stern TV«. Ich bin im Norden der Republik, Stern TV in Köln. Schade, Holly. Hast es verkackt.

»Was soll das bringen?«, sagt Oliver trocken. »Du willst Kater und Jackie zurück. Oder willst du ins Fernsehen?«

Ich muss lachen. Stimmt.

»Holly, Oliver, kommt schnell!« Pias Stimme überschlägt sich fast.

Wir stürzen nach unten. Rolf hat den Fernseher in die Küche geschoben, das Ratatouille steht auf dem Tisch, alle Augen sind auf den Bildschirm geheftet. Die Meldung läuft auf allen Kanälen. Während des Essens beratschlagen wir, was wir tun können, und sind uns einig wie selten: gar nichts.

Um 22 Uhr 15 schalten wir Stern TV ein.

Da steht er, in Schlips und Kragen, Merkzettel in der Hand, im Hintergrund ein dezent geschmückter Weihnachtsbaum. Ich halte die Luft an.

»Ganz Deutschland«, sagt er mit diesem unverwechselbaren Blick, »wünscht sich eine glückliche Heimkehr des tapferen Trios, das bereits jetzt Geschichte geschrieben hat und möglicherweise einiges, was die Wissenschaft über tierische Intelligenz weiß, auf den Kopf stellt.«

Ich atme wieder.

»Die gute Nachricht zuerst: Der Jack Russell ist auf dem Weg der Besserung. Der Eiderstedter Landwirt hat ihm einen Streifschuss versetzt. Die Polizei hat die mutmaßliche Tatwaffe, eine Winchester, wie John Wayne sie wohl gern gehabt hätte, beschlagnahmt.«

»Mein Gott«, sagt Pia entsetzt.

»Das ist ja Wahnsinn«, sagt Lana im selben Tonfall.

»Und was ist die schlechte Nachricht?«, fragt Rolf.

Wir sehen uns an, dann wieder auf den Bildschirm.

»Von dem schwarzen Kater und den Kälbern fehlt jede Spur. Niemand weiß, ob sie bei der Eiseskälte in der Weite einer unwirtlichen Marschenlandschaft überleben können.« Der bekannte Moderator macht eine Pause und sieht uns sorgenvoll an. Es folgt ein Bericht über den Landwirt, der schon häufiger in der Kritik stand, weil er zu viele Tiere auf zu engem Raum gehalten, zu viele Medikamente ins Futter gemischt und bei der Tötung der Kälber kaputte Bolzengeräte eingesetzt haben soll, die die Tiere verletzte statt sie sofort zu töten, so dass sie bei vollem Bewusstsein waren, als die Zerlegung ihres Körpers begann. »Bei uns im Studio begrüße ich nun Dr. Elias Weißmichel. Der Verhaltensforscher will uns erläutern, warum es durchaus möglich ist, dass ein Kater und ein kleiner Hund die Befreiung von 200 Kälbern bewerkstelligt haben könnten. Was nur wenige wissen: Als Matze Michaelsen steht er auf der Bühne, unter dem Pseudonym Elias Weißmichel schreibt er Bücher über tierische Intelligenz. Dr. Weißmichel, herzlich willkommen.«

Das Publikum im Studio applaudiert.

»Hast du das gewusst?«, frage ich Oliver überrascht.

Oliver schüttelt den Kopf. »Nein. Aber eins seiner Bücher habe ich gelesen.«

Matze erzählt herzbewegend, was Tiere dem Menschen vermitteln können. Sehr eindrucksvoll. Nach dem Gespräch berichtet der bekannte Moderator, dass die Redaktion bereits 20 Frauen ausfindig gemacht hätte, die unisono behaupten, es handele sich um ihren Kater und ihren Hund.

»Das ist ja wohl das Letzte!« Sofort versuche ich, im Sender jemanden zu erreichen.

»Das ist mein Kater«, sage ich, als endlich jemand abhebt.

»Das haben wir heute schon sehr oft gehört«, entgegnet die fröhliche Stimme. »Sie müssen das schon beweisen können.«

»Der Hund gehört auch zu uns.«

»Auch das müssen Sie beweisen.«

»Wie soll ich das denn machen? Mein Kater ist schwarz und sechs Monate alt. Der Hund hört auf den Namen Jackie. Das steht alles auf Facebook. Sie haben mir im Übrigen auch eine Nachricht geschickt.«

»Sicher. Wir recherchieren in alle Richtungen.«

»Was ist mit Jackie? Wird er wieder?«

»Die Ärzte haben ihn ins künstliche Koma versetzt. Das darf ich Ihnen eigentlich gar nicht sagen. Senden Sie uns bitte ...«

»Ich kann mit meinem Kater sprechen.«

Pause am anderen Ende.

»Glauben Sie mir, ich kann das. So wie Dr. Weißmichel es beschreibt. Genau so. Ich kann es Ihnen beweisen.«

Pause. Dann: »Einen Moment, ich stelle Sie durch.«

»Lohmann.«

»Ja, guten Abend, ich bin Holly ...«

»Sie behaupten, es handle sich um Ihren Kater und Sie könnten mit ihm sprechen.«

»So wie Herr Dr. Weißmichel es beschreibt, genau so.« Vorsichtshalber behalte ich es für mich, dass ich Matze persönlich kenne. Redakteure sind immer so misstrauisch.

»Wie darf man sich das denn vorstellen – Ihre Kommunikation?« Seine Stimme klingt spöttisch.

»Nun, das kommt darauf an.«

»Worauf?«

»Was wir uns mitzuteilen haben.«

»Geht es etwas konkreter?«

»Ich lege zwei Zettel mit Ja und Nein hin, dann stelle ich ihm eine Frage und er legt sich auf die Antwort.«

»Also lesen kann Ihr Kater auch. Wissen Sie, Frau H ...«

»Bitte, Herr Lohmann«, flehe ich ihn an. »Ich habe diesen Kater in Bergedorf in einem Müllsack gefunden, er atmete kaum noch, ich habe ihn mit einer Pipette ernährt und aufgepäppelt, mir bricht das Herz, dass er weggelaufen ist ...«

»Er ist von Bergedorf nach Eiderstedt ...«

»Nein, ich bin seit zwei Tagen bei meiner Familie in Overbüll, zusammen mit meinem Partner ...« – upps, was habe ich gerade gesagt – »und unserem Hund, dem Jack Russell, die beiden sind vom Hof getürmt …«

»… und laufen schnurstracks 100 Kilometer, um 200 Kälber zu befreien.« Seine Ironie trieft durch den Hörer.

»Ich weiß, das klingt verrückt …«

In dem Moment geht mir ein Licht auf. Mein Kater hat in seinem jungen Leben ein ausgeprägtes Sendungsbewusstsein an den Tag gelegt, zumindest, was meine Liebhaber anbelangt. Was, wenn er nun mit Oliver einverstanden ist, und seine Fürsorge anderweitig auslebt? Er war doch im Stall, bevor er davonlief! Und eine der Kühe war krank … »Moment mal.« Ich halte die Muschel zu und wedele Rolf heran. »Hast du neulich ein Kalb verkauft?«

»Ja, von der Lisa.«

»Wieso von der Lisa?«, zische ich ihm zu. »Wie oft soll die denn noch kalben?«

»Es ist halt passiert, mein Gott.«

»Wieso?«, insistiere ich.

»Weil ich die letzte Samenlieferung nicht im Klo runterspülen wollte«, giftet Pia. »Das teure Zeug.«

Stille. Wir sehen uns an.

»Herr Lohmann, hören Sie, eins der Kälber stammt vermutlich von unserem Hof. Wir haben es verkauft, weil wir diese Form der Tierhaltung aufgeben.«

»Sie glauben, Ihre Tiere handeln zielgerichtet …«

»Sagt Ihr Experte doch auch!«

»… um ein Kalb zurückzuholen, dass sie gar nicht kennen, weil Hund wie Kater erst vor zwei Tagen …«

»Spielen Sie Baby Jane«, schreit Lana dazwischen. »Das von Rod Stewart.«

Herr Lohmann sagt nichts.

»Sind Sie noch da, Herr Lohmann?«, frage ich.

»Ja.«

»Das habe ich immer gesungen, wenn ich im Stall war«, ruft Lana aufgeregt, »vielleicht, wenn Sie es ganz laut …«

»Okay, hören Sie mir zu. Ich glaube, Sie haben alle zu viel Glühwein gehabt.« Pause. »Andererseits sagt mir mein Bauch, dass an Ihrer Geschichte was dran ist. Hm.« Pause. »Ich melde mich, wenn wir herausfinden, wo die Tiere sich aufhalten.«

Nach dem Telefonat sprechen wir dem Glühwein zu, den Herr Lohmann uns unterstellt hatte. Wir reden nicht viel, aber die Geschichte hat etwas verändert, die Stimmung zwischen uns ist weicher. Oliver drückt meine Hand. Er hat als Einziger keinen Tropfen getrunken. »Ich vermute«, sagt er, »sie haben Jackie nach Rendsburg gebracht.« Er sieht mich an. »In einer Stunde könnte ich dort sein.«

»Okay.«

Ich würde ihn gern begleiten, aber wenn Kater Baby Jane befreit hat, wird er es – plus maximal 199 weitere Kälber – nach Hause bringen wollen. Und dann will ich hier sein.

»Tschüss du«, sagt er, als ich ihn zum Auto bringe. »Hast du das ernst gemeint, vorhin?«

»Was denn?« Ich stelle mich ahnungslos, um Zeit zu gewinnen. Doch eine Sekunde später komme ich mir kindisch vor. »Ja, ich habe es so gemeint.«

Oliver sieht mich an. »Ich liebe dich.«

Ohne meine Antwort abzuwarten fährt er los. Ich winke in die Nacht, ein Ich-dich-auch im Herzen.

So viele lose Enden mäandern durch mein Leben, aber irgendwie scheinen sie sich gerade zu einem sinnvollen Ganzen zu fügen, wie immer das auch aussehen mag. Zum ersten Mal seit langer Zeit pirscht sich Glück heran. Ich kann es kaum glauben.

Ich wünsche meiner Mutter, meinem Bruder und Pia eine gute Nacht, und gehe in mein Zimmer, um das zu tun, was Matze alias Dr. Weißmichel empfohlen hat: »Konzentrieren Sie sich auf Ihr Tier. Lassen Sie Ihre Liebe zu ihm fließen. Spüren Sie die Verbindung zwischen Ihnen, sagen Sie ihm, was Sie sich von ihm wünschen. Oder was immer Sie auf dem Herzen haben. Sie können Ihr Tier auch bitten, Ihnen die Gründe für sein Verhalten zu nennen.«

Ich versenke mich also in tiefste Konzentration, dränge jeden Zweifel zur Seite und bitte Kater, nach Hause zu kommen. Selten bin ich mir dämlicher vorgekommen. Aber erstens hört's ja keiner und zweitens: Hauptsache, es funktioniert.

Zur selben Zeit im schwarzen Panzer von Siegfried und Roy

Baby Jane und ich liegen eng aneinander gekuschelt auf einer weichen Decke auf dem Rücksitz eines Autos, das von einem der dünnen Menschen unter eine Brücke gesteuert wurde. Das Motorengeräusch bricht ab. Hier sollen wir wohl die Nacht verbringen. Baby Jane schläft bereits tief und fest, und ich seile mich ganz langsam ab, als ich mit einem Mal wieder hellwach bin. Ich höre Hollys Stimme! Sie liebt mich, sagt sie, sie vermisst mich und Jackie, sie hat große Angst um uns und sie bittet mich inständig, nach Hause zu kommen.

Ich bin zu erschöpft von den Strapazen und traurig wegen Jackie, um mich über etwas zu freuen, worauf ich so lange gehofft habe, deshalb antworte ich nur mit einem kurzen »Mach ich«, als eine sanfte Melodie unsere Verbindung unterbricht.

»Rita«, murmelt einer der dünnen Menschen schlaftrunken. »Alles klar.«

»Was ist?«, fragt der andere dünne Mensch.

»Rita sagt, wir können den Sack jetzt zumachen.«

»Na denn.« Ein dünner Finger tippt auf einem flachen Ding herum. »Schönen Gruß an Herrn Lohmann.«

Die dünnen Menschen schließen die Augen. Stille. Ich bleibe wach. Denn etwas nähert sich, ganz leise, dann wieder Stille. Aber die Stille verdichtet sich, drängt heran, nimmt zaghafte Geräusche zu Hilfe, um uns zu wecken.

Baby Jane äugt mich an. *Sie wissen nicht, wohin.*

»Was ist das?«, sagt der eine dünne Mensch und sieht angestrengt in die Dunkelheit.

»Ich seh nach«, sagt der andere, öffnet lautlos die Tür und gleitet hinaus.

Heiligmorgen

Ein Tag bangen Wartens vergeht.
Oliver ruft an und berichtet, die Tatsache, dass er Tierarzt sei, habe seine Kollegen in der Tierklinik bewogen, ihm Glauben zu schenken. Er durfte Jackie sehen, aber der Hund befinde sich immer noch im künstlichen Koma. Sein Zustand sei ernst, aber stabil. Von Streifschuss könne keine Rede sein, die Kugel habe den linken Hinterlauf getroffen, was man der Presse aber verschwiegen habe, um zu vermeiden, dass die U-Haft gestürmt und der Landwirt geteert und gefedert würde, aufgebracht wie die Stimmung sei.

Wir hängen am Fernseher, Frühstücksfernsehen, Nachrichten, RTL, Phönix, n-tv, ARD, Bayern, SWR, wir lassen nichts aus.

Die Tiere sind immer noch wie vom Erdboden verschwunden, ein Helikopter zieht so unermüdlich wie vergeblich im Auftrag des Privatsenders Kreise über Eiderstedt und Dithmarschen. Die Regionalzeitung widmet der Geschichte einen kühlen Zweispalter, die Boulevardpresse krempelt das Privatleben des aufgebrachten Landwirts um und gibt sich reichlich Mühe, ihn schlecht zu machen. Naturschutzverbände planen eine Zentral-Demo gegen Massentierhaltung, Mastanlagen und den Wahnsinn der Subventionen, mit denen der Staat locker ein Grundeinkommen von 1500 Euro für jeden Menschen finanzieren könnte.

Herr Lohmann ruft an. Der Sender habe spitzgekriegt, dass Oliver bei seinem angeblichen Hund sei, ein RTL-Team ist deshalb nach Rendsburg unterwegs. Man hoffe auf eine telegene, stürmische, hündische Begrüßung, künstliches Koma hin oder her. Außerdem habe man einen Herrn Kaluppke mit seinem Kaninchen vor die Kamera bekommen, der Mann schildere sehr eindringlich die magischen Fähigkeiten Dr. Andreesens und betone, dass er, Kaluppke, ebenfalls mit Tieren spräche.

»Außerdem ...«

»Ja?«

»Uns erreichen zwar viele Hinweise, die meistens von irgendwelchen Spinnern stammen ...«

»Aber?«

»Tja, ob Sie's glauben oder nicht, Siegfried und Roy haben mir ein Foto aufs Handy geschickt.«

»Siegfried und Roy.«

»Das wird ein Tarnname sein, aber egal, das Foto zeigt ziemlich verwackelt einen schwarzen Kater und ein braunes Kalb und im Hintergrund ist ein Hof zu erahnen. Gucken Sie mal drauf und rufen Sie mich dann wieder an.«

Drei Sekunden später macht es Pling! Eindeutig unser Hof.

Schon will mein Finger Herrn Lohmanns Nummer touchen, als ich innehalte. Erstens: Ob Kater meine Botschaft erhalten hat oder ohnehin vorhatte, zurückzukehren – ich meine, wohin denn sonst? – ist mir gleich. Das Foto beweist: Er ist nach Hause unterwegs. Zweitens: Wenn ich Herrn Lohmann bestätige, dass es sich um unseren Hof handelt, der auf dem

Foto zu sehen ist, wird er mit seinem gesamten Kamera-Gedöns und tausend Leuten hier aufschlagen. Wir werden interviewt, müssen den Megastall und die Mastanlage, wenngleich nur halb fertig, erklären, Lana und ich, die wir strikt gegen diese Idee waren, werden in einen Topf geworfen mit Immenhof-Pia und meinem gedopten Bruder.

Nee. Vielen Dank. Ich habe keine Lust, eine Lachnummer auf RTL und im Netz zu werden. Mal ganz abgesehen davon, ob Kater und Kalb sich überhaupt herantrauen, wenn auf dem Hof der Teufel los ist.

»Herr Lohmann?«

»Ja. Und?«

»Nee, leider nicht.«

Pause. »Hm. Wenn Sie vielleicht mal google earthen wollen ... also, da ist echt eine ziemliche Ähnlichkeit ...«

Ich lache silberhell. »Herr Lohmann, hier oben sieht ein Hof aus wie der andere und seinerzeit haben wir Google Earth untersagt, sogar gerichtlich, unseren Hof zu filmen.« Das ist glatt gelogen. Aber ehe Herr Lohmann das herausbekommen hat, sind Kater und Kalb in Sicherheit und Netz und Fernsehen jagen bereits eine andere Sau durch die Landschaft. »Sie sehen also ...«

»Okay, schade. Dann melde ich mich, sobald es etwas Neues gibt.«

»Wunderbar, vielen Dank. Ach, und frohe Weihnachten. Falls wir uns nicht mehr hören.«

»Frohe Weihnachten.«

Umgehend rufe ich Rita an. »Rita, die beiden Jungs, die Splitter ...«

»Siegfried und Roy.«

»Siegfried und Roy, im Ernst?«

»Ja, weiß der Himmel, was ihre Mutter sich dabei gedacht hat.«

»Rita, ich muss verhindern, dass das Fernsehen hier aufkreuzt!« Rasch setze ich Rita ins Bild, was auf dem Foto zu sehen ist und welche Befürchtungen ich habe.

Rita wirkt erstaunt. »Glauben Sie wirklich, ein Kater, der 200 Kälber befreit, läuft vor einer Fernsehkamera und ein paar Scheinwerfern davon?«

»Und die vielen Schaulustigen, mit denen wir rechnen müssen? Denen sind mein Kater und Baby Jane doch völlig egal, die wollen doch bloß ins Fernsehen! Um Himmels Willen, Overbüll, das neue Dschungelcamp, nee, bloß nicht.« Als Rita nichts erwidert, füge ich hinzu: »Aber das ist ja nicht das Schlimmste, Rita, ich habe solche Angst, dass irgendwer die beiden kidnappt, Lösegeld erpressen will ...« Auf die Idee komme ich ja erst jetzt! Die beiden sind ja wirklich in Gefahr! Es sind doch so viele durchgeknallte Leute am Start, wer weiß ...

»Sie werden ganz sicher von einer höheren Macht beschützt«, unterbricht Rita meine Gedanken energisch und es klingt sehr überzeugend.

Dennoch.

Ich beiße mir auf die Lippen. »Bitte.«

»Beruhigen Sie sich«, gibt Rita schließlich seufzend nach. »Wir kriegen das hin.«

»Danke.« Ich atme tief ein und aus und starre auf das Display.

Zehn Minuten später postet ein »Siggi Wachholz« ein verwackeltes Foto von einer Herde Kälber, die durch die Wilster Marsch streifen, und eine »Lady Vanessa« behauptet, die Tiere im Gieselautal in Albersdorf gesichtet zu haben, sie halte das Ganze indes für eine bescheuerte RTL-Weihnachtsente, um die Einschaltquoten an Weihnachten hochzutreiben, wahrscheinlich sei das Ganze auch bloß Werbung für eine neue Doku-Soap. Eine halbe Stunde darauf wimmelt das Netz von falschen Fährten und wilden Spekulationen.

Perfekt. Danke, Rita. Danke, Siegfried und Roy.

Heiligabend

Am frühen Abend ist Oliver zurück – mit Jackie. Der Kleine schaut munterer, als zu erwarten war, er trägt einen Plastikkranz um den Hals, damit er sich den Verband nicht abbeißt.

»Ich kam mir vor wie ein Promi, der einen Haufen Papparazzi austrickst«, sagt er und schildert, wie er mithilfe des Klinikpersonals durch den Keller der Klinik hinausgelangte.

Pia schüttelt verständnislos den Kopf. »So eine Gelegenheit kommt doch nicht wieder.«

Die bringt es fertig und alarmiert den Sender hinter meinem Rücken. Geduldig setze ich ihr deshalb auseinander, warum wir keine Fernsehinterviews geben sollten, wenn wir wollen, dass Kater und Kalb unversehrt wieder nach Hause kommen. »Versprich mir, dass du dicht hältst«, bitte ich sie inständig. Ich habe Pia noch nie um etwas gebeten. Sie nickt, und ich fühle, sie meint es ernst.

»Danke.« Ich umarme sie kurz.

»Könnte doch noch was werden mit uns«, sagt sie lächelnd.

»Ich fürchte auch«, gebe ich grinsend zurück. Wir kichern wie zwei Teenies.

Oliver hat Jackie inzwischen in die Diele gebracht.

Rolf hat ihm prophylaktisch ein Krankenlager mit allem Drum und Dran eingerichtet, Körbchen mit Kuscheldecke, Wasser und allerfeinstes Ragout in Reichweite, neues Spielzeug, um seine Lebensgeister zu wecken, Babyphone und W-Lan-Lautsprecher, die jedes Geräusch des Rekonvaleszenten in die Küche, ins Schlafzimmer und ins Wohnzimmer übertragen für den unwahrscheinlichen Fall, dass wir es überhören. Übertrieben, gewiss, aber Konzept und Installierung haben meinen Bruder seit dem Vormittag auf Trab gehalten, er hat vor sich hin gepfiffen, vor sich hin gelächelt und war mit so viel Hingabe bei der Sache, als wäre er wieder ganz der Alte. Lana und Pia sind noch damit beschäftigt, ein Weihnachtsbüffet vorzubereiten, dass Fleisch- wie Pflanzenfresser zufrieden stellt, als der MAD vorfährt, er ist zum Niederknien attraktiv, finde ich, ein gut abgehangener und durchtrainierter Endvierziger. Meine Mutter wischt sich die Hände ab und geht ihm entgegen, er steht ihr gut, sie steht ihm gut.

»Keiner weiß, wann sie es eingefädelt hat«, wispert Pia mir zu, als die beiden in den ersten Stock zu den Gästezimmern entschweben. »Sie war immer auf dem Hof. Und er war nur zwei, drei Mal hier.«

»Reicht doch«, kommentiere ich trocken.

Pia grinst. »Ich dachte, bei älteren Herrschaften würde das Vorglühen länger dauern.«

»Nee, die haben keine Zeit zu verlieren«, schaltet Rolf sich ein. Ein Kranz aus Lachfältchen liegt um seine Augen. Er sieht seine Pia fragend an.

Sie zögert einen Moment, dann nimmt sie ihn bei der Hand. »Wir machen uns mal ein bisschen frisch.«

Leise rieselt der Schnee.

Zwei Stunden später sitzen wir festlich gekleidet um den Esstisch im Wohnzimmer. Pia hat den Baum mit Ballen auf ein Tischchen gestellt, damit er größer wirkt, und ihn traditionell mit Strohsternen und roten Schleifen und echten Kerzen geschmückt. Es riecht nach Tanne und Bienenwachs.

Wir essen. Wir packen Geschenke aus. Oliver schenkt mir ein Nachtsichtgerät. »Damit erkennst du jedes Tier auf 500 Meter Entfernung und mehr«, flüstert er mir ins Ohr. Mein Herz fliegt ihm zu. Er lacht, als ich gestehe, ihn in seiner Geschenkephobie ernst genommen zu haben, und folglich nichts für ihn habe.

Das Nachtsichtgerät probiere ich sofort aus. Kein Kater, keine Kälber weit und breit.

Wir trinken Grappa, singen Stille Nacht in drei Sprachen, spielen eine Runde Scrabble. Ich warte.

Mit einem Mal fühle ich: Jetzt.

Ich stehe auf und gehe hinaus, die Blicke folgen mir.

Ich horche in die Nacht. Pliere durchs Nachtsichtgerät, lasse es sinken, will nur meine fünf Sinne gebrauchen, will natürlich sein, als fürchtete etwas in mir, alles Technische treibe alles Kreatürliche davon.

Ich warte.

Aus der Dunkelheit lösen sich schließlich zwei Schatten. Tränen verschleiern meinen Blick. Sachte nehme ich ihn auf den Arm. Baby Jane steht still und schaut.

»Du bist mir vielleicht ein Held«, flüstere ich in Katers Ohr.

Sanft, wie eine Morgendämmerung, die sich in der Zeit vertan hat, wird es um uns ein wenig heller, von fern nähert sich der schwarze Panzer von Siegfried und Roy, gefolgt von unzähligen Kälbern.

Behutsam schiebt sich ein Mann neben mich, das Licht wird heller und leise fängt er an zu reden: »Herzlich willkommen, meine Damen und Herren, zu unserer Chrismas-XXL-Reportage, live vom Hof, vom Zuhause des tapferen Katers und seines Frauchens. Wir müssen ganz, ganz leise sein, um die Tiere nicht zu erschrecken, denn von Weitem nahen auch die übrigen 199 knuddeligen kleinen Vagabunden ...« Während die Kamera in die Weite schwenkt, wirft Lohmann mir einen spöttischen Blick zu und zischt: »Für wie blöd halten Sie mich?«

Inzwischen hat sich meine Familie vor der Haustür versammelt, unsicher, ob es angebracht ist, sich einzuschalten.

Die Kamera schwenkt zurück auf uns und sofort weiter Richtung halbfertiger Mastanlage. »Was haben wir denn hier?«, ruft Lohmann süffisant. »Das sieht mir aber ganz nach einer Mastanlage aus! Ts, ts, ts. Ein Kater und ein kleiner Hund retten 200 Kälber vor dem Tod, nur um sie vom Regen in die Traufe zu bringen?«

»Das, liebes RTL-Publikum«, ruft Pia energisch und eilt vor die Kamera, »wird eine Ferienappartmentanlage, all-inclusive, plus geschichtlicher Führung durch das dunkle Zeitalter der Massentierhaltung und Mästung.«

Rolf strahlt sie an. »Genau!«

Lana strahlt den MAD an, der daraufhin eine Spontan-Transformation erlebt. Umgehend und eloquent erklärt er ein völlig aus der Luft gegriffenes Konzept alternativer Tourismusförderung in reizarmen Marschgebieten. »Geschichte darf nicht allein kognitiv erfasst werden. Wie es im Ruhrgebiet in den stillgelegten Zechen bereits seit Jahr und Tag praktiziert wird, muss auch die intensive Viehwirtschaft mit allen Sinnen erfahrbar sein, um davon Abstand nehmen zu können. Die Quartiere in der Mastanlage bilden eine Art Bootcamp, danach geht es weiter im zu einem Loft umgebauten Massenstall. Die Unterbringung der Gäste im Bootcamp ist darauf angelegt, das Leben eines Rindes nachvollziehen zu können.«

»Das heißt …«

»Pro Gast eine Box. Wer möchte, wird angepflockt.«

»Und Dr. Andreesen, Dr. Weißmichel und ich werden Seminare in Tierkommunikation geben«, füge ich hinzu und staune, wie natürlich mir dieser Satz über die Lippen kommt, als hätte er schon lange darauf gewartet. Oliver und Matze werden einverstanden sein, da bin ich mir ganz sicher.

Lohmann lächelt säuerlich: »Das wird sicher ein Touristenmagnet.«

Unterdessen haben sich zwei Gemeindevertreter eingefunden, um zu sondieren, ob es sinnvoll und im Einklang mit ihrem Auftrag als gewählte Vertreter der Bürgerinnen und Bürger ist, die Familie an Heiligabend vor Millionen Fernsehzuschauern der dreisten Lüge zu bezichtigen, schon teilen sich ihre Lippen, holen sie Atem, doch das eine Wort von Lohmann stopft ihnen den Hals. Touristenmagnet. Das geht vor.

Kater macht Anstalten, von meinem Arm herunterzuspringen. Die Kamera hält auf ihn, während er sich nach Baby Jane umsieht. Schüchtern folgt das Kalb ihm.

Lohmann sieht mich finster an und setzt sich in Bewegung.

»Bitte«, sage ich in die Kamera, »lassen Sie ihnen diesen Moment.« Dann lächle ich Lohmann an. »Da vorne kommt die X-mas-Party. 199 Kälber rocken gleich den Hof!«

Ein halbes Jahr später

Ich bin immer noch der Held des Hofes. Alle sind sehr, sehr stolz auf mich. Ein bisschen peinlich ist mir das schon, denn ich habe ja nur das getan, was ich kraft meines freien Willens zu tun imstande war, um denen zu helfen, die ich lieb habe.
Das kann ja jeder, Tier wie Mensch.

Ich habe jetzt einen eigenen Youtube-Kanal. Jeden Tag dreht Holly eine lustige Szene mit mir, Jackie, Baby Jane und manchmal auch mit dem Raben, in der sie uns Tiere reden lässt und darunter steht dann, was das auf Menschlich heißt. Ihre Übersetzungen stimmen nicht immer, machen aber viel Spaß, wir haben schon drei Millionen Abonnenten und ein Tiernahrungsunternehmen möchte uns viel Geld geben, damit wir für ihr Fressen Werbung machen. Holly will das Angebot ausschlagen, weil wir nicht käuflich seien, aber sie will das erst mit Rita abstimmen, weil die jetzt ihre Teilhaberin ist und mitreden darf.

Ein Auto hält auf dem Hof. Das Geräusch dieses Motors werde ich nie vergessen. Siegfried und Roy haben Matze, Rita und Heinz mitgebracht. Sie sind dem Anlass entsprechend besonders schön gekleidet, viel Schwarz, viel cremefarbenes Weiß, blitzblank geputzte Schuhe. Ich habe heute früh auch mehr Zeit als sonst auf meine Fellpflege verwendet und Oliver hat Jackie ausgiebig gebürstet. Lana und der MAD sind seit ein paar Tagen von Goa zurück, braun wie die Grillhühner und sehr verliebt. Pia und Rolf sind doch nicht weggegangen, sondern ins Altenteilerhaus gezogen, Oliver, Holly, Jackie und ich wohnen vorn. Wir sind jetzt immer alle zusammen.

»Na, du Held«, gurrt Rita und puschelt mich kräftig durch. Sie duftet nach Lilien und Ambrosia, wie sich das für einen Engel gehört. »Das bleibt aber unter uns, ja?« Ich schnurre leise, aber sie hört den fragenden Unterton heraus. »Schau, ich habe dir jemanden mitgebracht.«

Die weiße Kanaille stelzt auf mich zu, wie immer in eine Aura aus Herablassung und Souveränität gehüllt. »Ich bin aber nicht sicher, ob das Landleben auf Dauer was für mich ist«, sagt sie schnell, doch dann berühren sich unsere Nasen. Himmlisch.

Rita winkt Holly zu, die ihr strahlend entgegengeht. »Wie haben Sie *das*«, Rita nickt zu dem Standesbeamten und dem über und über mit weißen Tauben und roten und weißen Rosen geschmückten Pavillon hin, »bloß hinbekommen!«

»Na ja«, sagt Holly gedehnt, »ich habe *den* Politiker angemorst, ob seine Beziehungen zur Abwechslung mal für etwas Gutes nütze sein könnten.«

»Und im Gegenzug?«

»Er war mit einem neuen Mantel einverstanden.«

»Soviel Sinn für Ironie hätte ich ihm gar nicht zugetraut.«

Holly und Rita lachen.

Bei der Zeremonie wollen alle dabei sein. Viele Menschen und wir Tiere. Meine Mama, die Raben, Baby Jane und seine Mama, die indischen Laufenten, die Schweine, die Ziegen und natürlich die 199 Kälber, die auf unserer größten Weide leben, aber auch in die neue, große Wohngemeinschaft der Tiere dürfen, die Holly nach Matze Michaelsens Vorbild hat bauen lassen. Der Landwirt hat uns die Kälber über Facebook geschenkt, um seinen ramponierten Ruf zu reparieren. Hilft ihm aber nicht. Die Raben haben erzählt, sie hätten gesehen, wie er die Flinte ins Korn geworfen habe, wozu auch immer das gut sein mag. Als Holly das mitbekam, hat sie Rita gefragt, ob es ihr recht sei, wenn der Landwirt auch eingeladen würde, in gewisser Weise würden wir ihm ja unsere Popularität verdanken. Das fand Rita auch, und deswegen ist er heute hier.

Gleich geht es los. Eine engelsschöne Melodie erklingt, die Gäste machen Anstalten, sich vor dem Pavillon zu versammeln, eine Gasse freilassend, durch die Rita und Heinz hindurchschreiten sollen. Als KPK an mir vorüber geht, wirft er mir einen forschenden Blick zu, unsicher, ob ich mich nicht doch gleich auf ihn stürze.

Wir warten. Heinz wartet. Aber Rita tut so, als ginge sie das nichts an. »Alle Quartiere sind auf Monate ausgebucht, die Seminare auch, Oliver sollte sich beizeiten überlegen, ob er seine Praxis hierher verlegt«, sagt sie zu Holly und klingt dabei ein bisschen nervös.

»Nein, ein Mann muss was Eigenes haben«, entgegnet Holly ernst und bringt Rita auf diese Weise zum Lachen. »Hier«, sagt Holly und reicht ihr einen Strauß Lilien, »auf geht's. Ihr Heinz denkt schon, Sie kneifen in letzter Sekunde.«

»Übrigens hat uns gestern ein interessantes Angebot erreicht.«

»Rita, Heinz wartet auf Sie!«

»Ja, gleich.«

Holly seufzt. »Okay, Sie PR-Wunder. Welches Angebot?«

»Hollywood will die Geschichte unter dem Titel Goldauge verfilmen.«

»Das ist ja ... unglaublich!«, sagt Holly. »Aber wieso Goldauge?«

»Sie finden, es passt so schön zu seinen Augen«, meint Rita leichthin und geht auf ihren Heinz zu.

Holly sieht mich an. »Wie findest du das?«

Mein Herz schlägt mit einem Mal ganz schnell.

Perfekt.

PS:
Während der Zeremonie:

Roy zu Siegfried: »Wie sollen wir *das* denn hinbekommen?«

Siegfried zuckt die Achseln. »Rita wird's schon wissen. Das hier hat ja auch funktioniert.«

Matze: »Ich glaube, so eine Nummer lässt sich nur vor Ort bewerkstelligen.«

Roy: »Wir in L.A.? Cool.«

Siegfried: »Wir könnten dieses Mal Olivers Familie einspannen. Diese Kaffeesäcke aus Bremen mit der Plantage in Südamerika. Die haben gute Connections.«

Matze lehnt sich zurück und lächelt: »Das, meine Lieben, wird unser Meisterstück.«

Meinem geliebten Amadeus gewidmet,
meiner furchtlosen, tapferen Tigerin
und dem schwarzen Panther, mit dem alles begann.

Sie sind Teil dieser Geschichte, viele Ereignisse
sind wahr, alle verändert, damit sich weder ein
Fabrikantensohn noch ein Rockstar noch ein
Politiker wiedererkennen.
Was der gute Grund ist, weshalb wir Hollys wahren
Namen nicht erfahren.

Die Autorin

© Susanne Golnick

Hineingeboren in eine zuversichtliche Familie, die mütterlicherseits eine saftige Legende nährte und väterlicherseits ein klassisches Zerwürfnis zu beklagen hatte, wurde sie schon früh mit der Kraft der Imagination und des Dramas vertraut, und weil beide Seiten der Familie zudem einiges an kreativer Begabung hervorgebracht hatten, verwundert es nicht, dass das Schreiben zu ihrer veritablen Berufung wurde.

Nach dem Studium der Theaterwissenschaften, Literatur und Psychologie in München schrieb Karin Angela Stahlhut für Magazine und veröffentlichte 2006 unter dem Künstlernamen Karin Engel ihren ersten Roman. »Die Kaffeeprinzessin« wurde ein großer Erfolg, es folgten vier weitere historische Romane. Dann wurde es Zeit, die Jahrhundertwende zu verlassen: »Goldauge – ein Märchen für Menschen und Tiere« ist Karin Engels erster Gegenwartsroman, der an ihren Lieblingsheimatorten spielt: dem Hamburger Osten und an der Nordsee.